I0694379

SOMBRAS EN EL BOSQUE

SOMBRAS EN EL BOSQUE

PHOEBE LOCKE

Editado por HarperCollins Ibérica, S.A.
Núñez de Balboa, 56
28001 Madrid

Título español: Sombras en el bosque
Título original: The Tall Man
© 2018, Phoebe Locke
© 2019, para esta edición HarperCollins Ibérica, S.A.
© De la traducción del inglés, Isabel Murillo

Diseño de cubierta: Mario Arturo
Imágenes de cubierta: Shutterstock

ISBN: 978-84-9139-362-7

Para mamá, papá y Dan, con amor

Extracto de *Cómo se hizo el documental: El difícil viaje hacia la verdad*, por Federica Sosa, publicado en la revista *Variety*, julio de 2019.

Cuando me embarqué en este proyecto, lo hice con cautela. A pesar de que mi anterior documental había recibido el aplauso de la crítica, necesitaba encontrar otra historia que me enganchara, que me consumiera, tal y como había sucedido con aquella.

Conocí la historia de la familia Banner durante una de mis prolongadas estancias en Londres. El caso estaba candente en las noticias; de hecho, a medida que la fecha del juicio se acercaba, era inevitable oír hablar de él. Los titulares eran escalofriantes: un asesinato sin sentido, una familia obsesionada por los demonios de uno de sus miembros. Una leyenda urbana que había clavado sus garras en una criatura inocente y había convulsionado toda su vida. Supe de inmediato que estaba ante la historia que deseaba contar.

Nunca, en aquella fase de tentativa evaluación del potencial del proyecto, anticipé las dificultades con las que acabaríamos tropezándonos mi equipo y yo. Porque a cada nudo que desatábamos de la trágica historia, había otro esperándonos; otro secreto que enredaba y alimentaba el tejido de aquella familia. Recopilamos páginas y más páginas de entrevistas, empezamos a observar los hechos desde todos los puntos de vista, intentando encontrar una salida. Y acechando por todas partes, siempre, teníamos sobre nosotros aquel cuento infantil, la oscura figura del Hombre Alto.

Muchas de las complicaciones tuvieron que ver con el acceso a la gente. No todos los implicados en la historia seguían con vida para poder contarnos su parte. Con frecuencia, tuvimos que confiar en el material que había quedado, en relatos indirectos. Y aunque estos relatos pueden llegar a ser más esclarecedores que una entrevista, también resultó increíblemente frustrante, como directora de cine que soy, el no poder retomar la acción a partir de un determinado punto —un pensamiento, la elección de una palabra en concreto y no otra, un hecho en sí—, y preguntar «¿Por qué?». Preguntar: «¿De verdad te parecía real?».

Gran parte de lo que aparece en el documental es ahora de conocimiento público gracias al juicio y a la atención constante de los medios de comunicación. La gente acabó obsesionándose con los fantasmas y los actos oscuros de la familia Banner. Con el Hombre Alto y el control que ejercía sobre ellos. Me propuse documentar el juicio, ir más allá de los titulares y la maldad y averiguar la fría verdad de un asesinato. Pero oírlo contado por las personas implicadas arrojó una luz distinta sobre los hechos. Esta historia no es la típica de morbo y horror que publicaría la prensa sensacionalista; es una historia de dolor, de culpabilidad, de terribles secretos que han anidado durante años en el corazón no de una, sino de dos familias. Gira en torno al legado de una leyenda espantosa, una historia que empieza y termina en los bosques oscuros.

Y que sigue obsesionándome desde entonces.

Empezó a finales de verano, cuando los días eran largos y calurosos y la escuela parecía algo tan remoto e insustancial que ni siquiera había que tenerle miedo. Sadie y Helen paseaban en bicicleta junto al río, en busca de un lugar donde sentarse a comer sus caramelos: Toffos para Sadie y Opal Fruits para Helen, siempre exactamente igual. Sadie había tropezado con una raíz mientras cruzaban el bosque y tenía la palma de la mano arañada. Se había agarrado precipitadamente a un árbol para no caer al suelo. Y ahora estaba examinándose de nuevo el raspón, mirando los minúsculos fragmentos de corteza incrustados en la piel.

—Mira, allí está Marie —dijo Helen, con la mitad de la boca llena de caramelo.

La hermana mayor de Helen estaba sentada, junto con dos amigas, en uno de los bancos con la pintura desconchada que flanqueaban la orilla del río. Sadie dejó de mirarse la mano.

Marie acababa de cumplir doce años y había empezado ya a utilizar un sujetador de deporte. Sadie lo había visto con sus propios ojos colgado en el tendedero de casa de Helen, junto al resto de la colada, con sus copitas pequeñas y unos tirantes finos de raso. Miró a Marie, que estaba sentada en el banco y se entretenía levantando polvo del suelo con sus zapatillas deportivas, y se preguntó, acalorada de repente, si lo llevaría puesto en aquel momento.

Marie levantó la vista y se percató de la presencia de la pareja. Las comisuras de su boca se tensaron en una sonrisa que poco a poco se fue agrandando. Dio un codazo a sus amigas y les indicó con un gesto que se acercaran. Las ruedas de las bicicletas rechinaron y el tofe cobró un sabor amargo en la boca de Sadie.

—Hola, chicas —dijo una de las amigas, una chica de pelo oscuro y nariz ancha cubierta de pecas—. ¿Queréis jugar a un juego?

—No es ningún juego, Justine. —Al acercarse, Sadie reconoció a la chica sentada al otro lado de Marie como Ellie Travis, la hermana mayor de un niño de su clase. Era rubia y tenía un mechón de pelo atrapado entre la cara y la varilla de las gafas—. Ya te he dicho lo que dijo mi hermano.

—No hagas caso a nada de lo que te diga James —dijo Helen alegremente. Su timidez empezaba a esfumarse—. No dice más que tonterías.

—No se refiere a James —dijo Marie, poniendo cara de exasperación—. Se refiere a Thomas. Es el mayor, y su obligación es contarle a Ellie lo del Hombre Alto. Y como yo soy la mayor, mi obligación es ahora contártelo a ti.

Sadie vio que Justine entrecerraba los ojos, que su boca esbozaba una sonrisa. Sacó una piruleta del bolsillo y le quitó el papel mientras su mirada ascendía desde el pantalón corto de Sadie hacia su camiseta, para detenerse finalmente en su cara. Cuando sus miradas se encontraron, Justine no apartó la vista.

—¿Quién es el Hombre Alto? —preguntó Sadie.

—Vive en el bosque —respondió Marie, inclinándose hacia delante para coger el paquete de Opal Fruits que Helen tenía en la mano.

—Puede verlo todo —añadió Ellie, empujando las gafas hacia el entrecejo.

—Es un asesino. —Justine apoyó la espalda en el banco con una sonrisa—. Viene por las noches y se te lleva.

—Hace cinco años se llevó a una niña de mi calle —dijo Ellie, jugando con nerviosismo con el bajo de la camiseta—. O eso, al menos, me han contado.

—No es verdad —dijo Helen, enlazando el brazo de Sadie—. Dejad ya de asustarnos.

—Es verdad. —Marie hizo una pelota con el envoltorio de un caramelo y se la lanzó a su hermana—. Pero no os preocupéis. Ahora que ya sabéis de su existencia, estaréis a salvo.

—No solo a salvo —dijo Justine, partiendo la piruleta con sus dientecitos blancos—. Sino que, además, si se lo pides puede hacerte especial. —Se levantó del banco y miró de forma exagerada el reloj, un Pop Swatch de color morado y amarillo que Sadie llevaba semanas contemplando en el escaparate de la joyería del pueblo—. Tengo que irme. Seguid al tanto por si se oyen más historias sobre el Hombre Alto, niñas. Creo que le vais a gustar.

Marie contuvo una carcajada, pero Sadie se dio cuenta de que Ellie mantenía la vista clavada en el suelo y seguía retorciendo con nerviosismo el bajo de la camiseta.

—¿Es cierto eso de que mata niñas? —preguntó Helen con los ojos abiertos de par en par.

Ellie se levantó del banco repentinamente.

—Esto ya no me gusta —dijo—. No me apetece jugar.

Justine se encogió de hombros.

—Pues vete a casa. De todos modos, ahora no te necesitamos.

Sonrió a Sadie y a Helen, ignorando la mirada que le lanzó Marie. Solo Sadie se quedó mirando a Ellie cuando esta se marchó.

—Para responder a tu pregunta, Helen —dijo Justine. Recogió su bicicleta del suelo y le pasó una pierna por encima. Llevaba un pantalón vaquero corto con el bajo deshilachado y el bolsillo roto—. Sí, las mata. Mató incluso a su propia hija. —Empujó con desgana el pedal y se alejó de ellas por la orilla—. ¡Porque no hizo lo que él quería! —gritó por encima del hombro, y se perdió de vista.

1

1999

Le dio la impresión de que aquello estaba mal hecho casi de inmediato. Caminaban en dirección al sonido de la música, con la hierba rozándoles las pantorrillas, y él tenía ganas de dar media vuelta.

—¿Estás bien? —le preguntó ella, dándole la mano.

Miles la miró. Aquella mañana se había vestido de forma distinta, con un vestido de tirantes con estampado de margaritas y una rebeca blanca sobre los hombros, nada que ver con los pantalones de peto o los vaqueros anchos y las camisetas de tirantes finos que solía llevar. Era un esfuerzo a tener en cuenta.

—Sí —respondió él—. Estoy bien.

Aún se sentía mareado. Por solidaridad, quizás..., había oído decir que solía pasar. Por las noches, Sadie no paraba de leerle cosas, un torrente constante de «¿Sabías eso?», «Caray, esto sí que es curioso», y «Escucha bien esto», y todo era contradictorio, extraño, mágico; lo de comparar al bebé con la fruta y decir que poner música cerca del vientre lo haría más inteligente.

Recordó la expresión desdeñosa de su madre cuando, hacía poco más de una hora, él le había mencionado aquellas cosas para aligerar la tensión. Cómo le había llenado de nuevo la taza de té a

Sadie, y luego a él. «Sí, seguro que la música clásica ayudará al pobre mocoso a criarse con más oportunidades». Cómo había visto la mano de su padre caer sobre la que ella mantenía pegada al brazo de la silla. «Frances, cariño». Y cómo su madre había suspirado y pestañeado una vez, luego dos, antes de ofrecerles un platito con galletas. «Lo siento, Miles. Sois los dos demasiado jóvenes».

—Entrarán en razón —dijo Sadie, presionándole la mano antes de soltársela para protegerse los ojos y mirar hacia el lugar donde se estaba desarrollando el festival.

Habían montado un escenario en la zona central del terreno, con casetas a ambos lados. Se veían nubes de humo y el olor a carne asada empezó a flotar hacia ellos en cuanto abandonaron el aparcamiento para enfilar la colina.

Solo por lo que acababa de decir, tenía ya motivos para quererla. Y sus padres entrarían en razón, seguro. Su único hijo estaba esperando un bebé, su primer nieto..., y sí, era posible que Sadie y él fueran demasiado jóvenes, llevaban solo un año de universidad a sus espaldas, pero las cosas sucedían siempre por algo, ¿no? A veces, el destino regía la vida.

Sadie se quitó la rebeca y se la ató a la cintura.

—Bueno, al menos ya está hecho —dijo, rodeándolo con el brazo—. Ahora, a disfrutar de la tarde.

Y con Sadie, todo era cosa del destino. Eso lo sabía.

Se preguntó qué estarían haciendo sus padres en aquel momento, aunque se lo imaginaba. Su padre habría abierto el armario para sacar la botella de ginebra buena y aquellas copas de cristal grueso que eran las favoritas de su madre. Estarían bebiendo en silencio, en el patio, y luego, más tarde, su madre empezaría a trajinar de un lado a otro de la cocina, preparando la cena y expresando sus opiniones con respecto al caso. Después, era posible que llamara a Miles.

—Creo que lo siguiente que tenemos que hacer es contárselo a tus padres —dijo, y notó que se tensaba.

—Me parece que será mejor que me encargue yo sola del tema —dijo, apartándose—. Imagino que no se pondrán muy contentos.

—¿Como los míos, te refieres?

Se inclinó para estamparle un beso en el hombro, pero el comentario jocoso perdió su gracia cuando el beso salió de su boca y recordó la cara de espanto de sus padres.

Sabía que iba a ser complicado. Rememoró el momento en que Sadie le dijo que estaba embarazada. Él estaba sentado en la estrecha cama de ella, en la residencia universitaria. La noche anterior había salido de copas con el resto de la gente de Sociología y, con la ayuda del pulgar, intentaba retirar los restos del sello de entrada a un local. Sadie llevaba dos noches sin salir, con la excusa de que tenía un virus estomacal. Pero el virus estomacal había resultado ser otra cosa. Algo que ahora empezaba a provocar una leve curvatura en su vientre siempre plano, algo que la semana siguiente verían en blanco y negro en una pantalla del hospital.

—Oye —dijo Sadie, deteniéndolo antes de llegar al festival. Lo miró a los ojos—. Todo irá bien —dijo.

Deslizó las manos por sus costados, recorriéndole las costillas. El contacto le erizó el vello a Miles, le dejó la boca seca.

—Lo sé —replicó, agachando la cabeza para besarla.

Al esbozar una sonrisa, Sadie le acarició los labios con los dientes.

La siguió para sumarse a la multitud. El bajo del vestido rozaba la hierba. Estaba asustado, claro que sí. Le costaba imaginarse que en menos de un año serían tres en el coche, tres siempre, donde quiera que fueran. Concentrarse en los estudios le resultaba últimamente mucho más fácil; era algo que, al menos, podía controlar. Algo práctico e importante que podía hacer por su futuro, por Sadie, por el bebé. La idea le provocaba una sensación cálida y graciosa en el pecho.

Pasaron junto a los primeros puestos: mermeladas, pasteles y queso de las tiendas del pueblo, objetos decorativos de madera y velas en el interior de frascos de cristal. Una compañera de clase de Sadie le había comentado lo del festival; Miles, obedientemente, había pasado la información a su compañero de piso, James, y a varios amigos más de su curso. Pero al ver toda aquella oferta de clase media, de mediana edad, le entraron escalofríos y deseó no haber venido.

—Dicen que el grupo que actuará después de este es muy bueno —comentó Sadie, que pasó junto a los puestos sin mirarlos, y de pronto todo volvió a estar bien.

Sabía que era un tópico —lo había intentado explicar una vez, borracho, sentado a la mesa de un *pub* con sus compañeros de piso, y se habían reído descaradamente de él—, pero nunca había sentido por nadie lo que sentía por Sadie. Era guapa, sí. Eso era evidente para todo el mundo. Y divertida, también, aunque quizás no todos alcanzaran a ver aquel aspecto de su personalidad. Su susceptibilidad descolocaba a menudo a la gente; sabía que Lila, la última novia de James, se había referido a ella como «un témpano de hielo» (y eso que James debía de haber sido generoso con el comentario y que seguramente el término que en realidad debía de haber empleado era «mala puta»). A Miles le había intrigado la barrera defensiva que erigía cuando conocía a alguien. Y se propuso derribarla.

Le acarició un mechón de pelo y se lo colocó detrás de la oreja. El viento intentó sacarlo de nuevo de allí.

—Has estado estupenda —dijo—. Con mis padres, me refiero. Gracias.

Ella volvió la cabeza para mirarlo y su boca esbozó aquella sonrisilla secreta que a él tanto le gustaba.

—Ahora somos solo tú y yo —dijo—, ¿verdad?

Y Miles comprendió que era así.

Al llegar a la zona del escenario, Miles se puso de puntillas y estiró el cuello para ver si veía a James y a los demás entre la muchedumbre.

—Vamos —dijo Sadie, tirando de él entre un grupo de adolescentes y abriéndose paso hacia el extremo del terreno—. Iremos donde los altavoces, te apuesto lo que quieras a que están allí.

Los amigos de Miles habían empezado a tratar a Sadie como si estuviera hecha de cristal o de algún material altamente explosivo y se peleaban casi entre ellos para ofrecerle una silla o un lugar mejor desde donde poder ver la pantalla. Le habían compadecido cuando les había comunicado la noticia dos semanas atrás; le habían dado palmaditas en la espalda y habían asentido solemnemente al escuchar sus palabras. «Estoy emocionado», había añadido, y eso les había hecho recalibrar su opinión, invitarlo a unos chupitos. Y ahora no hacían más que preguntarle cuándo era la ecografía, qué tal se encontraba Sadie, si tenían pensado conocer el sexo del bebé en cuanto fuera posible. Se reservaba su opinión para pensar en ello a solas en la cama, las noches que Sadie se iba a dormir a su habitación, una habitación que, sabía, tendría que abandonar en cuanto decidiera informar a la universidad de que colgaba los estudios. ¿Cómo vivirían? ¿Cómo podría seguir estudiando y ganando a la vez el pan para los suyos? Pensaba a menudo en el hecho de que ni siquiera había cogido jamás un bebé en brazos; no tenía ni hermanos ni hermanas, era el más pequeño de todos los primos. ¿Cómo lo haría? Había oído decir que tenías que sujetarle la cabeza, que eso era importante. Y también había oído hablar de lo del eructo, una palabra que le resultaba desconcertante. Tendría que comprar un libro sobre bebés y leerlo en privado. Varios, lo más probable.

No había ni rastro de James ni de nadie conocido, pero no se decepcionó por ello. Después de la mañana complicada e incómoda en casa de sus padres, la sensación de estar a solas con Sadie, de ser un equipo de dos contra el mundo, le resultaba cálida y protectora, una burbuja en la que permanecer encerrado durante el resto del día.

—Voy a buscar algo de beber —dijo—. ¿Vienes?

—Esperaré aquí. —Sadie miró a su alrededor. El lugar era bueno, justo donde el gentío se diseminaba y con una visión estupenda del escenario. A su lado había una buena extensión de césped por donde corrían los cables hasta un generador, y más allá un bosquecillo—. Miraré a ver si veo a los demás —añadió.

Miles se dirigió al puesto de bebidas más próximo y compró una cerveza para él y una Coca-Cola para Sadie. Después de plantearse por un instante comprar también un perrito caliente, emprendió camino de regreso hacia el lugar donde la había dejado, pero entonces vio de refilón una camiseta que le resultaba familiar. De color verde fluorescente, con las mangas un poco cortas. Observó el cogote de la persona, vio una mata de cabello oscuro y rizado, y supo que era James con su camiseta favorita, una antigualla, la camiseta de las Tortugas Ninja. Miles avanzó entre la multitud hacia él, abriéndose paso a codazos e intentando que no se le derramaran las bebidas. Estaba empezando a tocar otro grupo y la gente se agolpaba cerca del escenario. Miles perdió de vista a James una vez, luego dos, hasta que por fin reapareció en un hueco, a escasa distancia detrás de él.

Pero la persona de la camiseta verde se giró en aquel momento y resultó que no era James, sino un hombre veinte años mayor que él, con barba canosa y con una camiseta sin más estampado que un pequeño logotipo de Adidas en el pecho. Turbado, Miles dio media vuelta.

Examinó la muchedumbre con la mirada y se quedó sorprendido al ver la distancia que había interpuesto entre Sadie y él; tardó unos segundos en localizarla. Estaba aún en un extremo del terreno, pero se había trasladado hasta los árboles para quedarse a su sombra. Parecía un lugar raro donde instalarse, lejos de todo. Vio que ladeaba la cabeza, como solía hacer cuando estaba prestando atención a alguien, alguna amiga, imaginó, quizás la que le recomendó el festival. Dio un par de pasos más pero seguía sin poder ver quién estaba delante de Sadie, puesto que la sombra los engullía y el gentío trataba de empujar a Miles de nuevo hacia el escenario.

Sadie estaba diciéndole alguna cosa a quien fuera y entonces, con una punzada de terror, vio una expresión de miedo en su cara. Vio que se alejaba de la zona de sombra, llevándose una mano al vientre en un gesto protector. Estaba blanca, los ojos abiertos de par en par, como una niña asustada.

Miles se abrió paso entre la gente y la cerveza se removió con energía en el interior del vaso de plástico. Cuando el sol salió de detrás de una nube lo deslumbró, recibió el codazo de alguien en las costillas. Los primeros acordes de la banda empezaban a sonar a todo volumen por los altavoces. Vislumbró de nuevo la imagen de Sadie, la expresión de miedo que la había dejado boquiabierta seguía allí. El cantante se acercó al micrófono, el público avanzó hacia el escenario y volvió a perderla de vista.

Se abrió paso entre un grupo de chicas, tropezó con una bolsa que había en el suelo, se liberó por fin de los apretujones y quedó enfrente de la zona despejada. Giró hacia la izquierda y vio a Sadie, todavía de espaldas a él, con toda su atención fija en los árboles que tenía delante. Cuando recorrió la poca distancia que los separaba, se dio cuenta de que volvía a estar sola. En cuanto llegó a su lado, extendió el brazo, le tocó el hombro y ella se giró bruscamente. Su expresión se suavizó cuando se dio cuenta de que era él, aunque el miedo («es terror —le dijo una voz en el interior de su cabeza, corrigiéndolo—, un terror descontrolado») seguía presente en sus ojos y su mano presionaba aún con fuerza el lugar donde supuestamente estaba creciendo su hijo.

—¿Estás bien? —le preguntó—. ¿Qué ha pasado?

Se apartó aunque no, se dio cuenta Miles, sin antes lanzar otra mirada a sus espaldas, hacia la zona sombreada del bosquecillo.

—Oh, nada. Un tío que estaba borracho, ya sabes cómo son. Vamos. Acerquémonos un poco más.

Miles abrió la boca para replicar, pero Sadie se había puesto ya en movimiento y le había arrebatado de la mano el vaso con la Coca-Cola, medio vacío a aquellas alturas.

No era la primera vez que pasaba. Sadie era guapa, se recordó Miles mientras la seguía hacia la seguridad del escenario; los hombres la paraban cuando estaban entre mucha gente y en los bares e intentaban hablar con ella, intentaban tocarla. Pero por qué, se preguntó, notaba que el corazón le latía aún con tanta fuerza en el pecho. Miró de nuevo hacia los árboles, salpicados ahora por la luz dorada del sol. Podía ver entre los troncos el campo que se extendía más allá. No había nadie.

Miró de reojo a Sadie. Tenía la mirada clavada en el grupo que estaba actuando, movía levemente la cabeza al ritmo de la música. Bebió un poco de su vaso, sin separar aún el brazo de su vientre.

Había sido su mirada, pensó Miles. Había tenido miedo, lo había visto, sí, había visto el terror pasar fugazmente por su cara. Y había sido la nitidez de su expresión lo que le había asustado tanto, pero había sido algo más; algo más que él también había visto. Cayó en la cuenta justo en el momento en que el grupo empezaba a tocar su segunda canción y vio que miraba de nuevo en dirección a los árboles: reconocimiento. Familiaridad. Sadie se había quedado aterrorizada, sí, pero de algo que no era tan nuevo para ella como lo era para Miles.

2

2018

El equipo se reúne por primera vez con Amber Banner en la habitación del hotel donde se aloja, en West Los Ángeles. Va vestida con el albornoz de felpa del hotel y se ha recogido prácticamente todo el pelo en un moño en lo alto de la cabeza. La colcha está arrugada a los pies de la cama, la sábana bajera a la vista y una de las almohadas se desliza poco a poco hacia la moqueta oscura. En el suelo hay una bandeja del servicio de habitaciones, donde una montaña de tortitas absorbe lentamente su cobertura de azúcar y un plato con melón supura lágrimas rosadas. En la esquina, dos bandejas más, abandonadas, con el almíbar endureciéndose en los platos y los cubiertos cruzados, desprenden un olor fétido y caliente.

Se deja caer sobre el colchón y suspira. Mira cómo van entrando en fila india, esquivando los charcos de vestidos tirados por el suelo, las obscenas formas curvilíneas de medias y bragas. La mesita está abarrotada de bolsas de regalos, cestas y flores, las tarjetas que los acompañaban esparcidas por el suelo, la fruta descomponiéndose. Sonríe.

La sonrisa le hace sentirse a Greta como si estuviera en el zoo, como una niña que se acerca al recinto del tigre.

—Amber, soy Greta. Hemos hablado por teléfono un montón de veces.

Amber la mira con la cabeza ligeramente ladeada. Sus dedos juegan con el cinturón del albornoz.

—Eres joven —dice por fin.

Sus ojos, activados por la cafeína, se mueven constantemente entre los dos chicos, el micrófono con funda de peluche y los reflectores desplegados. Hace un gesto con la mano y Greta retira el taburete de color rosa malvavisco que hay junto al escritorio y toma asiento con torpeza, coge el fajo de papeles que lleva bajo el brazo y lo deposita sobre sus muslos.

—Queríamos filmarte mientras te preparas —dice Greta—. Sé que tienes una mañana muy ocupada.

Supone que el coche estará esperando fuera, que el chofer estará entreteniéndose mirando el teléfono y que, mientras, los estudios que Amber tiene que visitar empezarán a cobrar vida: los focos encarados hacia los escenarios, las sillas de brazos colocadas en su sitio, un público impaciente formando obedientemente cola en el exterior mientras la luz del sol se extiende sobre el asfalto. Televisión matutina, la peor pesadilla de Greta. Tiempo atrás, en Londres, estuvo trabajando como becaria en un magazín diario y, al cabo de un mes, consiguió un puesto estable y con sueldo. Recuerda cuando llamó a sus padres a Michigan para contarles que su hija, con solo veintidós años y seis meses después de salir de la universidad, había dado un paso más en la carrera profesional que había decidido emprender cuando se marchó de casa. Sabía que no se habían tomado como algo personal el que decidiera cambiar Dearborn por Inglaterra a la primera oportunidad, pero contarles aquello fue una sensación increíble: sí, había merecido la pena. Todo estaba yendo según el plan. Y si omitía algunos detalles sobre lo que el puesto realmente conllevaba (un ciclo interminable de mover mobiliario, trasladar invitados, recibir gritos, equivocarse), pues todo iba bien. Porque, al final, todo había salido según su plan, y ahora estaba aquí, nueve años y muchos puestos de trabajo después, delante de Amber Banner como prueba de que aquello era verdad.

Suena el teléfono en el bolso y hurga en su interior para localizarlo entre lápices de memoria, resguardos de aparcamiento, pañuelos de papel arrugados y tubos pegajosos de crema de protección solar. Amber la observa con el desinterés de un gato.

Greta mira el mensaje: Federica. *¿Cómo es? Perdóname. No he podido pillar un puto avión.*

En Londres son las dos de la tarde. Greta se imagina a Federica preparando dos cafés más, su mano acariciando la nuca de su novia mientras deja una de las tazas junto al ordenador portátil. Federica saliendo al balcón, ansiosa por la primera semana de rodaje, aunque no lo bastante ansiosa como para intentar coger uno de los muchos vuelos que parten de los aeropuertos de Londres durante los dos días siguientes. Habrá excusas como la de ahora y será Greta quien tendrá que encargarse de que todo fluya adecuadamente, de que se genere una relación de confianza. Será Greta quien tendrá que intentar desmontar la fachada de «princesa de hielo» que Amber Banner ha adoptado ante los medios de comunicación británicos, esa calma gélida que ha horrorizado a tantos, y encontrar algo oculto en lo más profundo de su persona, una verdad desconocida sobre la que construir el documental.

Amber permanece serenamente sentada mientras Tom se inclina hacia ella y le acerca a la mejilla una mano cubierta de pecas para verificar los niveles de luz. Amber tiene los ojos ennegrecidos por el rímel del día anterior, pero la piel se ve limpia y suave, con la excepción de una leve cicatriz en la mejilla izquierda. Bajo la luz de primera hora de la mañana, con la cara de perfil, parece perfecta para una portada. Greta recuerda la fotografía de Amber que Federica tiene colgada encima de su mesa en Londres. Extraída de un periódico e impresa en tamaño A3, la imagen que ha aparecido en los programas de todos los canales, en todas las portadas a lo largo de los dos últimos meses: Amber en la escalinata de los juzgados, con el cabello recogido en una recatada cola de caballo y una camisa de color blanco perfectamente planchada y abotonada por debajo de su elegante cuello. El destello de los *flashes* empaña los perfiles de la imagen, donde se ven también algunas manos empujando micrófonos hacia ella. Y una sonrisa tensa arqueando su boca, una mirada hacia la cámara desafiante y firme. El final de una historia que había llenado las páginas de la prensa sensacionalista..., y el inicio de otra.

—Tengo que estar en los estudios de la NBC en media hora —dice Amber, y bosteza de forma tan exagerada que Greta alcanza a ver las manchas de almíbar en la parte posterior de la lengua, el interior carnoso y rojizo de la boca—. Sí, no pasa nada si filmáis. Me da igual, podéis filmarme todo lo que queráis.

Greta nota que Luca y Tom se instalan detrás de ella; percibe la ausencia de Julia, la que era su nueva asistente de producción. Julia era otra promesa hecha y abandonada por Federica, otra llamada que se le pasó por alto, y cuando Greta decidió que se encargaría ella de hacerla, Julia ya había aceptado otro trabajo aun teniendo los vuelos destino Los Ángeles reservados para el día siguiente. Tom, Luca y ella tendrían que apañarse como un equipo reducido de tres personas; tendrían que pasar los cinco días siguientes empapados permanentemente en sudor, cargando los trastos de una localización a otra, intentando estar a la altura de la visión en mutación constante que Federica tenía del documental.

Intenta no molestar a Luca, que está tratando de encontrar un lugar donde ubicar el micrófono para que no proyecte sombra sobre la imagen.

—Y bien, Amber —dice, caminando por la moqueta e intentando liberar la punta de la chancleta del tirante del sujetador donde se ha quedado enganchada—. ¿Algún cambio con respecto a la agenda de la que hablamos? ¿Te va bien que cubramos todos esos aspectos? Sé que no es fácil hablar sobre todo lo que ha pasado.

No puede evitar preguntarlo, aunque sabe que Federica se enfadaría. Amber es una persona adulta desde el punto de vista legal, aunque sea desde hace poco tiempo, y ha firmado además un contrato. Es un tema del que ya se ha hablado, lo ha hecho Greta, Federica, el canal. Pero Greta no puede evitarlo. No puede evitar querer ofrecerle a Amber una salida, por mucho que sea evidente que a Amber no le interesa.

—¿Seguís pensando en diez episodios?

Amber se inclina y toca un trozo de melón, como si fuera a cogerlo. Sus dedos se quedan allí, sus ojos se clavan en Greta.

—Depende de la cantidad de material que tengamos —responde Greta—. Espero que sí.

Amber retira la mano. Se la limpia en el albornoz.

—¿Y sigue mi padre diciendo que no piensa hablar con vosotros?

Suena de nuevo el teléfono de Greta, una buena excusa para ignorar la pregunta sobre Miles. Sale al pasillo y responde a la llamada de Federica justo antes de que salte el contestador.

—¿Qué tal va? ¿Qué tal ella?

—Acabamos de llegar, literalmente. Se la ve bien. Feliz.

—¿Estáis filmándola mientras se prepara, como yo quería?

—Sí.

—Perfecto. Estupendo. Me encanta, la idea de ver cómo cambia para poner la cara que muestra al público. Seguro que sin maquillaje parece mucho más joven, ¿no?

—Sí, supongo —responde Greta.

No está segura del todo. Se ha acostumbrado hasta tal punto a ver imágenes de Amber Banner, a leer expedientes, artículos y columnas de opinión sobre las cosas que ha hecho, que a menudo resulta fácil olvidarse de que es una chica de dieciocho años. Una chica que ha sido filmada riendo con su abogado mientras esperaba fuera de la sala de audiencias. Una chica de dieciocho años que supuestamente ha firmado un contrato con un representante de jóvenes promesas menos de cuarenta y ocho horas después de dejar de estar bajo custodia policial. Una chica que el mundo ha visto a través de una fotografía borrosa hecha con un teléfono, donde aparece con una camiseta clara empapada en sangre y con un hilillo de sangre seca en la comisura de la boca.

—Mira —dice Federica—, sé que hemos programado una agenda con ella, lo cual está muy bien, pero sería estupendo si pudieses intentar llegar más al fondo. Lanzarle un par de preguntas trampa, intentar pillarla desprevenida. Ah, sí, y cuando tengas un momento a solas con Tom, recuérdale que estaría bien dejar una cámara rodando de vez en cuando. Cuando estéis por ahí con ella y tal.

Greta se muerde el labio.

—¿Te refieres a filmarla sin que ella lo sepa?

—Me refiero a eso, sí, pero dicho de esa manera suena fatal. No, no se trata de esconder cámaras en su habitación y cosas por el estilo. Pero ya sabes a qué me refiero. Normalmente, lo mejor siempre sale de la boca del entrevistado cuando cortas. Así que... quizás alguna que otra vez hacer que piense que has terminado antes de lo que en realidad terminas.

Greta guarda silencio, el teléfono le quema la oreja. El pasillo, con su papel pintado con estampado en relieve y su moqueta a rayas, parece prolongarse eternamente.

—Mira, la cuestión es, Greta... La prensa sensacionalista ha empezado a hablar más sobre lo de su libro. Corren rumores de siete cifras, aunque no estoy segura de que sea verdad. Pero está pasando, eso está claro. Y ya se sabe..., un libro no es un documental. El libro será la versión de Amber, el lado de Amber, su verdad editada. Nosotros tenemos que conseguir algo más. Ahí hay algo más, aparte de su versión. Estoy convencida. Y tenemos que sonsacárselo si queremos que esto funcione.

—De acuerdo, lo intentaré.

—Siento mucho no estar aún ahí. Sé que es un momento asqueroso para sacar a relucir la carta de los «asuntos personales», pero esto no podía esperar. Te lo explicaré cuando nos veamos. Y confío en ti. Sé que lo entiendes. Será tu gran oportunidad, créeme.

—Tranquila, no pasa nada. Espero que todo salga bien. —Se sonroja, abochornada. El sonido de la risa de Amber se filtra a través de la puerta—. Creo que tendría que ir pasando.

Cuando entra otra vez en la habitación, se encuentra a Amber sentada frente al espejo maquillándose mientras Tom la filma. Luca ha encontrado su lugar junto a la mesita de noche, donde se apilan periódicos norteamericanos de los últimos dos días junto con las publicaciones de la prensa sensacionalista británica que han traído ellos. La llegada de Amber a los Estados Unidos ha significado una nueva oleada de prensa, el relato de nuevo de la historia una y otra vez. Mientras que los medios británicos no se han mostrado amables con ella —Greta recuerda perfectamente una columna publicada en el *Mail* en la que se relataba que Amber Banner representa todo lo malo de *la juventud actual*—, los norteamericanos, que han llegado con retraso a la fiebre Amber, parecen haberse conmovido con ella y su terrible historia, sus trágicos inicios en la vida. La revista que corona el montón tiene una fotografía de ella a su llegada al aeropuerto de Los Ángeles, bocabajo, con gafas de sol como una estrella de cine. *¡Amber Banner llega a Hollywood!* Luca mira a Greta con cara de exasperación.

Ella le responde con un amago de sonrisa y se aleja.

—Y bien, Amber, ¿te apetece el programa de hoy?

Amber se encoge de hombros y presiona un pincel sobre una paleta de sombras de ojos. Se aplica la sombra sin soplar el exceso y la mejilla se mancha con polvillo gris.

—No especialmente. Pero poder hablar sobre cosas es agradable. Ahora que el juicio se ha acabado.

—¿Para dejar las cosas claras?

A Greta no le gusta nada el cambio que percibe en su tono de voz cuando piensa en que puede incluso acabarse escuchando en el documental. Es como si estuviera leyendo un guion, pero sabe que tiene que apañárselas sola, que tiene que intentar adivinar qué es lo que quiere Federica aunque Federica no esté ni siquiera en el mismo continente que ella.

Amber sonríe a su propia imagen reflejada en el espejo. Greta sabe que a Tom, que está detrás de ella, le encanta esta toma. Tom se acerca, se detiene y Amber parece seguirle la corriente porque se detiene también un momento. Y dice entonces:

—Exactamente.

3

2000

Miles se despertó con sensación de miedo, como siempre últimamente. Resultaba gracioso, pensó, medio dormido, ser capaz de aplicar el término «siempre» a algo que llevaba pasando hacía apenas una semana. Pero hacía solo ese tiempo; podía contar mentalmente los días. Hacía diez días que Amber había nacido. Tres días desde que Sadie le dijo que su hija era víctima de un maleficio.

A menudo tenía la sensación de que su vida avanzaba a cámara rápida; de que el tiempo desde que Sadie le comunicó que estaba embarazada y el bebé había llegado al mundo había transcurrido en un abrir y cerrar de ojos. Se habían mudado desde la residencia a un minúsculo piso del bloque para familias universitarias, a escasa distancia andando del campus. Y todo había ido bien, todo había sido muy emocionante: los meses con el vientre de Sadie cada vez más voluminoso, la imagen de la ecografía pegada con un imán a la nevera, luego dos imágenes, una fotografía de los dos en el registro civil ocupando un lugar de honor encima del televisor.

Habían comprado cojines en una tienda de segunda mano para darle un poco de vida al sofá marrón, tenían el sórdido dormitorio repleto de montañas de ropita blanca. El curso también le iba bien.

Se levantaba temprano cada día para leer, acompañado por su taza favorita, que dejaba reposar llena de café en el alféizar, mientras Sadie seguía durmiendo acurrucada en la cama, pegada a la huella que había dejado impresa él.

Y entonces nació Amber, y todo cambió.

El primer par de días posteriores al nacimiento se había sentido nervioso y agitado. Había habido un momento, justo después de que le entregaran a Amber y cuando vio la cara blanca como la cera de Sadie y la sangre encharcando el suelo, en el que estuvo convencido de que la perdería. Una transfusión de urgencia después de la cesárea de urgencia y habían hecho salir a Miles de allí con el bebé en brazos. La violencia de todo aquello lo había dejado conmocionado, había pasado días afectado por su reverberación. El aspecto poseído y agotado de su cara le sorprendía a diario en el espejo del cuarto de baño del hospital. Pero Amber comía bien, dormía bien, tenía una mata de pelo rubio cubriéndole su frágil cabeza. Lentamente, la sensación de ansiedad, de estar cayendo por un precipicio, empezó a abandonarle.

Y entonces, la primera mañana después de regresar al piso, lo había dicho. Sadie, recostada en un cojín para amamantar al bebé mientras Miles, medio dormido, se dirigía al baño, había mirado a su hija y había dicho «Lo siento».

En aquel momento no le había prestado atención, pero al volver había encontrado a Amber acostada en el lado de él de la cama, con un gimoteo que iba en aumento hasta acabar convertido en llanto, mientras Sadie permanecía sentada en una esquina de la cama, mirándola. Miles vio que todo estaba tal y como lo había dejado: una silla vieja apartada para dejar espacio al cambiador del bebé, un montón de ropita doblada abandonada allá encima. Miró otra vez a Sadie. Tenía ahora la mirada fija en la silla, el sujetador y la camiseta dejaban el pecho al aire. El llanto de Amber subía de volumen.

Miles, con el corazón retumbándole con fuerza, había pronunciado el nombre de Sadie. La sensación de alivio que evidenció la mirada de ella cuando lo miró fue abrumadora pero breve.

—Vendrán a por ella —había dicho, aunque con voz serena—. Está maldita, como yo.

Y entonces había mirado a su hija, de tan solo una semana de vida, y había mirado de nuevo a Miles.

—Lo siento —había dicho.

Y entonces, pese a que Amber estaba ya llorando, se había levantado de la cama y había salido de la habitación. Miles había tranquilizado al bebé mientras oía que Sadie trajinaba con cacerolas en el fregadero. Cuando le había anunciado con un grito que salía a comprar leche y había oído que se cerraba la puerta sin darle a él tiempo a replicar, había corrido al teléfono para llamar a su madre.

—Son momentos difíciles —le había dicho Frances, ignorándolo—. Tú no tienes ni idea. Se pondrá bien.

Pero no estaba bien. O, mejor dicho, no podía ponerse bien. Porque a pesar de que no había repetido aquello, la descubría constantemente estudiando a la pequeña con la mirada. La descubría verificando las ventanas, cerrando con el pestillo de seguridad la puerta en pleno día.

Peor si cabe, sin embargo, eran los susurros. Había sucedido solo una vez (que él supiera, añadía una voz incorporada de forma desagradable en su cabeza), pero no podía dejar de pensar en ello. Un día, al llegar tarde a casa después de sus clases, delirante por la falta de sueño, había abierto la puerta y había oído de nuevo el llanto de Amber. La había encontrado en su hamaquita, que habían comprado también de segunda mano, y la había cogido en brazos. El llanto lo volvió loco durante unos minutos. Había entrado en el cuarto de baño, que estaba con la puerta abierta, luego había irrumpido en el dormitorio. Esperaba encontrar a Sadie durmiendo. Pero estaba tan enfadado consigo mismo que ya no lo soportaba, y empezaba además a desinflarse después de que Amber se quedara de pronto en silencio y empezara a notar la humedad de su boca chupándole el hombro.

Sadie no estaba en la cama. Sadie estaba de pie, de espaldas a él, apoyándose con una mano en la pared. Sadie estaba ligeramente encorvada, inclinada sobre la misma silla..., susurrando.

«Ella no», consiguió entender, aunque después pensaría que se lo había imaginado. Pensaría que se había imaginado, por un segundo, ver no una sino dos sombras reflejadas en aquella pared mugrienta y con manchas de humedad.

Lo que no se había imaginado, y eso lo sabía, era la rabia que había visto en los ojos de Sadie cuando se giró y lo descubrió allí, y tampoco se había imaginado el portazo que le dio en las narices con la puerta del dormitorio. Aunque cinco minutos más tarde, cuando estaba en la cocina sosegando a Amber con un biberón de leche en polvo que había preparado con torpeza, fue como si no hubiera pasado nada. Sadie había entrado en la cocina y había empezado a cortar una cebolla y una zanahoria para el pastel de carne que por la mañana habían dicho que comerían.

Y de este modo, sí, había empezado a despertarse por las noches con una sensación de miedo. Le resultaba ya familiar, casi reconfortante, un viejo amigo, y así fue como aquella mañana estuvo a punto de volver a cerrar los ojos y dejar que se apoderara de él.

Pero se giró hacia un lado y su mano cayó sobre la frialdad de la sábana, en el lado de la cama que ocupaba Sadie. La luz era débil y gris y oyó que Amber empezaba a agitarse en el moisés, pero Sadie no estaba en su sitio y la esquina del edredón estaba doblada perfectamente.

Se levantó y el miedo empezó a acrecentarse hasta convertirse en una sensación más apremiante. Amber gimoteaba dormida, pero la dejó en el capazo. Pestañeó con fuerza para rechazar los últimos vestigios de sueño y salió al pasillo.

Lo supo enseguida, así se lo contaría más tarde a todo el mundo. Lo supo, lo percibió. Pero lo hizo igualmente: recorrió todo el piso mientras los gritos de la niña crecían en espiral para pasar de la contrariedad a la angustia. No le llevó mucho tiempo comprobar que todo seguía inmóvil y en silencio, que cualquier rastro de ella ya se estaba evaporando. La puerta de entrada no estaba cerrada con el pestillo de seguridad, la llave de ella estaba sobre la mesa.

No tardó mucho tiempo en comprender que se había marchado.

4

2018

A la hora de comer, Amber presiona entre sus dedos una tambaleante hamburguesa; el pan obedece, la sangre brota como un torrente. Clava los dientes en ella, su mirada se cruza con la de Greta y los pepinillos crujen. La deja de nuevo en el plato en cuanto comienza a masticar y ambas observan cómo el bollo recupera lentamente su forma y un hilillo de queso fundido se extiende más allá del borde del plato y se derrama sobre la brillante superficie de la mesa de madera. Da la impresión de que la cámara le trae sin cuidado, podría decirse que casi se ha olvidado de que está allí hasta que se gira para ofrecerle una patata frita a Tom.

—¿Qué tal piensas que ha ido? —le pregunta Greta, apartando su ensalada.

Amber se encoge de hombros y bebe un buen trago de refresco.

—Todo el mundo ha sido muy amable —dice cuando termina.

—¿Te resulta difícil hablar así sobre lo que pasó? ¿Seguir viéndote obligada a pensar en ello?

Coge de nuevo la hamburguesa y la mira. Otro hilillo de queso se desprende poco a poco e inicia su inevitable viaje hacia la mesa. La sangre impacta contra el plato con un lento tictac.

—No —responde Amber por fin, mirando a Greta—. No,

ahora que puedo hablar del tema me siento bien haciéndolo. —Vuelve a encogerse de hombros y le da un mordisco a la hamburguesa—. Es fabuloso.

Greta mira a su alrededor. El restaurante está medio vacío; hará cosa de una hora que ha pasado la hora punta del mediodía. No hay *paparazzi*, lo cual es de agradecer. Sabe que Tom habría querido filmar una escena así. Se imagina ya el proceso de edición: probablemente en blanco y negro, probablemente con la voz en *off* de Federica. Tal vez incluso en cámara lenta, con los *flashes* de las cámaras explotando contra las ventanillas tintadas del coche, con las bocas de los fotógrafos abriéndose y cerrándose para reclamar la atención de Amber cuando ella se gira. Podría utilizarse a lo mejor para los títulos de crédito.

Amber está observándola con una sonrisa asomando en las comisuras de su boca. Lo sabe, piensa Greta. Sabe que Greta no tiene ni idea de lo que está haciendo. Que a las dos las han abandonado allí, aunque solo una de ellas avanza con dificultades. Amber se recuesta en su asiento y bosteza. Greta tose para aclararse la garganta antes de volver a hablar.

—¿Ni siquiera te molesta? —pregunta—. ¿Ser conocida? ¿Que la gente te pare por la calle? ¿Ni siquiera te resulta extraño que sepan más sobre tu infancia que tú misma? Hay gente que incluso ha escrito tesis al respecto.

Exagera, ha sido solo una persona. Una persona que comenta religiosamente cualquier artículo *online* que se publica sobre los Banner, que tiene su propia página web sobre la familia y su historia. Una página web de varias, cierto, pero la única que incluye una tesis completa que se puede descargar. Una investigación reciente llevó también a Greta hasta el mundo más exasperante de la *fanfiction* de Amber y Sadie Banner: foros, relatos y novelas enteras publicadas *online* sobre la condenada madre, la hija maldita y el Hombre Alto.

Amber ríe y el corazón de Greta empieza a acelerarse. A Federica le gustará esa risa, breve y amarga. Lo más probable es que utilice este clip inmediatamente después del que se ha filmado durante el programa de entrevistas de esta mañana, donde Amber aparece dulce y superbritánica, donde las lágrimas caen suavemente y sin mocos. Cuando la presentadora ha tenido que coger también un pañuelo de papel y la maquilladora se ha visto obligada a acercarse corriendo al plató en cuanto Amber lo ha abandonado durante la pausa publicitaria. Sí, a Federica le gustará, sobre todo por el silencio que sigue ahora, con Amber mirando por la ventana. Lo público y lo privado. Los pensamientos que se retuercen bajo la superficie de la nueva cara famosa de Gran Bretaña.

La asesina más solicitada de Gran Bretaña.

Dejan a Amber en el hotel, donde se ha reservado un montón de horas seguidas en el *spa*. En el coche, sentadas en el asiento de atrás, le coge la mano a Greta.

—¿Me tiño de rubia? Rubia rubia, me refiero. ¿Sabes ese tipo de rubio que es casi plateado? ¿Como un blanco con matices violeta?

Greta, que lleva las mechas tan descuidadas que le alcanzan incluso la altura de las orejas, emite un sonido evasivo.

—Es un *look* que se lleva mucho, aunque exige un montón de mantenimiento, imagino.

Amber arruga las facciones y aparta la vista. Suelta la mano de Greta. Cuando paran delante del hotel, salta y hace estallar un globo de chicle.

—¿Quedamos así hasta mañana?

—Sí, nos vemos mañana —confirma Greta.

Resiste el impulso de decirle a Amber que si cambia de color de pelo habrá incongruencias en el documental, que Federica se cabreará. Pero ¿por qué no cambiárselo? ¿Por qué no cabrear a Federica? Amber es lo único de la producción que no puede ni planificarse ni controlarse y Greta sabe perfectamente que el asunto empieza a frustrar a la famosa Federica Sosa. Se dio cuenta de ello durante los últimos días en Londres, después de que Amber eludiera no una, sino cinco llamadas telefónicas de Federica, después de que una reunión que tenían planeada tuviera que reprogramarse dos veces hasta acabar cancelándose. Una cena de celebración entre directora y protagonista se desintegró rápidamente después de que Amber engullera cuatro cócteles y anunciara que le apetecía ir a bailar y no al elegante club privado que Federica tenía pensado. Por lo tanto, a Greta no le sorprende que los «asuntos personales» de Federica, tan abundantes, sean lo suficientemente importantes como para pasarle la responsabilidad a ella en esta fase del proyecto. Greta, que necesita este documental para alcanzar el éxito y que, por lo que a Federica se refiere, posee un historial excelente en cuanto a gestionar («manipular», sugiere una vocecilla) personajes complicados como Amber («No eran como Amber», insiste la voz, y se ve obligada a ignorarla).

Ya en su motel barato, haciendo caso omiso a los golpes del cabezal de la habitación contigua y al gemido de las sirenas que suenan a un par de manzanas de distancia, abre el ordenador y se sienta a mirar el correo. Ninguna novedad —lo cual, de por sí, es bueno—, aunque hay que pensar que en Londres es última hora de la tarde y que Federica estará seguramente preparándose su primer vodka con tónica, o tal vez el segundo. Relee un mensaje de Hetty, su compañera de piso, que recibió ayer y que abrió a mitad de la noche anterior, cuando no podía dormir. Como siempre sucede con los mensajes de Hetty, va directa al grano: su otra compañera de piso, Lisette, quiere celebrar una cena de cumpleaños la semana que viene. Escribe una respuesta rápida dando su conformidad; por entonces ya estará de vuelta en Londres y sabe que dedicará diecinueve horas diarias a investigar, revisar metraje, intentar ayudar a Federica a encontrar esa «cosa» misteriosa que convertirá el documental en el hecho más trascendental del caso Banner, además de estar en todas las tomas que se hagan con Amber. Pero sacará tiempo de donde sea para estar presente en la cena, se dice. Lleva solo seis meses compartiendo piso, mientras que Hetty y Lisette llevan tres años juntas; estar implicada en este tipo de cosas es agradable. E importante, se recuerda. Importante tener algo más, algo distinto a todo esto. No quiere volver a caer en ese error.

Una vez enviado el mensaje, abre otra ventana y entra en la página que comparte todo el equipo. Ve el icono de Tom en la esquina; debe de estar trabajando con el material que se ha rodado durante el día. Ve que Federica ha incorporado sus notas revisadas a la carpeta, y descubre que por fin puede comprender, lo cual resulta preocupante, su versión exclusiva e inconsistente de la taquigrafía.

No está con ganas de leerlas, de modo que mientras espera a que Tom suba el nuevo material, repasa parte del trabajo de preparación que se hizo en Londres. Carpetas y carpetas de notas y casos de estudio compiladas por Federica y ella. Entrevistas y grabaciones antiguas, fotografías de la policía. Se tumba bocabajo en la cama, que cruje con el peso, y abre una de las entrevistas que llevó a cabo Federica, etiquetada correctamente por una vez: *Garrett 23/02/18 FS*.

El aspecto de David Garrett es tan oleoso como empalagoso era el sonido de su voz cuando Greta lo llamó para programar la entrevista. Se agita con nerviosismo en la silla de plástico de la cafetería y la dura luz blanca del foco captura las manchas de grasa de la nariz y de la frente, las sombras oscuras que se extienden bajo el sobaco de la camisa.

—Explíqueme qué puesto ostentaba cuando se produjo la desaparición de Sadie Banner —dice Federica desde algún lugar cercano a la cámara, sin duda alguna con un par de cafés en el cuerpo y moviéndose también con nerviosismo.

Garrett tose un poco.

—Era detective de la policía y me asignaron el caso después de que los agentes que respondieron a la llamada considerasen que se trataba de una desaparición sospechosa.

—¿Puede contarme un poco más sobre lo que descubrió al principio?

—No era nada especialmente excepcional. No había signos de forcejeo ni nada por el estilo. El marido se va a dormir y al despertarse descubre que su mujer se ha largado... Nada que no hubiéramos visto antes.

—¿Pensó que ella lo había abandonado?

—De entrada esa fue la opinión general, sí. Había cogido una bolsa, algo de ropa.

—¿Y qué fue lo que le llevó a la conclusión de que podía tratarse de algo más siniestro?

Garrett se agita de nuevo en la silla, justo en el momento en que en la esquina de la pantalla del ordenador de Greta aparece el aviso de la entrada de un nuevo mensaje. Da un brinco y su mirada repasa la cabecera del texto. *Asunto: Su pedido a través de JustEat.* Lo ignora y vuelca de nuevo su atención en el vídeo.

—Bueno, estaba el hecho de que el bebé tenía solo diez días. Nos preocupaba al principio que Sadie sufriera una depresión postparto o una psicosis postparto, y que su seguridad personal pudiera estar en riesgo.

—Pero esa teoría no duró mucho.

Otra tos nerviosa, eso quedará bien. Probablemente estrecharán la toma, irán acercándose hasta obtener un primer plano.

—La verdad es que nunca la abandonamos del todo —dice, jugando con un sobrecito de azúcar—. Pero las conversas que mantuvimos inicialmente con la consultora de salud, con la comadrona y con el médico de cabecera no indicaron que hubiera un riesgo en ese sentido. O, al menos, no había habido señales de alarma. Y entre tanto..., encontramos otras áreas potenciales de preocupación.

—¿Podría darme más detalles? —pregunta Federica.

Greta se levanta y entra en el baño para lavarse la cara, deja que las voces sigan calándole.

—El esposo... pasó a ser objeto de investigación.

—¿Por qué?

—Desde el comienzo quedó patente que escondía alguna cosa. Su interacción con nosotros era... algo reacia.

—¿No pensaron que su actitud podía estar debida a la tensión de tenerse que ocupar él solo del bebé?

—Tal vez sí, al principio.

Greta entra de nuevo en la habitación, secándose la cara con una toalla áspera. David Garrett pronuncia determinadas palabras de forma extraña, ya se fijó en ello la primera vez que vio aquel corte. «Tal vez».

—Le seré franco —dice, dejando caer por fin el sobrecito del azúcar—. Estaba al cien por cien seguro de que era culpable. Pero no teníamos pruebas.

—¿Pensaba que Miles Banner había asesinado a su esposa?

—Así es, señora. Habría apostado mi casa a que así había sido.

Federica deja que el silencio se asiente un poco más de lo que en aquel momento habría sido cómodo, pero Greta sabe que cuando hagan la edición final quedará también así. Para dejar que el público se regocije con el chiste, para dejar que el momento se agrande. Al final, le suelta:

—Debió de ser, entonces, una sorpresa.

Y Garrett, que es un buen tipo, ríe.

—Bueno, sí —dice—. Pasé quince años de mi carrera arrepintiéndome de un asesinato que no pude demostrar y entonces, un día, la víctima se planta de nuevo delante de la puerta de su casa.

5

2016

La mañana del día del dieciséis cumpleaños de su hija, Sadie Banner se vistió con esmero. No excesivamente formal, pero sí con algo bonito, decidió. Con algo para celebrar el acontecimiento. Intentó no pensar en todos los cumpleaños que se había perdido, en todas las ocasiones en las que no había escrito, en las que ni siquiera se había acordado (aunque esto, sabía, no era cierto. *Siempre* se había acordado). Intentó no pensar en todos los cumpleaños que había pasado lamentándose, con miedo, sola (aunque esto, sabía, tampoco era cierto. *Nunca* había estado sola). Intentó no pensar en nada, como hacía a menudo, y se duchó y se vistió. Tal y como tenía que hacer.

Bajó, cargada con la bolsa de material brillante donde llevaba todos los regalos de cumpleaños de Amber, tal y como Miles le había pedido que hiciera. Las escaleras crujieron bajo su peso desconocido, alarmadas. A menudo, la casa le dejaba claro su sentimiento de hostilidad. La oía decírselo cada vez que chirriaba una puerta, que aullaba una tabla de madera del suelo: «intrusa». Y no podía más que darle la razón.

Miles estaba en la cocina, se escuchaba el chisporroteo de la masa al caer en la sartén. Tortitas, claro; la comida favorita de

Amber, se recordó, puesto que durante los últimos seis meses conocer a su hija —las cosas que le gustaban y las que no, sus costumbres, sus expresiones; le recordaba a Sadie leer detenidamente la revista *Smash Hits* para conocer hasta el último detalle de su cantante favorito— se había convertido en una especie de examen que cateaba constantemente. Estaba descubriendo que no podía ni confiar siquiera, de un día para otro, en las cosas que sabía que eran un simple capricho. Durante un tiempo, cuando Sadie volvió a casa, a Amber le encantaban las crepes, pero ahora resultaba que las tortitas tenían que ser pequeñas y gruesas, al estilo americano. Ahora solo le gustaba lo americano: las marcas que llevaba, la música que escuchaba, los programas que miraba sin cesar en la tele y en el ordenador. Incluso había empezado a hablar con un leve acento, solo un deje, y Sadie no sabía si lo hacía a propósito o si lo hacía por osmosis, como resultado de todas las horas que dedicaba a ver *Gossip Girl* (¡Una especie de *remake* de *Sensación de vivir*! ¡Qué vieja se sentía!) y *Pequeñas mentirosas*.

Su hija. Pronunciar esa frase se le hacía extraño, incluso mentalmente.

Las planchas de madera del suelo del pasillo también crujieron de camino hacia la cocina, donde Miles estaba cantando a coro con Frankie Valli, que lo hacía por la radio. Sadie dobló la esquina y lo vio, de espaldas a ella, meneando las caderas mientras le daba la vuelta a una tortita y removía un poco lo que quedaba de masa.

Era el primer día de sol de la primavera y la luz que se filtraba a través de la ventana de la cocina era mantecosa y clara. Cuando se giró para deslizar las tortitas ya hechas hacia el montón que tenía listo a su lado, la vio. Iba vestido con el pantalón del pijama y una camiseta gris salpicada con masa, el pelo pegado a un lado. Era lo único que no había cambiado, que nunca cambiaba. Lo cual la había desconcertado al llegar, lo cual aún le resultaba difícil. Durante un segundo se imaginó que era la primera mañana, cuando se despertó en el dormitorio de él en la residencia y salió y se lo encontró en la cocina, aunque aquella vez estaba friendo —quemando, mejor dicho— beicon y las manchas de la camiseta eran del Snakebite de la noche anterior. Se imaginó que nada de lo que había sucedido en aquel tiempo había ocurrido de verdad.

Pero fue solo un segundo.

Miles le sonrió; estaba mejorando en ese sentido. O al menos, la sonrisa emergía ahora con más rapidez y la mirada de miedo y evaluación que se apoderaba de su rostro cuando la veía era cada vez más pasajera. Espátula en mano, intentó devolverle la sonrisa cuando se acercó a ella, y le dio un beso, justo al lado del ojo, como si hubiera titubeado entre la frente y la mejilla y se le hubiera hecho tarde para elegir.

—Buenos días —dijo Miles.

—Buenos días —dijo ella, sorprendiéndose al ver que se había atrevido a deslizar un brazo alrededor de la espalda de Miles, calentada por el sol. Se permitió aspirar el adormilado y harinoso aroma que desprendía, una corriente subterránea de loción para después del afeitado y sudor. Miles se apartó y le cogió la bolsa de los regalos.

—Recuerdo los buenos tiempos —dijo—, cuando me quedaba despierto hasta las tantas para intentar descifrar cómo envolver un triciclo de plástico de color rosa o el caballo y el carruaje de Barbie.

Sadie vio que se daba cuenta demasiado tarde de que el comentario podía ser interpretado como una pulla, de modo que sonrió de nuevo para liberarlo de aquel peso. Miles dejó la bolsa en la mesa y se tomó su tiempo para disponer los regalos —maquillaje MAC y varios DVD, un perfume que había costado una cantidad de dinero que a Sadie le parecía obscena— de tal modo que quedaran repartidos sugestivamente alrededor de la bolsa. Satisfecho, se acercó de nuevo a los fogones y dejó caer otra cucharada de masa en la sartén.

Le había dolido, naturalmente, aunque Sadie sabía que el comentario no llevaba mala intención. Supuestamente, no había que evitar los recuerdos sino que había que aceptarlos, agradecerlos, buscarlos, no aislarlos como solitarias esquirlas de cristal en un arenal anónimo. Miles no tenía la culpa de que aquellos recuerdos inocuos de triciclos de color rosa y caballitos de plástico no fueran también de ella, de que la llenaran de terror. No tenía la culpa de que ella los hubiera abandonado a los dos. No tenía la culpa de que ahora hubiera vuelto.

Se acercó a la nevera y miró el interior, porque eso era lo que la gente solía hacer en las cocinas. Durante su ausencia, apenas si se preocupó de la comida, compraba pan y comida basura cuando se acordaba, la mayoría de las noches comía sopa de lata.

—He comprado arándanos —dijo Miles—. Le gustan aún los arándanos, ¿no?

—Creo que sí.

Sadie cogió un arándano y se lo depositó en la lengua; lo hizo estallar contra el paladar. Amargo. Las sensaciones empezaban a tomarla de nuevo por sorpresa. Todas aquellas cosas superficiales de la vida empezaban a cobrar sentido otra vez.

Puso los arándanos en un cuenco junto con unas frambuesas que recordaba vagamente haber comprado hacía dos o tres días. Estaban en su óptimo punto de madurez. Cuando las vertió en el cuenco, dejaron coágulos, la caja quedó manchada de rojo. Llevó el cuenco a la mesa junto con un tarro de yogur griego, otro de los favoritos (temporales) de Amber. Aunque su juventud había quedado atrás hacía años, cuando veía a Amber comer tenía que morderse la lengua o el interior de las mejillas para impedir que salieran de su boca exactamente las mismas palabras que su madre siempre le soltaba cuando estaban sentadas a la mesa: «Mejor no comas demasiado de esto. Tienes que vigilar esa figura. No siempre estarás así. Ya sabes que hay versiones desnatadas». Sabía que Amber intuía aquellas palabras no pronunciadas. Y no es que fuera una rareza; en aquella casa tenía a menudo la sensación de que existía otra dimensión: cosas que no se decían, una vida en las sombras donde se desarrollaban los asuntos internos de la familia, donde habían guardado a buen recaudo los dieciséis años anteriores. Hasta el momento, Amber había seguido muy bien el juego, pero Sadie lo intuía allí, bajo la superficie; una desconfianza, una furia que iba en aumento. En la casa ahora eran dos.

—Buenos días.

Cuando Sadie se giró lo hizo notando la tensión que le presionaba el corazón. Su hija se había quedado en el umbral de la puerta, envuelta en su albornoz, con el pantalón de franela del pijama metido en unas botas UGG peludas. Por las mañanas, su rostro siempre sorprendía a Sadie. Verla sin maquillaje, con las cejas con su tono rubio normal en vez de pintadas gruesas y oscuras, era tan excepcional que a veces necesitaba un minuto para calcular si era Amber quien estaba mirándola. Mirándola de aquella manera, sin pestañear, imperturbable. Mirándola con una cara tan similar a la de Sadie que cuando se vieron por vez primera aquella noche, seis meses atrás, no pudieron dejar de mirarse. Sadie sintió una punzada de miedo.

Amber llevaba el pelo con mechas recogido en un moño torcido en lo alto de la cabeza y bostezó abriendo mucho la boca y abanicando el aire con exageración.

—¡Feliz cumpleaños, mi niña! —dijo Miles, pasando por delante de Sadie para abrazar a Amber con tanta fuerza que la levantó en volandas.

—Gracias, papá. —Puso cierta cara de exasperación cuando él volvió a dejarla en el suelo, pero era una expresión cariñosa que Sadie estaba por fin aprendiendo a interpretar—. ¡Ooooh, regalos!

Su hija volcó la atención hacia la bolsa de regalos y el papel de color pastel empezó a llenar el suelo a su alrededor. Fue examinando brevemente cada regalo, emitiendo de vez en cuando un gritito antes de incorporarlo a la montaña que se estaba formando sobre la mesa. Todo eran cosas de la lista que le había impreso a Sadie hacía un mes, ninguna sorpresa. A Amber no le gustaban las sorpresas y Sadie lo encontraba comprensible.

Cuando hubo terminado, los miró y sonrió.

—Gracias —dijo.

Y, para sorpresa de Sadie, Amber se acercó a ella, la abrazó con fuerza —correctamente— y Sadie inspiró el aroma floral y ligeramente sudado de su cabello y el olor de su piel.

—De nada —replicó, vertiginosamente al borde de las lágrimas—. Feliz cumpleaños.

Amber ya se había apartado, se disponía a rodear con los brazos el cuello de Miles y plantarle un beso en la mejilla cubierta con barba de dos días. Sadie retrocedió, embargada por una sensación de calidez extraña. Cuando Amber decidía arrojar su luz sobre ti, por breve que fuera el momento, era tan brillante que deslumbraba. Sadie se quedó desubicada, como si hubiese pasado del sol a una habitación oscura, como si su cerebro tuviera que hacer un esfuerzo para ponerse al corriente de la nueva situación.

—¡Y ahora un desayuno de cumpleaños para la cumpleañera! —exclamó Miles, depositando con orgullo en la mesa la bandeja de tortitas y haciendo una reverencia.

—¡Oh, gracias, papá! —Amber se llenó un plato y volcó un rabioso chorro de jarabe sobre todo—. Ñam. —Pinchó con el tenedor en una esquina para llevarse un trozo a la boca, sin sentarse, y echó a andar hacia la puerta—. Tengo que prepararme para ir a la escuela.

—Vaya, yo pensaba... —empezó a decir Miles, pero Amber ya había desaparecido, habiendo secuestrado su plato, y sus pasos retumbaban por el techo, por encima de ellos.

La estancia se quedó curiosamente paralizada sin ella, incluso cuando Miles se dejó caer en una silla y empezó con tristeza a servirse tortitas en su plato.

—¿Café? —dijo Sadie.

Miles se volvió hacia ella y sonrió. Se alegraba de que estuviera allí, vio Sadie, con una aplastante sensación de alivio. Estaba allí. Estaba allí, Amber era su hija y ella volvía a estar en casa.

Sus padres estaban esforzándose por mostrar un aspecto de seriedad mientras permanecían sentados en las inestables sillas de plástico. Su padre se inclinó hacia delante, como si no quisiera perderse ni una palabra de lo que la señora Barclay decía desde el otro lado de la mesa. Su madre se había olvidado de cambiarse su ropa de andar por casa y en el hombro de su vieja camisa se veía una mancha blanca. Los dos escuchaban a la profesora con el entrecejo fruncido, la boca tensa. Viendo la escena desde fuera, podía dar la impresión de que los que andaban metidos en problemas eran ellos.

Sadie los observaba a través del cristal rallado de la ventana del aula, mientras rascaba con la punta del zapato el suelo de linóleo. El pasillo estaba fresco y tranquilo y hasta el momento estaba sola. Pero el fluorescente que había al fondo había empezado a parpadear y sabía que tenía que ir controlándolo. Miró a sus espaldas, donde el pasillo se cruzaba con otro, cuyas luces estaban ya apagadas. No se movía nada, por el momento, así que volcó de nuevo toda la atención en la escena que se desarrollaba dentro del aula.

Vio el momento exacto en que sus padres pasaron de estar ansiosos a enfadados. Habían acudido a la reunión esperando recibir noticias sobre una pelea o algún hueso roto, pero el «incidente» al que la señora Barclay se había referido con voz entrecortada había resultado ser el siguiente.

«Sadie». El primer susurro recorrió el pasillo a sus espaldas. Sadie miró de nuevo el parpadeo del fluorescente, pero no mostraba indicios de remitir. No aflojaba y, por lo tanto, las sombras seguían controladas. Cuando volvió otra vez la atención hacia la ventana, las tres caras adultas estaban vueltas hacia ella.

En el coche, de camino de vuelta a casa, su madre se pasó todo el rato tirando del cinturón para poder girarse y mirar a Sadie.

—¿Estás bien, cariño? —preguntó un par de veces, y Sadie tuvo que hacer esfuerzos para asentir y sonreír en vez de resoplar.

Esperaron hasta la hora de la cena, aunque era de esperar. Anne y Robert Frederick preferían dejar que los problemas se descompusieran con la esperanza de que al final, con una cantidad suficiente de presión por parte de la vida normal, enmohecieran y se quedaran en nada, reducidos al caldo de cultivo en el que se desarrollaban las familias.

Pero aquello, evidentemente, era demasiado como para poder ser ignorado. Mientras comían unos espaguetis a la boloñesa, y la camisa de su padre se iba moteando de naranja y la marea de trozos de zanahoria se acumulaba lentamente en un extremo del plato de Sadie, se quedaron mirándola. Se comió antes los champiñones, haciéndoles caso omiso.

Fue Anne quien finalmente decidió tomar la palabra. Su tenedor descendió y emitió un sonido cargado de intención al chocar contra el plato. Robert se apresuró a sorber los espaguetis que acababa de coger.

—¿Qué ha pasado hoy? —preguntó Anne—. Cuéntanos tu versión de la historia.

Y Sadie dejó los cubiertos y empujó la silla hacia atrás.

—No me acuerdo —dijo, y se marchó a su habitación.

* * *

Se acordaba, por supuesto. Y lo recordó perfectamente bien mientras estaba tumbada en la cama con las dos lamparitas y la luz del techo encendidas. Una de las lamparitas era nueva, una lámpara de lava que habían comprado en una tienda que olía a incienso y donde una cortina de cuentas separaba una diminuta sección de la otra. Su madre odiaba aquella tienda, como todas las madres, pero había decidido entrar en ella para animar a Sadie después de su primera visita al dentista para ponerle empastes (ni una sola vez, como era de esperar, le había recordado a Sadie que era ella quien se lo había pedido; incluso le había comprado un polo Mr. Freeze de sabor a cola de camino a la consulta. No era el de color azul —antes se congelaría el cielo que ver a Anne Frederick permitir que su hija comiera una cosa con un tono azul tan poco natural—, pero significaba igualmente una victoria). Sadie había elegido la lámpara rápidamente, temerosa de que la oferta fuera a expirar de repente, y ahora se pasaba horas contemplándola, viendo cómo las viscosas gotas moradas evolucionaban en el interior de aquel líquido pegajoso de color rosa.

La otra lámpara llevaba en la mesita de noche desde que era pequeña: una casita en forma de seta de porcelana, con ventanas y una puerta entreabierta para que la luz pudiera salir cuando estaba encendida. La había dejado abandonada debajo de la cama, pero hacía poco había tenido la necesidad de volver a ponerla en funcionamiento, aun sabiendo que era demasiado mayor para tener que dormir con luz.

Se acostó con una lamparita encendida a cada lado y con la luz del techo, con su pantalla llena de polvo, proyectando sobre ella su acogedora calidez. Pero las sombras llegaron igualmente. Se filtraban por debajo de los muebles y se arrastraban por las paredes. Los susurros se escurrían entre el murmullo apagado de su acelerada respiración, mientras intentaba decirse que no podía oírlos.

Pensó en la cena que había dejado a medias y en sus padres, que con toda probabilidad seguían sentados en silencio a la mesa, y se tumbó de costado.

En la escuela se sentía segura. No era lo mismo que ir al bosque con Helen de la mano, con Justine y Marie turnándose para contar historias sobre el Hombre Alto. Cuando estaban solas en el bosque y el viento susurraba entre los árboles, era como si pudiera pasar cualquier cosa. Como si pudiera emerger de entre las sombras en cualquier momento y llevarse con él a cualquiera de ellas. Pero la escuela, con sus ventanas sucias y sus filas de pupitres, era un lugar normal. Allí nadie era especial. Pasaba los días mirando hacia el patio y más allá, hacia las nubes que se desplazaban con rapidez por el cielo gris. Preguntándose si aquellas historias podían ser ciertas, si las cosas que a veces oía por las noches en la oscuridad de su habitación eran reales. Preguntándose si quería que lo fuesen.

Este trimestre estaban estudiando la época victoriana, y le gustaba. Le gustaba mirar las fotografías en blanco y negro de mujeres con vestidos con polisón, hombres con camisas con el cuello levantado y sombrero. Se imaginaba calles adoquinadas con charcos iluminados por la débil luz de las farolas, la niebla asomando por las esquinas. A veces soñaba con una casa alta con peldaños para acceder a la puerta principal, con una cara que no era la de ella mirándola desde un espejo con sofisticado marco dorado. El sonido de unos tacones en un callejón, el olor de algo dulce y terrible.

Helen no había ido al colegio. Sadie había decidido que pasaría un momento por su casa a la vuelta para ver si estaba bien. Helen se ponía enferma a menudo; era como si atrajera cualquier virus y resfriado que hubiera en el ambiente. Pero Sadie no podía evitar preguntarse si Helen también habría empezado a escuchar su nombre susurrado desde las sombras.

Era martes, lo que significaba que tenían clase de educación plástica, y la señora Barclay les había pedido que hicieran dibujos de las fábricas y los molinos sobre los que habían estado hablando, sirviéndose de tiza y carboncillo para señalar los lugares donde la luz alcanzaba y donde no. A todo el mundo le gustaba aquella clase y por una vez reinaba el silencio mientras los alumnos permanecían inclinados sobre sus trabajos. Entre dedos sucios y papel de dibujo con los bordes arrugados, los bocetos fueron cobrando vida. Sadie, sentada en su pupitre, veía como a su alrededor crecían chimeneas humeantes y ventanas torcidas, pero en su papel solo había humo y sombras, una masa turbulenta que alzaba el vuelo cada vez que la miraba.

Levantó una mano con decisión.

—Me he equivocado —le dijo a la señora Barclay—. Quiero empezar de nuevo.

—Ve a buscar más papel —dijo la señora Barclay, chasqueando la lengua—. Y date prisa.

En el fondo del aula había una puerta que daba acceso a un almacén largo y estrecho. Las paredes estaban cubiertas con estanterías baratas de madera conglomerada llenas de material de manualidades, libretas y aquellas carpetas de plástico con cierre hermético que supuestamente servían para transportar de un lado a otro los deberes. Había también cajas de lápices, pinceles y una cantidad impresionante de telarañas que se aferraban a los muros toscamente pintados.

Sadie dudó solo cruzar la puerta. Había una sola bombilla, colgando desnuda del techo y balanceándose levemente por la corriente que entraba desde el aula. Su luz blanca, tranquila y uniforme, se reflejaba sobre el suelo de hormigón. Las esquinas y los extremos guardaban su independencia, tenían sus propias sombras; la luz era demasiado débil para alcanzarlos. Cuando dio un paso hacia la estantería donde almacenaban el papel, la puerta se cerró con un crujido a sus espaldas y las sombras aumentaron de tamaño.

Titubeó unos instantes, pero la montaña de papel estaba tentadoramente cerca y notaba en su interior la emoción de la creación. Llevaba un tiempo presente, la idea de hacer algo o de escribir un relato era tan potente que se enfadaba cuando, teniendo el papel y las herramientas, aquel lo que fuera no emergía de inmediato.

De modo que se olvidó de la oscuridad que la acechaba y se acercó a la estantería. Eligió un papel un poco más grande que los demás, imaginándose a la señora Barclay haciendo caer la guillotina una y otra vez mientras las hojas se iban acumulando a sus pies. Se olvidó de la oscuridad que la acechaba hasta que la bombilla parpadeó, primero una vez, luego dos. Apartó la mano de la estantería. Miró hacia el fondo del cuarto, donde se apilaban sillas y un caballete viejo y desvencijado. La oscuridad allí tenía una forma alargada y la luz oscilaba ahora de un modo tan violento que la sombra del caballete se expandía por el suelo para replegarse luego hacia su rincón.

Pero lo que había en la esquina no era la sombra del caballete, ¿verdad? Se le paró el corazón al ver que la sombra se separaba de la pared, que se desplegaban unos dedos largos. Una nariz y una barbilla de perfil, arriba, en lo alto de la pared, se volvieron muy despacio hacia ella.

El papel cayó al suelo.

—Escucha —dijo una voz.

La mano de Sadie recorrió a tientas la estantería y encontró un bote con tijeras con mango de plástico. Estaba escuchando.

Notó un aliento en la nuca, una sombra inclinándose sobre la de ella. La luz volvió a parpadear y entonces, con un chisporroteo y un sonido seco, se apagó.

—Sadie —dijo la voz.

Sadie se quedó inmóvil, notando que la oscuridad se movía a su alrededor.

«No tengas miedo —se dijo—. Tú lo has pedido, tú lo has pedido.»

Pero cuando notó de nuevo el aliento sobre la piel, cerró con fuerza los ojos a pesar de la oscuridad reinante.

—Sadie —dijo la voz otra vez.

Unos dedos fríos le rozaron la mejilla. El papel de las estanterías empezó a agitarse, los botes a temblar.

—Puedo hacerte especial, si me lo pides.

Sadie no estaba preparada para ser especial. Intentó con todo su empeño permanecer quieta, pero cuando aquella mano suave y fría se cerró sobre su brazo, no pudo evitar un grito. No pudo evitar tampoco que su propia mano, caliente y húmeda, se cerrara sobre las tijeras, realizara un veloz movimiento y lo atacara con violencia.

Y entonces oyó un grito que no era el suyo. Entonces abrió los ojos y vio la puerta del almacén abierta, el aula bañada por la luz. Y a la señora Barclay delante de ella, con las tijeras con mango verde clavadas en su brazo rollizo. La sangre descendía lentamente en dirección a la mano, manchada de tiza y carboncillo. Tenía la mirada clavada en Sadie, sus ojos abiertos y llenos de miedo.

Y entonces Sadie volvió a quedarse sola.

Se preguntó si ahora estaría también sola.

Miró el techo, aguzó el oído para captar el silencio de la casa. Y entonces se levantó y, muy despacio, una a una, fue apagando las luces.

6

2016

Ahora Sadie llegaba pronto a todo, estaba decidida a no retrasarse nunca y a demostrar que era una persona de fiar. Durante su ausencia, el tiempo había sido completamente suyo y apenas pensaba en él; en consecuencia, le costaba adaptarse a sus formas estrictas, a su marcha implacable. Pero lo intentaba. «Si vuelves —le había dicho Miles aquella primera mañana, blanco por la sorpresa y con los ojos hinchados y enrojecidos por la falta de sueño—, tienes que tomártelo en serio. Tienes que ser su madre». Y se lo estaba tomando en serio. Era como si hubiera empezado en un nuevo trabajo y se esforzara constantemente por impresionar a sus dos jefes. Sabía que pasaría mucho tiempo hasta considerar superado el periodo de prueba.

Llegó al aparcamiento del centro cultural a las diez menos diecisiete minutos, es decir, con diecisiete minutos de antelación. Le pareció razonable, de entrada, no sería una espera larga, de modo que se recostó en el asiento y escuchó el tic metálico del motor al empezar a enfriarse. Era muy tarde, había pocos coches y los abetos que bordeaban el parque se sacudían y agitaban con el viento. Siguió sentada en el coche, prestando atención a su respiración. Intentó no mirar hacia los árboles.

Se sacudían y se agitaban. El semáforo naranja proyectaba una sombra alargada que se extendía, desplegada. Sobre el asfalto, las formas oscuras bailaban y emprendían luego el vuelo. El motor seguía con su tic, tic, tic, los segundos se volvieron elásticos. Cerró los ojos. No sirvió para nada.

Le había sorprendido que Amber hubiera accedido a la sugerencia de Miles de ir a la discoteca de la asociación benéfica para celebrar su cumpleaños. Era para menores de dieciocho años, lo que significaba cero alcohol, y Sadie estaba segura de que Amber rechazaría la idea. Pero a Sadie le costaba predecir las reacciones de Amber, aunque era normal. A pesar de que la similitud física entre madre e hija era innegable, a Sadie le gustaba descubrir que su hija tenía rasgos de carácter que eran exclusivos de Miles. Se había dado cuenta también de lo buena que era Amber con Miles, que aceptaba sus sugerencias por mucho que fuera evidente que no eran emocionantes ni atractivas para ella, y Sadie lo tomaba como una buena señal. Cuando vislumbraba algo de sí misma en la cara de su hija, intentaba ignorarlo y pensar que había sido un capricho de la luz.

Abrió los ojos y miró hacia el edificio. Cuando se marchó de allí, dieciséis años atrás, aquel edificio no existía; tanto aquello como el aparcamiento eran un campo de cultivo amarillento. Pero la ciudad se había extendido, y ella estaba aún descubriéndolo, con fincas enteras pobladas por casas de ladrillo idénticas que brotaban en lugares que no sabía que habían sido alterados hasta que pasaba por ellos. ¿Esperaba acaso volver y encontrarlo todo igual? No estaba del todo segura.

Prácticamente todos los días seguía recordando la noche que llegó a la puerta de su casa.

Era tarde, más tarde de lo que le habría gustado, y no sabía muy bien si sentirse aliviada al ver aún la luz encendida en la sala de estar. Llegaba con las manos vacías, lo cual le había parecido importante. Había visto antes la casa, por supuesto, aunque no se lo había confesado a Miles. Había tenido necesidad de llevar a cabo previamente sus comprobaciones, de estar segura. Necesitaba saber que solo ellos dos vivían en la casa, que Sadie regresaría sola, que no habría invitados ni bienvenidos recibiéndola. Consideró que por fin había llegado el momento, que por fin podía volver a ellos con seguridad..., por mucho que hubiera sido difícil saber que era importante estar segura. Las sombras tenían la desgraciada costumbre de volver a ella.

Al recorrer el corto camino de acceso a la casa, se había fijado en el coche, en el adhesivo descolorido con un unicornio pegado a la ventanilla del copiloto. En el suelo de aquel lado había visto también una carpeta, con la etiqueta escrita con una caligrafía desconocida para ella: *Trabajos de Diseño y Tecnología* ☺. Recordaba que se había quedado en el umbral de la puerta, escuchando. La Sadie que había sido deseaba seguir andando, rodear la casa con sigilo y mirar a través de las ventanas, verse a sí misma desde una distancia de seguridad. Pero lo que había hecho, en cambio, había sido tocar el timbre.

Se abrieron las puertas automáticas que daban acceso al centro cultural y la luz inundó el asfalto. Llegó un nuevo coche al aparcamiento y los focos cortaron la oscuridad. No pudo evitar encogerse, girarse hacia los árboles. Dejar atrás a los viejos amigos era más duro de lo que se imaginaba.

El grupo de chicos que emergió de las puertas fue separándose lo bastante como para permitirle ver a Amber entre ellos; iba del brazo de Mica. Sadie se alegraba de recordar el nombre de Mica. Y estaba también Alisdair, el otro mejor amigo de Amber. Eran un grupo de tres desde que Amber iba a la guardería y era importante que Sadie recordara aquel detalle.

Se preguntaba a menudo qué pensarían de ella, de la madre reaparecida, de la loca que había vuelto de la jungla. Se preguntaba qué sabrían, aunque tampoco estaba del todo segura de lo que sabía exactamente Amber. Había intentado preguntárselo a Miles durante los primeros días, deseosa de entender cuánto le había explicado sobre por qué su madre se había marchado..., y se preguntaba también hasta qué punto lo comprendía Miles. Había escuchado su relato de los recuerdos de aquella semana en su minúsculo piso, con Amber recién nacida, y al principio había sentido lástima de él. Debía de haber sido aterrador, sobre todo para Miles, que rebosaba ese positivismo que solo podía mantener alguien que había vivido una vida plenamente feliz y libre de sombras. Pero a medida que la conversación había ido avanzando, había notado aquella oscuridad tan conocida despertándose en su interior, y su paciencia se había evaporado.

«Tenía que irme —se descubrió diciendo—. Lo hice para protegerla.»

Y después de aquello, Miles se había quedado callado.

El grupo seguía entreteniéndose delante del centro. Se estaban acercando lentamente hacia donde había estacionado el coche y Sadie pudo entrever entonces a Amber con mayor claridad. Había incorporado a su cara detalles que no estaban presentes cuando salió de casa: un pintalabios oscuro, casi morado, un maquillaje de contorno mucho más marcado en las mejillas. Se había quitado también el pantalón corto que llevaba y la camiseta negra ceñida tenía el largo justo para pasar quizás como vestido. Si no te fijabas mucho.

A su lado había una chica alta que Sadie no reconoció. De cabello oscuro, con la cabeza agachada y los brazos cruzados sobre el pecho mientras hablaba con entusiasmo con Amber. Llevaba un pantalón vaquero de color lila y una bonita blusa blanca muy vaporosa, la típica vestimenta de niña que Sadie sabía que Amber no se pondría ni muerta. La chica miraba a Amber mientras hablaba y Amber la ojeaba de vez en cuando o movía la cabeza en un gesto de asentimiento para demostrarle que la estaba escuchando y se inclinaba hacia ella con una risita o ladeando la cabeza. Con poco interés pero sin perder la amabilidad. Con un tímido saludo de despedida, la chica se separó del grupo y subió al asiento del acompañante del otro coche, que no había apagado las luces y que deslumbró a Sadie al ponerse en marcha y salir del aparcamiento.

Sadie se fijó en que la atención de su hija pasaba entonces con cierta desgana a los chicos que intentaban captarla. Vio que posaba con ellos para hacerse selfis, que se recostaba contra el pecho de uno, que reía con el chiste de otro. Pero lo hacía con tanta apatía que Sadie llegó a la conclusión de que Amber no estaba interesada por ninguno de ellos.

Llegó, asimismo, a la conclusión de que su hija era muy consciente de que ella la estaba observando.

Los chicos acabaron aburriéndose y empezaron a marchar en dirección a la ciudad, hasta que quedaron solo Amber y sus amigos. Mica y Alisdair y un chico que Sadie no conocía. Caminaba por detrás de ellos mientras se iban acercando al coche y no consiguió verle las facciones cuando pasaban por debajo del círculo de luz de las farolas. Cuando estuvieron más cerca, las miradas de Sadie y Amber se cruzaron, y no fue hasta que se abrieron las puertas del coche que Sadie se dio cuenta de que la manada se había separado, de que la habían rodeado.

—Hola, señora Banner —dijo Alisdair, instalándose en el asiento del copiloto.

Amber fue la última en subir al coche. Detrás, los árboles habían empezado de nuevo a retorcerse.

En cuanto se pusieron en marcha, Sadie notó los ojos de su hija clavados en el espejo retrovisor, observándola. Fingió que colocaba bien el espejo. Fingió que no oía los murmullos procedentes del asiento de atrás, aquella explosión de risa que le recordó el sonido de los cuervos al alzar el vuelo desde un árbol.

—Muchas gracias por llevarnos —dijo Alisdair, cómodamente sentado a su lado con una pierna cruzada sobre la otra y el codo descansando contra la puerta, como si fuera el dueño del coche.

—Oh. —Sus manos recorrieron el cuero gastado del volante como si fuera a encontrar impresas allí las palabras de su réplica—.

No, no pasa nada, tranquilo. —Luego, al cabo de un rato, cuando el silencio empezó a parecerle como cartón metido en la boca, se acordó de preguntar—: ¿Os lo habéis pasado bien?

Alisdair se giró hacia ella y sonrió, una sonrisa tensa y conspirativa que desapareció en un segundo, razón por la cual Sadie pensó que tal vez se la había imaginado.

—Sí, gracias —dijo, recuperando la voz educada que se utiliza para hablar a los padres—. Ha sido muy divertido. Gracias por habernos comprado las entradas.

No las había comprado Sadie. La cantidad de dinero que Sadie tenía en su cuenta de ahorro era penosa, un dinero que había conseguido además con métodos que no le apetecía recordar en aquel momento. Cualquier intento que hacía para contribuir económicamente a la casa le resultaba a Miles casi físicamente ofensivo y lo rechazaba a la mínima oportunidad. Pero no quería que Alisdair (ni Amber) tuviera conocimiento de ello.

—De nada —dijo.

Las luces cortas del coche delineaban la calle, los haces de luz capturaban los perfiles de los coches y los arbustos antes de abandonarlos de nuevo en la oscuridad. Volvió a oír murmullos en el asiento de atrás; Mica, Amber y el chico cuyo nombre no sabía o no recordaba. Le producían un curioso picor en la piel y se ruborizó, turbada. Se sentía como una niña, como si acabaran de presentarla de nuevo a Justine y a Marie y estuviera esforzándose por decir lo correcto, por ser justo lo que ellas andaban buscando. Como entonces, no sabía ni de qué hablar ni cómo hablar, si es que acaso tenía que hacerlo. ¿Hablaría con las chicas la madre de Mica cuando alguna que otra vez las traía a casa a la salida del colegio? ¿Se quedaría el padre de Alisdair en el salón cuando los tres iban a su casa a ver películas, charlaría con ellos y les preguntaría cosas? ¿O actuarían esos padres de tal modo que sus hijos supieran que estaban presentes pero sin decir nada, desplazándose de un lugar a otro para estar al tanto de sus hijos de la manera más discreta posible? No tenía ni idea. No tenía ni idea de qué tenía que hacer para encajar en todo aquello. Nunca la había tenido.

—Mamá —dijo Amber, pronunciando las vocales con aburrimiento y las consonantes como si fueran una carcajada que se apaga al instante—. Te has pasado el cruce.

Notó que estaba cogiendo el volante con las manos húmedas.

—Lo siento —dijo, y efectuó un giró torpe, primero para cambiar de carril y luego para enfilar la otra calle.

Conducía despacio, los haces de luz ocultaban más que mostraban y las sombras eran escurridizas, como si estuvieran en continuo movimiento. Tenía ganas de estar ya en casa. No recordaba qué casa era la de Mica y la calle era estrecha, con coches aparcados en ambos lados.

—Ya estamos —dijo Mica, como si intuyera su inquietud—. Gracias, señora Banner.

Le dio un beso a Amber en la mejilla y luego se estiró hacia delante para alcanzar a Alisdair, desprendiendo una oleada de perfume caro y un olor dulzón a polvos de maquillaje. Cuando se agarró al asiento, Sadie se fijó en que llevabas las uñas pintadas de color rojo sangre.

—De hecho, yo también podría ir andando desde aquí —dijo Alisdair. Sadie intentó sacarle de la cabeza la idea, aunque los sonidos que emitió fueron leves y titubeantes, acompañados por una mano levantada en un débil gesto de protesta—. No se preocupe. Puedo atajar por aquí detrás —dijo, y abrió la puerta y desplegó unas piernas largas ceñidas en un pantalón vaquero.

Cuando se marcharon, los murmullos de atrás bajaron de volumen y las risas subieron. El chico había ido sentado en medio hasta aquel momento, pero no se desplazó hacia el lado para ocupar el espacio que Mica acababa de dejar vacío. Cuando Sadie enfiló de nuevo la calle principal, Amber se deslizó hacia él con una carcajada y sus rodillas desnudas lo rozaron. Ladeó la cabeza hacia la de él.

Sadie tenía ganas de parar el coche. Tenía ganas de salir y notar el aire de la noche en la piel, notar que el calor del día se había evaporado.

No quería pensar en el bosque, no quería pensar en el pantalón corto roto de Justine ni en el «clac, clac, clac» de los adornos que Helen había colgado en los ejes de las ruedas de su bicicleta. No quería pensar en el Hombre Alto.

«Puede hacerte especial, si se lo pides.»

—Mamá.

La voz de Amber sonó con inquietud, ya no estaba riendo. Sadie miró la calle, no sabía dónde estaban.

—Perdón —dijo débilmente—. ¿Decías algo?

—Has vuelto a pasarte el cruce. —La voz de Amber sonó desprovista de emoción—. Hace siglos.

—Lo siento, lo siento.

Aminoró la velocidad, dirigió el coche hacia un arcén sin asfaltar e hizo lentamente un giro para cambiar de sentido. La calle estaba vacía y la oscuridad era líquida. Evitó los ojos de su hija en el retrovisor. En el asiento de atrás, Amber se apartó del chico y miró por la ventanilla.

El chico habló cuando se acercaron al primer cruce de la calle, y las flores blancas que brotaban de las delgadas ramas de los majuelos capturaron de tal modo la luz de los focos del coche que parecían estrellas.

—Es la siguiente —dijo, con una voz sorprendentemente profunda y lánguida—. En aquel semáforo, ¿lo ve?

—Perfecto —replicó Sadie, intentando mantener un tono de voz desenfadado y normal.

Sabía que Amber estaba hirviendo de rabia detrás de ella. Los faros del coche siguieron el movimiento del salto del coche cuando se incorporó a un camino de tierra y empezaron a avanzar entre campos de colza, dejando las luces de la ciudad a su izquierda.

La granja era un edificio bajo y de tejado plano, con una sola luz en la fachada. En las sombras se intuían edificios anexos y en el césped irregular se veía un único columpio con la estructura oxidada y desconchada.

—Gracias por traerme —dijo el chico, abriendo la puerta (escapando de allí).

Pero antes de que le diera tiempo a salir, Amber tiró de él con fuerza por la camiseta. Lo atrajo hacia ella y le dio un beso; no fue un beso largo, pero sí un beso decidido, determinado, y cuando lo soltó, miró rápidamente hacia el retrovisor para encontrarse con los ojos de Sadie.

Cuando se pusieron de nuevo en marcha, dijo Sadie:

—Estás borracha.

Amber, sola ahora en el asiento de atrás, se limitó a encogerse de hombros. A ninguna de las dos se le había ocurrido sugerir que se sentara delante.

Sadie volvió a intentarlo; trató de adentrarse de forma tentativa en terreno desconocido.

—Eres demasiado joven para beber, Amber.

Esta vez respondió con una única carcajada; un sonido leve y amargo. Su hija apartó la cara.

Sadie lo dejó correr. Y siguió conduciendo.

—Uf.

Amber cambió de postura para ponerse bocarriba y se tapó la cara con el edredón. El sol se filtraba con intensidad por la ventana; se había olvidado de cerrar la cortina antes de meterse en la cama. Levantó la cabeza y bajó la vista hacia su cuerpo oculto por la frescura del toldo blanco del edredón. También se había olvidado de desnudarse y ponerse el pijama. Y —se giró y miró la almohada, un manchurrón con el fantasma de su cara— de desmaquillarse.

Se dejó caer de nuevo sobre el colchón para pasarse rápidamente revista. Boca pastosa y un poco seca, un débil sabor a *whisky*. Por lo demás no se sentía mal del todo, dadas las circunstancias. Estaba segura de que eso de la resaca era un mito. Otra de esas cosas que solo existían en la cabeza de su madre.

Cerró los ojos e intentó dormirse de nuevo. Pero empezó a pensar en lo de anoche, a recrearlo mentalmente. Se lo había pasado bien. Todo el mundo se lo había pasado bien, ¿verdad?

Mica y Alisdair habían estado juntos casi todo el tiempo. Últimamente siempre estaban juntos. Además, había oído aquel comentario de pasada de Alisdair sobre un concierto al que habían ido juntos. Amber no recordaba que la hubieran invitado.

Sabía perfectamente por qué estaba pasando aquello. Desde el regreso de Sadie, sus dos mejores amigos habían cambiado. Era como si esperaran algo de ella, como si estuvieran anticipando que les hablara sobre cómo se sentía con respecto a todo aquello. Pero Amber no tenía ni la más mínima intención de hacerlo. Eran cosas íntimas, eran sus cosas. Si Mica y Alisdair creían que iba a empezar a abrirse y a contarles lo triste que era ser abandonada siendo un bebé, lo extraño que resultaba tener que llamar «mamá» a una desconocida de golpe y porrazo, era evidente que no la conocían en absoluto. Y, además, no lograba quitarse de encima la sensación de que quizás la razón por la que sus amigos habían cambiado era porque estaban sobrecogidos con el asunto (¿y quién no?) o, peor aún, porque les inspiraba lástima. Y eso no lo soportaba.

Pero, por otro lado, Alisdair había robado el *whisky* del mueble bar de su padre. Y Mica se había comprado por Internet aquella camiseta ceñida negra por la que llevaba semanas suspirando.

Palpó debajo de la almohada y encontró el teléfono. Se le había caído en una fiesta hacía un mes y la pantalla estaba cubierta con una telaraña de rayitas y la foto de fondo de pantalla donde aparecían Mica y ella estaba astillada por el centro. Lo desbloqueó. Una llamada perdida de Alisdair de hacía un par de horas, imaginó que de camino a su turno de trabajo en la panadería. Se relajó un poco más. Seguía siendo la número uno.

Tenía también un mensaje de texto, de Jake, lo cual era una sorpresa, sobre todo después de lo extraño del comportamiento de Sadie en el coche, de camino de vuelta a casa. «Dulces sueños», seguido por un emoticono con un besito. Puso cara de exasperación. Qué predecible. Eliminar.

Llamaron a la puerta y se tapó la cara con el edredón.

—¿Sí?

Miles asomó la cabeza.

—Buenos días, mi niña. ¿Podría despertar tu interés con un poco de beicon?

—Eso siempre.

—Eso me imaginaba.

—Enseguida bajo —dijo Amber.

En cuanto Miles cerró la puerta, se levantó y se quitó la ropa. Sacó un pijama limpio del cajón, se pasó una toallita para bebés por la cara y se recogió el pelo en una cola de caballo. Observó su reflejo en el espejo de encima del tocador. Mucho mejor. Sabía que a Miles no le gustaba pensar que se estaba haciendo mayor. A menudo se preguntaba si sería porque se parecía mucho a Sadie. Si habría empezado a imaginarse que también ella se iría.

Abajo, Miles había abierto las dos ventanas de la cocina y el olor penetrante de la hierba recién cortada se abría paso entre el vapor grasoso que ascendía de la sartén. Fuera, en la calle, se oía el zumbido de un cortacésped. Amber retiró una silla y lo observó mientras terminaba el beicon, vestido con su viejo y deshilachado batín lleno de manchas de lejía en un lado. Estaba recién salido de la ducha y llevaba el pelo mojado y peinado hacia atrás. Y silbaba una vieja canción que Amber medio reconoció de haberla escuchado por la radio.

—Señora.

Le sirvió el bocadillo tal y como a ella le gustaba: rebanadas de pan blanco de barra cortadas gruesas y con el kétchup rebosando por los bordes.

—Gracias, papá.

Tomó asiento en una silla delante de ella, miró su bocadillo (pan integral, salsa de carne) y abrió el periódico. La brisa levantaba las páginas de vez en cuando y él las aplanaba con insistencia.

—¿Dónde está mamá? —preguntó Amber.

La palabra le sonó desconocida en su boca, lo cual era curioso. Puesto que habían hablado a menudo de ella. Pero ahora que estaba aquí, que había dejado de ser un concepto nebuloso para convertirse en una persona real, le parecía raro. Ahora que estaba aquí y se suponía que todo tenía que ser normal, a diferencia de los primeros días, cuando Miles se comportaba como si hubiera un unicornio en el sofá y cualquier movimiento o sonido brusco pudiera asustarlo, todo resultaba más extraño que nunca.

—No se encuentra muy bien. —La miró y le guiñó el ojo—. Pero la culpa solo es de ella.

Amber miró hacia la encimera: una nueva botella de vino vacía en una hilera de botellas de vino vacías a la espera de que su padre las sacara al cubo del reciclaje. Ahora siempre había botellas allí, que siempre le hacían pensar en aquella canción infantil que no paraba de dar vueltas en su cabeza. «Diez botellas verdes colgando en la pared». Normalmente sonaba con la voz de su madre, por mucho que fuera imposible que recordara a Sadie cantándola. «¿Y si una de ellas se quisiera caer?».

Miles levantó la vista.

—Oh, hablando del rey de Roma... ¿Te silbaban los oídos, cariño?

Amber miró un instante a Sadie y luego bajó la vista hacia el bocadillo. Se preguntó si estaría enfadada con ella por lo de anoche, lo cual le parecía hipócrita, viendo la hilera de botellas montando guardia allí encima. El viento cobró más fuerza, las hojas del periódico echaron a volar y la ventana se abrió del todo con un chirrido. Sadie corrió hacia ella para cerrarla y cerró también la otra, por si acaso. Se produjo de repente un silencio muy cargado, aunque era lo habitual en aquella casa, últimamente, de modo que Amber siguió comiendo.

La nevera fue lo que chirrió a continuación cuando Sadie abrió la puerta. Se apoyó contra ella para estudiar el contenido de su interior. Miles cruzó una mirada con Amber y sonrió. Como si ellos dos fueran los padres, los que sabían lo que se hacían, y Sadie fuera su hija adolescente. Como si no fuera de lo más evidente que ahora eran Miles y Sadie, que siempre lo habían sido, y que era Amber quien sobraba allí. Amber dejó el bocadillo en el plato y tiró del periódico hacia ella, ignorando a su padre.

Sadie se alejó de la nevera, se sirvió una taza de café de la cafetera de la encimera y tomó asiento en un extremo de la mesa, dejando dos espacios entre ella y los demás. Enlazó la taza con las manos, como si quisiera calentarse, y los miró con vacilación antes de apartar la vista.

—Esto está muy bien —dijo Miles, con una sonrisa de oreja a oreja—. Un sábado por la mañana desayunando con mis chicas. Todo un regalo.

Amber estaba molesta con él y su optimismo la agotaba a veces, aunque resultaba también irresistible por su invencibilidad. Recordó cuando una vez, de pequeña, lo hizo llorar; era uno de sus recuerdos más intensos. Por una estupidez. Amber estaba cansada después de pasar todo el día en casa de una amiguita y Miles insistió en que era hora de acostarse. «¡Ojalá estuviera aquí mi mamá!», le había gritado ella, y las palabras habían sido como un bofetón para él; había visto, de hecho, el impacto, su boca entreabierta por el dolor. Miles se había girado antes de que ella pudiera verlo llorar, pero había oído las lágrimas, recordaba claramente el sonido. «Vete a la cama, Amber», le había dicho, y ella había obedecido. Desde entonces lo había obedecido siempre, porque aquella imagen se le había quedado clavada, y la crudeza de ver desencajarse el rostro valiente de Miles, una persona que siempre veía el vaso medio lleno, había sido la cosa más aterradora que pudiera haberse imaginado. Miles era todo lo que tenía y Amber, que por aquel entonces contaba con cinco años de edad, decidió que nunca jamás volvería a hacerle daño.

Y ahora valoraba más que nada en el mundo aquel optimismo suyo, lo consideraba algo especial. Porque incluso enfrentado a la realidad, Miles seguía pensando que podían volver a ser una familia normal y tal vez, al final, acabarían siéndolo.

—¿Qué tal anoche? —preguntó Miles—. ¿Lo pasaste bien?

Amber movió la cabeza afirmativamente.

—Sí, gracias. Y gracias por la invitación.

Tuvo en cuenta mirar también a Sadie y se sintió curiosamente recompensada al descubrir una expresión de sorpresa y satisfacción en la cara de Sadie.

Miles bebió un poco de café.

—¿Quién fue finalmente?

—Éramos Mica, yo, Alis, Jenna, algunos chicos de mi clase, y Billie vino también, es muy agradable...

Sadie se inclinó hacia delante, ya más confiada.

—¿Billie es aquella chica morena? Me preguntaba quién era.

A Amber no le gustó nada aquello. ¿Qué era eso de querer saber tanto? Pero se obligó a sonreír.

—Sí, era ella. Vino a vivir aquí a principios de trimestre. Va a nuestra clase.

—Eso es —dijo Miles—. Solo ella y su madre, ¿no es eso, Ams? Seguro que su madre tampoco conoce todavía a nadie en la ciudad.

Amber se encogió solo de pensarlo. A ver si pretendía ahora emparejar a Sadie con otra pobre desconocida.

—Supongo que no —dijo, con un gesto de indiferencia.

—A lo mejor podrías ir a verla —le sugirió Miles a Sadie, que no daba la impresión de que estuviera escuchando—. Estaría bien. Seguro que una amiga no le vendría mal.

—Mmm...

Sadie bebió un trago largo de café, mirando por la ventana.

—¿Y qué tienes pensado hacer el resto del fin de semana, Ams?
—preguntó Miles, que mojó lo que le quedaba de pan en una masa
de kétchup que empezaba a solidificarse en el plato de Amber—.
¿Tienes muchos deberes?

Seguramente sí, pero no se acordaba. No sabía muy bien por
qué tenía que pensar ahora en aquello teniendo todo el domingo y
los diez minutos del lunes por la mañana, antes de marchar al colegio, para hacerlos.

—Alis y yo vamos a salir esta tarde, cuando salga del trabajo
—dijo—. ¿Puedo?

—Tus abuelos vendrán mañana —dijo Sadie, frunciendo el entrecejo.

—Ya lo sé, por eso acabo de decir que vamos a salir esta tarde.
—A Amber le costó no morderse el labio superior. Era tan transparente; Sadie intentándose hacer un hueco en la casa llevándose a
Amber a su terreno. Y luego estaba Miles, en el otro lado de la mesa,
canturreando casi de felicidad. De modo que no le quedaba otro
remedio que sonreír y suavizar apresuradamente el sarcasmo de sus
palabras que continuaba flotando en el ambiente—. Os ayudaré a
recogerlo todo cuando vuelva. A lo mejor podría preparar esas madalenas que tanto le gustan a la abuela.

—Me parece estupendo —dijo Miles, y Amber percibió su sonrisa incluso sin verla y notó su calor reflejándose sobre su piel. Miles se levantó y le recogió el plato—. Que te lo pases muy bien esta
tarde con Alisdair. Yo voy a tener que encerrarme en el despacho
para evaluar todos esos trabajos.

—Gracias, papá.

Al salir de la cocina, Miles miró de reojo a Sadie, que estaba
otra vez mirando por la ventana. Pocas veces se quedaban a solas las
dos, ni siquiera ahora. Habían pasado seis meses desde la mañana
en que Miles la despertó una hora antes de que sonara la alarma del
despertador, arrodillándose junto a su cama. Obligándole a retirar
el edredón cuando ella intentó taparse la cara. «Amber, escúchame,

por favor». Y entonces, el crujido de una silla abajo en la cocina. Y lo supo, lo supo incluso entonces, y el peso eléctrico de saberlo le dio una sacudida y eliminó cualquier sensación de sueño. «¿Quién es, papá? ¿Quién hay abajo?».

Amber retiró la silla y se levantó. Se sirvió una taza de café, pensando que tal vez había celebrado demasiado rápido la ausencia de resaca, y entonces, cafetera en mano y mirando la nuca de Sadie, se quedó dudando. Debería preguntarle si quería otra taza, sería lo normal. Pero no le salían las palabras.

Al principio se había emocionado, por supuesto que sí. Habría sido difícil no emocionarse al ver a Miles saltando prácticamente sobre la cama, como solía hacer las mañanas de Navidad cuando ella era pequeña. Su madre, su madre estaba abajo en la cocina, esperándola. Su madre había vuelto por ella.

Pero Amber no podía evitar recordar por qué se había marchado.

Martes, 15 de mayo de 2018, 01.39 (hora del Pacífico)
De: Greta Mueller
Para: Federica Sosa
Amber ha sido invitada a un acto de Glamour *que tendrá lugar el jueves. Adjunto agenda de filmación revisada. Hoy hemos filmado buen material. Su intervención en* Dr. Phil *ya se puede ver* online. *No sé si habrá bloqueo geográfico, pero aquí abajo tienes el enlace.*

Martes, 15 de mayo de 2018, 02.13 (hora del Pacífico)
De: Federica Sosa
Para: Greta Mueller
¿Qué tal es?

Martes, 15 de mayo de 2018, 02.23 (hora del Pacífico)
De: Greta Mueller
Para: Federica Sosa
Reservada, básicamente.

Martes, 15 de mayo de 2018, 02.25 (hora del Pacífico)
De: Federica Sosa
Para: Greta Mueller
Supongo que es normal. ¿Ha hablado mucho sobre la madre?

Martes, 15 de mayo de 2018, 02.28 (hora del Pacífico)
De: Greta Mueller
Para: Federica Sosa
Un poco. Intento no meterle prisas.

Martes, 15 de mayo de 2018, 02.31 (hora del Pacífico)
De: Federica Sosa
Para: Greta Mueller
¡Bah, a estas alturas tendría que estar ya acostumbrada! Recuerda
con quién estamos tratando. No hay necesidad de tratarla con
guantes de seda.

Martes, 15 de mayo de 2018, 02.32 (hora del Pacífico)
De: Greta Mueller
Para: Federica Sosa
Soy muy consciente de que solo tiene dieciocho años. Necesito establecer
cierto vínculo de confianza con ella, no puedo ponerme a machacarla
a preguntas. De lo contrario, creo que aún se encerrará más.

Martes, 15 de mayo de 2018, 02.33 (hora del Pacífico)
De: Federica Sosa
Para: Greta Mueller
De acuerdo, pero no te pases de amable. Necesitamos este material.

Martes, 15 de mayo de 2018, 02.33 (hora del Pacífico)
De: Federica Sosa
Para: Greta Mueller
Lo de la jovencita y guapa asesina está muy bien, pero ya está hecho.
Todo lo otro es mucho más interesante.

Martes, 15 de mayo de 2018, 02.33 (hora del Pacífico)
De: Federica Sosa
Para: Greta Mueller
No estamos hablando de un suceso horroroso típico de la prensa
sensacionalista, sino de una obsesión. Lo captas, ¿no?

Martes, 15 de mayo de 2018, 02.35 (hora del Pacífico)
De: Federica Sosa
Para: Greta Mueller
Una frase estupenda. Recuérdame que tengo que utilizarla.

Martes, 15 de mayo de 2018, 02.38 (hora del Pacífico)
De: Greta Mueller
Para: Federica Sosa
Por supuesto. Pero sigo creyendo que habrá que gestionarlo con mucho
cuidado para conseguir que hable de Sadie y del Hombre Alto con cierto
sentido. Siempre que los entrevistadores le preguntan al respecto, se
muestra muy cautelosa. Como si le diera miedo hablar demasiado.

Martes, 15 de mayo de 2018, 02.38 (hora del Pacífico)
De: Federica Sosa
Para: Greta Mueller
De todos modos, debe saber muy bien qué es lo que quieren oír.
¿Crees que estará reservándoselo para el libro?

Martes, 15 de mayo de 2018, 02.41 (hora del Pacífico)
De: Greta Mueller
Para: Federica Sosa
Creo que teme que si dice que cree en el Hombre Alto, la tacharán de
loca, pero que si dice que no cree, a lo mejor la prensa pierde el interés.

Martes, 15 de mayo de 2018, 02.43 (hora del Pacífico)
De: Federica Sosa
Para: Greta Mueller
Tiene sentido, sí. Razón de más para encontrar la manera de entrarle. Sea cual sea…, tenemos que ganarnos su confianza. Que se abra solo con nosotros. Estoy mirando la entrevista que acabas de enviarme y sé que hay alguna cosa más que no logro identificar. Hay más, lo sé.

Martes, 15 de mayo de 2018, 02.45 (hora del Pacífico)
De: Federica Sosa
Para: Greta Mueller
Es como si ni siquiera se alegrara de estar fuera.

Martes, 15 de mayo de 2018, 02.47 (hora del Pacífico)
De: Greta Mueller
Para: Federica Sosa
¿Y te sorprende? Todo esto tiene que ser horroroso para quien sea. Aunque no se mereciera ir a la cárcel por ello.

Martes, 15 de mayo de 2018, 02.49 (hora del Pacífico)
De: Federica Sosa
Para: Greta Mueller
Llámame cínica, pero no veo ni que se sienta culpable ni que esté asustada. Lo único que veo es una inexpresividad total.
Verla es escalofriante.
Saldrá perfecto.

7

2016

Superaron el domingo, superaron la visita de los padres de Miles. Era la quinta vez que los visitaban desde el regreso de Sadie y, suponía, cada vez sería más fácil. Relativamente, claro está. John y Frances Banner nunca le habían tenido mucho cariño —la chica que se había quedado embarazada con diecinueve años y que había pescado al pobre Miles—, y la rabia que le provocó a su suegra que Sadie abandonara la familia solo había quedado eclipsada por la rabia que le causó su regreso. ¿Y había que culparla por ello? No, por supuesto. Sadie no tenía ni idea de qué les había contado Miles sobre ellos y Miles siempre se escabullía cuando ella le preguntaba al respecto. «Lo que ellos piensen no importa —insistía—. Esto es un tema nuestro. De nosotros tres.»

Miles, el pobre optimista. Para él ya volvían a ser tres.

Cuando regresó no sabía qué se encontraría. Había pasado mucho tiempo pensando, investigando, verificando. Se había asegurado de que Amber fuera lo bastante mayor como para quedar fuera de peligro. Pero en el fondo, una vocecita en su interior se preguntaba si marcharse la habría salvado, y otra parte de ella (más silenciosa, más escondida) se preguntaba si el peligro había existido realmente. Si la advertencia que había recibido durante la primera semana de vida de Amber había sido una mentira.

«No. No pienses en la niña.»

La niña, sentada en aquella silla en la esquina del cuarto. El bebé durmiendo en el capazo junto a la cama.

Se levantó. No tenía que pensar en la niña.

Subió en busca de un alivio temporal y sus recuerdos se tranquilizaron. En el pasillo, observó las paredes, cubiertas con papel pintado con un motivo de rayas, el espejo con manchas de dedos que coronaba la escalera. Había fotografías, en su mayoría de Amber, aunque también de Miles, y las estudió, como ya había hecho en otras ocasiones, en un intento de comprender todo lo que había pasado durante su ausencia. Estudió el rostro de Amber e intentó ver en él alguna cosa que reconociera...

«La niña dijo...»

«La niña mintió —se dijo—. Todo son mentiras.»

Pero no sirvió de nada. Veía de nuevo con claridad la noche en que decidió finalmente marcharse de aquel piso, cuando Amber tenía solo diez días de vida. A Miles roncando a su lado mientras los suelos y las paredes crujían y las sombras se arrastraban hacia ella. Al bebé pataleando en el capazo y a Sadie tumbada de lado para mirarla por encima del borde de la cama. Tan pequeña... que cortaba la respiración. Tan tranquila, también, allí acostada, con los ojos muy abiertos y mirando a Sadie como si fuera el sol o la luna. Los pies rascando el colchoncito, los dedos diminutos de la mano moviéndose con despreocupación junto a su cabeza, curvándose lentamente hacia dentro.

Y entonces, en la esquina de la habitación, algo que también rascaba.

El murmullo de una risilla.

Se había sentado y la niña volvía a estar allí, como era de esperar. Sentada en la silla, que era demasiado alta para ella, de modo que sus pies, encerrados en aquellos zapatos pasados de moda y con las piernas enfundadas en calcetines de encaje, se balanceaban sin tocar el suelo. Se le había soltado el cabello de los pasadores con margaritas que se lo sujetaban a ambos lados y los rizos le caían alrededor de la cara, tenía la piel blanca y de aspecto céreo, la mejilla manchada de barro. El vestido tenía también manchas oscuras. Sadie sabía lo que vería si la niña se daba la media vuelta. Intentó sostenerle la mirada, suplicarle en silencio. «No te gires.»

«El Hombre Alto se lleva a las hijas», le había dicho la niña a Sadie, igual que le había dicho en sus anteriores visitas, pero aquella vez había mirado con tristeza el capazo que había junto a la cama.

«Por favor», había replicado Sadie, y entonces la niña había vuelto a mirarla, con aquellos ojos claros y grandes y su cara magullada. Sadie había oído entonces algo que rascaba en alguna parte del piso.

«El Hombre Alto se lleva a las hijas —le había dicho la niña mientras Sadie empezaba a distanciarse de la cama, a alejarse de Amber—. Pero a veces necesita ayuda.»

Las palabras resonaron en los oídos de Sadie mientras estaba en medio del pasillo de la casa donde su familia había vivido sin ella, mientras miraba las fotos de la vida que habían tenido durante sus años de ausencia. Había hecho caso a la advertencia de la niña, había dejado a Amber sana y salva con Miles y había alejado de allí al Hombre Alto y a sus sombras. ¿Por qué, entonces, tenía la sensación de que las sombras seguían acechándola en la casa, de que había ojos observándola desde cada rincón?

Con un veloz movimiento —a veces pensaba que, si se movía con rapidez, podría sorprender a la casa y someterla, evitar su hostilidad—, levantó la mano y tiró de la cuerda que abría la trampilla de la buhardilla. La puerta se abrió y la escalera para acceder descendió sin problemas. Empezó a subir pero, cuando iba por la mitad, volvió a bajar y se dirigió al despacho de Miles para coger una linterna. Era posible que arriba hubiera también electricidad, no había pensado nunca en preguntarlo, pero no quería jugársela. No podía arriesgarse a tener que moverse a oscuras.

Se encaramó a la trampilla y se sentó un minuto en el borde para permitir que sus ojos se acostumbraran a la penumbra. Desde el pasillo se filtraba luz suficiente como para vislumbrar las formas: muebles viejos y rotos apilados contra las paredes, cubiertos algunos con sábanas. Encendió la linterna y el haz de luz rebotó contra la oscuridad polvorienta. No llegaba hasta las esquinas y las sombras allí parecían impenetrables. Tenía la sensación de que estaban presentes y que no podía verlos. Al Hombre Alto y sus niñas. A la espera de salir a la luz si ella se lo permitía. Movió la linterna.

Junto a la pared opuesta había cajas perfectamente apiladas. Todas esas cosas en las que ella no había tenido que pensar: libros de texto, decoración navideña, disfraces... Todo bien etiquetado y guardado, bloques fundamentales del pasado de ellos que ella tenía que desembalar y comprender. Resultaba descorazonador, y durante un rato permaneció sentada mirándolos, con las piernas moviéndose como un péndulo, hacia delante y hacia atrás, sin conseguir la inercia necesaria para transportarla.

¿Había alguien respirando en la oscuridad? La respiración leve y mocosa de un niño, quizás, regular y húmeda. Esperó a escuchar el traqueteo de unos pasitos sobre las planchas de madera. Esperó a oír el tintineo de una risa, porque esa risa siempre estaba y sus notas plateadas trataban de localizarla.

Esperó. No se giró.

Un crujido en una tabla a sus espaldas, otra vez ese aleteo de la respiración. En nada notaría los deditos, se cerrarían sobre su brazo o sobre su hombro, la risilla penetraría en su oído...

Se giró de pronto y enfocó la linterna hacia las vigas.

Pero solo había silencio, solo las sombras, y las sombras estaban inmóviles.

Se giró y miró de nuevo las etiquetas de las cajas y las recitó para sus adentros. *Papeles-Miles. Trofeos-Amber. Casa de muñecas.*

Muebles de la casa de muñecas. Ropa-Sadie. Se quedó mirando aquella caja unos instantes. Guardada allí dentro había una Sadie completamente distinta, una Sadie que existió brevemente y que a veces añoraba con desesperación, como si aquella persona fuera un piso en el que había estado viviendo hasta que quien quiera que se lo alquiló en su día hubiera decidido que quería recuperarlo. Sabía que aquella caja contenía un montón de camisetas de grupos musicales y otras de tirantes, camisas de leñador, faldas vaqueras y varios pares de pantalones militares. Un cinturón con tachuelas, tal vez incluso un tubo seco de tinte temporal de colores para el pelo. Le habría gustado volcarlo todo en el suelo y tumbarse encima, aspirar el olor a lavadero húmedo y cerveza derramada.

Aunque ahora solo olería a cartón y polvo. Había abandonado todo aquello, igual que había abandonado a Miles y a Amber, y había acumulado los olores de una vida vivida con normalidad.

Y ahora estaba de vuelta.

Desvió la vista y su mirada descansó debajo de un armazón de bicicleta sin ruedas. Había allí una sombra pequeña agazapada y, de un modo instintivo, su mano enfocó la linterna hacia aquella dirección. La luz capturó el contorno de una cara, una cara que se estaba volviendo hacia ella, con la vista baja, abriendo la boca...

Contuvo la respiración. Empezó a contar mentalmente a la espera de que se desplegara, de que diera los primeros pasos hacia ella. Pero la sombra se fundió de nuevo con la oscuridad y Sadie soltó el aire. Tenía el vello de los brazos erizado.

Desplazó el haz de luz de la linterna hacia una caja blanca con documentos. *Fotos.*

Se levantó y, con paso tambaleante, se acercó hacia allí. La caja era más ligera de lo que se imaginaba y se sentó en el extremo de una viga con ella, dejando olvidada la linterna a sus pies e invadida por una necesidad repentinamente urgente y animal. Abrió la tapa y la dejó, bocarriba, a su lado.

Las fotos estaban sueltas por la caja, algunas de ellas guardadas aún en su funda de papel de color verde lima, un par incluso en un sobre con el logo de la antigua farmacia. Estaban entremezcladas, una alfombra de caras sobre el fondo de la caja. Mirarlas todas le llevaría su tiempo.

Oyó un murmullo procedente de las sombras que quedaban a sus espaldas y al girarse solo vio una casa de muñecas y un baúl de madera con la etiqueta de *Juguetes*. Más cosas de la Amber que había abandonado, de la Amber que nunca conocería. Comprendió que todos aquellos objetos también susurraban. Que no solo eran las sombras las que guardaban secretos.

En la caja de las fotos estaba también el álbum. Lo sacó con cautela y lo depositó con cuidado sobre su falda. La tapa era de loneta de color blanco, amarilleada por el tiempo. Un aplique en tela de algodón a cuadritos rosa en forma de cochecito, dos patos en pana de color amarillo. Y las palabras, bordadas a punto de cruz, *Nuestra bebé*. Se lo acercó a la cara, inspiró el aroma a polvo.

Crujió una tabla del suelo, un leve cambio de peso. Estaba perturbando cosas que sabía que tendría que haber dejado tranquilas, lo sabía.

Abrió la tapa, barata, de cartón fino. Había comprado el álbum en un quiosco cuando estaba embarazada de cuatro o cinco meses, poco después de dejar colgados los estudios. Cuando creía que podía desafiar al mundo. Cuando estaba en estado de negación. Cuando estaba segura de que aquello era un principio para ella, un nuevo comienzo. Que sería una persona nueva: Sadie Banner, esposa y madre. Alguien que vivía en la luz. Por aquel entonces creía sinceramente que podría hacerlo. Había ignorado el miedo que se arrastraba hacia ella por las noches, los sueños que aún la acosaban y la dejaban empapada en sudor y sin aliento. Eran más fáciles de silenciar cuando se despertaba con el cuerpo de Miles pegado al de ella, con su bebé removiéndose en su interior.

El plástico que cubría la primera página se había llenado de burbujas de calor con el tiempo, o tal vez fuera que nunca quedó liso del todo, y se habían formado ampollas sobre la imagen. Una fotografía de ella, con el embarazo muy avanzado, sentada en la cama. Recordaba a Miles detrás de la cámara, tumbado sobre el colchón a su lado y colocando el objetivo de tal forma que su vientre pareciera una montaña y su cara ancha, poco agraciada. Tan joven, tan joven. No podía dejar de mirar y repasó con la punta del dedo una y otra vez aquellas mejillas redondas. Veinte años de edad, pero con aquella camiseta sin forma y la cara sin maquillar parecía todavía más joven. *¡Fecha del parto superada ya una semana!*, estaba escrito, de su puño y letra, debajo de la imagen, aunque no recordaba haberlo hecho, etiquetado de aquel modo la fotografía. Sin darse cuenta, fijó la vista en una esquina de la foto, aunque sabía que por aquel entonces aún no había nada, que sus esperanzas seguían vivas y que el piso fue de ellos, solo de Miles y de ella, durante unos días más que serían sagrados.

Giró la página y se le cortó la respiración. Otra vez su cara, aquella misma sonrisa. Un camisón de papel, el cabello recogido debajo de una gorra de plástico. Una cama de hospital, los brazos extendidos delante de ella levantando los dos pulgares, llena de tubos, cánulas, esparadrapos. Una cesárea de urgencia después de treinta y seis horas de contracciones y, con todo y con eso, sonreía. «Estúpida —le dijo a la foto—. No tenías ni idea».

Y entonces, en la página opuesta, como por arte de magia, aparecía Amber. Tumbada bocarriba en la cuna del hospital, con las piernas dobladas como una ranita. Tardó horas en desplegarlas, recordó Sadie. Horas en aceptar que ya no estaba en su vientre, que estaba al aire libre, expuesta, que podía moverse. En la fotografía, su cara aparecía rosada y limpia, los ojos cerrados y los puños a la altura de las orejas, e iba vestida con un pelele de color amarillo claro. Sadie recordó que lo había elegido ella. No había ninguna fotografía de ellos justo después del parto, ninguna imagen artística en blanco y negro donde se viera el cirujano extrayéndola, cubierta de suciedad, llorando. Ninguna de Amber, amoratada y con aquella pelusilla blanca, pegada al pecho de Sadie. Solo la niña, diminuta y sola en una cuna de plástico.

«El Hombre Alto se lleva a las hijas —pensó. Y luego—: Para.»

Miró la fotografía de la página siguiente, tomada un día o dos después de que llegaran del hospital. Miles y Sadie caminando por el prado que había cerca de su antigua casa, con el río a sus espaldas. Ella lleva a Amber colgada al pecho con una mochila y acuna su cabecita en un gesto protector. Miles mira a la cámara, camina con las manos unidas delante de él, y pone esa cara de foto que a veces hacía: una sonrisilla pensativa, la barbilla un poco levantada. Sadie está colocada ligeramente de lado y el brazo oscurece el bebé, su cara mira por encima del hombro y una repentina ráfaga de aire le levanta el pelo y deja ver el cuello alto gris del jersey y un fragmento de piel sedienta de sol.

Debió de tomarla su madre, pensó, o tal vez su padre. Aparecieron sin previo aviso en el instante en que Miles paró el coche delante del piso. Mirando la foto, creía poder recordar el tono enojado del grito —«¡Sonríe!»—, el viento silbando entre ellos y el peso insoportablemente leve del bebé contra su pecho.

«El Hombre Alto se lleva a las hijas.»

La vocecita de niña susurrando en la oscuridad a su lado. Avisándola.

Giró aquella página y siguió girando más. Allí estaba Amber, extendiendo por fin las piernas, pataleando con rigidez, un cuerpo minúsculo en un mar de sábanas. Luego aparecía en equilibrio sobre Miles en el sofá, con la espalda recostada contra el torso de él, con unas manos enormes levantándole los puños diminutos en señal de alegría. Y luego allí —las punta de los dedos de Sadie, húmedas por el sudor, recorrieron la página—, bocabajo en aquella alfombra vieja y deshilachada, las palmas de las manos abiertas, los ojos como platos mirando a la cámara.

Por aquel entonces, ya se había marchado. Se había marchado, llevándose con ella las sombras y sus voces, como siempre había hecho, dejando a Miles haciendo fotografías, cuidando completamente solo de aquella personita tan tremendamente pequeña. La única imagen que había de él después de aquello era una capturada en una fiesta, con Amber colgada ahora de él en su mochila. Con el rostro demacrado y ojeroso, con una especie de pánico vacío en la mirada. Giró rápidamente la página, temerosa de quedárselo mirando por mucho tiempo.

La última fotografía del álbum era de Amber el día de su primer cumpleaños. De pie, agarrándose a la mesita de centro y con un pastel en forma de «1» delante de ella. Sadie recordó aquel día. Recordó que lo pasó sentada en la habitación llena de moho que había alquilado, con la luz apagada para dejar que las sombras se apoderasen de ella. Miró de nuevo la imagen de su hija en la fotografía, cerró el álbum y replegó las rodillas hacia la barbilla, presionó la frente contra la frescura del lino. Inspiró de nuevo el aroma a polvo, como si el álbum guardara algo de ella en su interior.

A su alrededor, las sombras iniciaron de nuevo su murmullo.

8

2018

Greta se mueve con incomodidad en la silla del motel, tiene el ordenador portátil en precario equilibrio sobre el brazo. Las luces de los coches que circulan por la autovía parpadean a través de las persianas sucias y se reflejan en la pared, mientras el aire acondicionado murmura fastidiosamente para sus adentros. Son las cuatro menos cuarto de la mañana y en la base del oscuro cielo nocturno empiezan a asomar las primeras franjas de azul. En el motel, por suerte, reina el silencio. Entra en otra página, descarga otra entrevista del servidor. Coge los auriculares y se introduce uno en el oído mientras alcanza la cerveza con la mano que le queda libre. «Solo esta —se dice—. Una más y a dormir».

La voz de la mujer que le inunda el oído es suave, aunque enfatiza algunas consonantes. O está fumando o está resfriada; a lo mejor ha llorado y no lo han grabado. Federica llevó a cabo esta primera entrevista, lo cual es excepcional, lo cual significa que probablemente pensó que las probabilidades de que quedara incluida en la versión final eran altas. Hay una introducción, aunque breve, y el corte es solo de audio, lo que significa que la mujer no quiere que incluyan su imagen en el documental. Federica hará posar a Greta o cualquiera de las otras chicas, filmará su sombra, de espaldas, y luego incorporará el audio. Lo más probable es que tenga filmadas las manos de la mujer, tal vez los pies, y que llene la pantalla con eso y los detalles reveladores, los pequeños movimientos y tensiones que subrayen o traicionen una frase.

—¿Y fue entonces cuando empezó a tener esos pensamientos? —pregunta Federica, con la voz pegada al micrófono pero con un volumen respetuosamente bajo.

—Sí. —El sonido baja y entonces se oye algo áspero, como si Federica estuviera cambiando de posición la grabadora—. Al principio me sorprendía pensando en todas las cosas malas que podían pasar, no sé si me explico. Me imaginaba abandonándolo, olvidándolo.

—¿Y luego fueron en aumento?

—Sí. Empecé a pensar que él estaría mejor sin mí; estaba segura. Había voces, constantemente, diciéndome que hiciera lo correcto y me marchara dejándolos a los dos.

Greta vuelve a hacer clic en el tabulador donde sigue abierto el servidor que comparte todo el equipo, mira la carpeta y la lista de archivos similares que contiene, de vídeo y de audio, que llevan simplemente el nombre del entrevistado. Mujeres, historias. Inicios desenmarañados.

—¿Y fue entonces cuando le diagnosticaron psicosis postparto? —pregunta Federica.

Y justo en aquel momento vibra el teléfono de Greta: Federica en tiempo real, pidiendo una actualización. En Londres son las once de la mañana. Greta se la imagina con su segundo café americano del día, con los pies encima de la mesa, los zapatos debajo. Ha enviado un mensaje hace cinco horas, a Tom, a Luca y también a Greta, anunciándoles que tampoco hoy cogerá el avión. *Tengo que solucionar asuntos por aquí. Confío totalmente en que lo tenéis todo controlado, chicos. X.*

Greta no lo tiene tan claro. Y por la cantidad de instrucciones y peticiones de puesta al día que Federica sigue mandando, es evidente que tampoco lo tiene ella. Greta deja el teléfono bocabajo en la mesita de noche y recoge los pies bajo el cuerpo.

—Sí, entonces —está diciendo la mujer—. En cuanto mi pareja me convenció para ir al hospital. Lo supieron enseguida. Me dieron la ayuda que necesitaba.

Greta cierra el archivo, mira otra vez el metraje de Amber, aún sin editar, que ha subido hoy Tom al servidor. Esa mirada irónica, la reacción cansada al abandono de su madre, al modo en que Sadie entró de nuevo en la vida de ella y de su padre y a todo lo que sucedió después de eso. Su forma inexpresiva de relatarlo. *No la culpo por ello*, había escrito Federica, y Greta había pensado que en eso estaba de acuerdo con ella. Se imagina que, de estar en el lugar de Amber, habría cerrado a cal y canto todas sus barreras, que la realidad de todo lo sucedido habría sido tan enorme que le habría sido imposible procesarla debidamente, que los reproches y el sentimiento de culpa habrían sido demasiado grandes para poder adjudicarlos a alguien o aceptarlos. Federica considera que la inexpresividad de Amber es siniestra, pero Greta está empezando a preguntarse si lo que sucede en realidad es que es tremendamente triste: una adolescente incapaz de reconciliarse con la terrible leyenda que su madre le ha legado, con el ser oscuro y espantoso que se ha creado.

Greta siempre se ha resistido a la idea de analizar los actos de Sadie Banner en el documental, ve solo peligro en ese sentido. Pero a medida que pasan los días, Federica se muestra cada vez más ansiosa por indagar todo lo que se pueda de ella. Las cosas que dijo que vio, los lugares a los que fue después de abandonar a su familia y lo que pudo haberle hecho decidir volver finalmente a casa. Greta sabe que Federica lo hace porque Amber no les está proporcionando material suficiente, porque el acceso sin restricciones a todos los niveles que se les prometió está limitado hasta el momento a poder filmar a Amber preparándose por las mañanas, durante sus desplazamientos en coche para ir a distintos sitios, viéndose a sí misma en apariciones televisivas pregrabadas. Da la impresión de que Amber considera el documental como su propio *reality show*, una exploración de su recién descubierta fama, y hasta la fecha ha mostrado escaso interés por explorar la historia que la ha llevado hasta el punto en el que se encuentra actualmente («¿Y por qué tendría que tener interés? —se pregunta una vocecita provocadora en el interior de Greta—. ¿Acaso lo tendrías tú?»). Mediante las últimas llamadas y mensajes de correo, Federica ha dejado claro que el equipo tiene que presionar más a Amber, conseguir que les dé más cosas, aunque tampoco da pistas sobre cómo Greta podría conseguir ese objetivo.

Federica se ha entregado a la tarea de investigar por su cuenta a Sadie Banner a través de Internet y en las bibliotecas; nada de *paparazzi*, nada de buscadores de autógrafos ni de programas de entrevistas. Greta confía en el instinto, no le queda otro remedio. Federica es una directora galardonada, una mujer famosa por encontrar historias que los demás no logran encontrar. Pero Greta no puede evitar sentirse culpable cada vez que Amber le ofrece una patata frita o un caramelo, cada vez que Amber le pregunta qué piensa de un vestido o del color de laca de uñas que ha elegido. Amber piensa que toda la atención está centrada en ella, pero entre bambalinas, al otro lado del Atlántico, el equipo anda escarbando en asuntos que prometieron expresamente no tocar.

Y aun así, a medida que se acerca la mañana, Greta no puede evitar hojear las fotocopias que Federica ha subrayado, las cosas que la gente ha dicho sobre Sadie Banner y sus voces. Escucha las historias de otras mujeres, lee las notas sobre la psicosis del postparto de psiquiatras y médicos. Y se pregunta: ¿cómo pudo alguien pensar que era eso?

—No seas cría.

—Eso. —Oír aquello de boca de Helen resultaba especialmente doloroso—. Pareces un gato asustado.

Los árboles se agitaban bajo la tenue luz del anochecer y sus hojas caídas se estremecían con la brisa. El otoño se había adelantado y las visitas de las niñas al bosque se habían vuelto más frecuentes. Sadie miró a su alrededor, a la oscuridad cada vez más pronunciada, y se preguntó si debería volver a casa.

Se lo preguntaba a menudo. Pero nunca lo hacía.

Al parecer, el Hombre Alto quería variedad. Marie había oído decir que al Hombre Alto le gustaban los regalos, de modo que cada tarde, al salir de la escuela, se reunían en un pequeño claro del bosque, que según Justine era uno de los lugares especiales del Hombre Alto. Enterraban peniques y caramelos y Helen, que le tenía mucho miedo al Hombre Alto, enterró también su casete de Kylie Minogue.

Y cuando acababan, se giraban hacia Justine.

—¿Será suficiente? —le preguntaban.

Y Justine bostezaba, o se rascaba el codo, o jugaba con su pelo.

—Por hoy sí —respondía.

Pero aquel día, se limitó a negar con la cabeza.

—No —dijo—. Creo que no es suficiente. Creo que el Hombre Alto no estará satisfecho con nosotras.

Y Sadie se fijó en la mirada de soslayo que Marie le lanzó a Justine, vio que desaparecía su tensa sonrisa.

—Quiero volver a casa —dijo Sadie, echando un vistazo a un bosque cada vez más oscuro.

Justine la miró a los ojos y se inclinó hacia ella. Su aliento era una explosión caliente de melocotón y nata, la piruleta que tenía en la mano y de la que apenas quedaba ya nada.

—No seas cría —repitió—. ¿Es que no quieres ser especial?

Sadie se mordió el labio y no respondió. No les había contado lo que le había pasado en el almacén de manualidades ni lo de la voz que había empezado a hablarle. Justine les había comentado muy orgullosa que el Hombre Alto había ido a visitarla una noche y Sadie había sentido una punzada de celos. Creía ser la única.

Respirando con cierta dificultad, Helen se sentó en el tocón de un árbol. Había faltados dos días a clase aquella semana como consecuencia de un ataque de asma y solo había conseguido convencer a su madre de que la dejara salir a jugar con la condición de que la acompañara Marie para «vigilarla».

—¿Creéis que el Hombre Alto se llevará a Yasmin Hunt si se lo pedimos? —dijo—. La odio.

—¿A la hermana pequeña de Jenny Hunt? —dijo Marie, entrecerrando los ojos—. ¿Cómo pretendes que quiera a una empollona tonta como esa?

—Pero ¿no se trata de eso? —preguntó Helen, cruzándose de brazos—. ¿De que se lleve a las que no valen nada y haga especiales a las buenas?

—Se lleva a las que son malas —dijo Marie—. Y puede hacer daño a la gente que hace daño a las que él considera especiales.

—Mirad esto —dijo Justine, agachándose para abrir su mochila—. Se lo compré a un chico de noveno. —Sacó una revista enrollada, con la última página arrancada. La alisó y Sadie miró la portada: una ilustración de una mujer vestida con ropa interior anticuada bajando por una escalera y mirando por encima del hombro a una silueta que la seguía—. Tendrá un par de años —dijo Justine, hojeándola—. Pero está superbién.

Encontró por fin la parte que estaba buscando y se la pasó a Marie. Las demás se apiñaron para poder ver.

La doble página estaba arrugada y rasgada por una esquina. Había una segunda ilustración, de una niña en la cama con las sábanas cubriéndola hasta la barbilla. A los pies de la cama, acechaba una figura negra, con dedos con uñas afiladas dirigidos hacia ella. «El terror llega a la ciudad», rezaba el título, pero Helen se acercó más, apartando de un codazo a Sadie, y no le dejó leer la letra pequeña del artículo.

—Habla sobre una ciudad que no queda muy lejos de aquí —dijo Justine, mirándola—. En los años 70, cuando muchas niñas empezaron a tener la misma pesadilla. Bueno, lo que los adultos pensaron que eran pesadillas. Pero resulta que era el Hombre Alto que las visitaba por las noches y les decía que se fuesen con él. Aunque eso ya lo has captado, ¿no? A veces, cuando las visitaba, lo hacía acompañado por otras niñas. Y en este artículo dice que las niñas que veían en esas visitas encajaban con las descripciones de niñas desaparecidas de verdad.

—«Una de ellas era Pauline King, de doce años de edad» —leyó Marie en voz alta—. «Varias niñas de Stow-on-the-Wold dijeron haber visto a Pauline en sueños, de la mano del Hombre Alto. Pauline lleva desaparecida desde Navidad y ha sido vista por última vez saliendo del colegio acompañada por un desconocido. Nunca se ha vuelto a saber de ella».

Sadie se estremeció. ¿Dónde se las llevaría? ¿Se la llevaría a ella? ¿O era lo bastante buena como para ser especial y quedar protegida? Miró el montón de tierra y hojas bajo el cual habían enterrado sus últimas ofrendas y fijó de nuevo la vista en la ilustración caricaturesca de la revista. De pronto, las ofrendas le parecieron tontas y ridículas, claramente insuficientes.

—Eso es espeluznante —dijo Helen, secándose la nariz con la

manga—. Creo que prefiero que no se lleve a Yasmin Hunt, la verdad. Ni siquiera ella es tan mala.

Justine se encogió de hombros.

—Pues a mí se me ocurre mucha gente que sí que es mala. He hecho una lista con la gente que voy a pedirle que se lleve.

Helen le había cogido la revista a Marie y se la había acercado a la cara. Sus ojos releían de nuevo el texto.

—Pues yo no lo quiero en mis sueños —musitó—. ¿Cómo puedo impedir que entre en mis sueños?

Y a pesar de que la respuesta de Justine iba dirigida a Helen, miró otra vez a Sadie mientras hablaba.

—¿Acaso no ha entrado ya?

9

2016

Sadie no esperaba que fuera de aquella manera.

Su hija se mostraba indiferente con ella y su marido se esforzaba por fingir que no había pasado nada. Había que poner en marcha una reconciliación, pero nadie se mostraba aparentemente con ganas de pensar dónde y cómo podía empezar a llevarse a cabo además, claro está, de contar con la presencia de ella. De que ella jugara su papel. Como si hubiera que esperar a que las grietas fueran desapareciendo gradualmente por sí solas. Ella sabía esperar, tenía que saber esperar. Pero, de repente, le había embargado la sensación de que aquello no iba bien.

Durante los meses —el año— posteriores a su partida, alquiló una casita en la costa. La fianza había ascendido a la práctica totalidad de sus escasos ahorros y había tenido que recurrir a la ayuda de una vieja amiga. La casa estaba lo bastante aislada y lo bastante alejada de Miles y Amber como para intentar sentirse aliviada. Al principio, dedicaba muchas horas al día a ir caminando hasta la biblioteca de la ciudad más próxima y a repasar los periódicos en busca de cualquier historia que hablara sobre un bebé desaparecido. «El Hombre Alto se lleva a las hijas.» Pero a medida que fueron pasando las semanas, su miedo empezó a disiparse.

No fue hasta más tarde, mucho más tarde, que miró la fecha y cayó en la cuenta de que se acercaba el décimo cumpleaños de Amber, cuando empezó a pensar en otras maneras que el Hombre Alto podía emplear para apoderarse de ella. Empezó a pensar que cabía la posibilidad de que no se llevara a Amber, de que Amber fuera una de sus niñas especiales. De que quizás había dado a luz a su sustituta..., y que la había dejado desatendida y sola.

Pero no se arriesgó a volver, no podía arriesgarse a conducirlos hacia allí. Siempre había confiado en que Miles, en que toda la bondad que había en Miles, fuera suficiente para proteger a Amber, para mantener a raya a las sombras. Recordó un día que estaba sentada en otra casita, esta vez en Skye, más de una década después de su huida, con el ordenador portátil abierto delante de ella. Recordó los años posteriores a aquello, cuando pasaba horas estudiando el perfil de Amber en Facebook y descubrió que la configuración de privacidad de su hija de doce años era terriblemente mínima y luego, más adelante, mirando también su Twitter y su Instagram. Buscando alguna señal, alguna expresión en la cara de su hija, algún estado con una frase rara que le diera a entender que ya había pasado, que ya la había encontrado.

Y ahora que estaba de vuelta, observaba a Amber cuando hablaba, cuando reía, cuando dormía. Pero saberlo era complicado, cuando a la única Amber que con toda seguridad estaba intacta la habían separado de ella con un bisturí.

«El Hombre Alto se lleva a las hijas —pensaba a menudo, cuando se quedaba sola en casa—, pero ¿qué cosas deja a su paso?»

Aparcó el coche en la calle del colegio. Otra muestra de la bondad de Miles; siempre había sido su método preferido de machacarla. De modo que ella tenía el coche siempre a su disposición mientras él iba cada día andando hasta la estación para coger el tren e ir al trabajo, con la bolsa cruzada sobre el pecho como si fuera un repartidor de periódicos y su taza-termo incorporando vapor a la lechosa luz de la mañana.

Al salir del coche, no pudo evitar pensar en sus largas caminatas hasta las bibliotecas públicas, en aquellos ordenadores viejos que se conectaban a Internet por marcación. Había estado siempre velando por su familia, sí. Aunque ellos nunca lo supieran.

No había tráfico y por encima del barullo lejano del patio sobresalió un grito. Tiró de las mangas hasta casi cubrirse las manos y echó a andar hacia el colegio, escuchando, como siempre, los pasitos que la seguían. Al llegar a la verja, se aproximó a la valla metálica y observó a las figuras que deambulaban y corrían por el patio. Intentó localizar a Amber, pero su mirada solo captaba a los demás: chicas con la cabeza echada hacia atrás en un violento ataque de risa, chicos con las manos hundidas en los bolsillos y rascando los zapatos contra las paredes.

—Fascinantes, ¿verdad?

La voz sonó justo a su lado. Cuando se volvió, tenía la piel de gallina.

Era una voz de mujer, lo cual era nuevo. Era menuda y delgada, con el pelo oscuro con un largo a la altura de la mandíbula. Pantalón beis estilo Capri y una camiseta con rayas marineras, unas Birkenstock a los pies salpicadas con manchas de hierba. Cuando retrocedió un paso y volvió a fijar la mirada en el patio, las pulseras que llevaba en la muñeca tintinearon.

Sadie se quedó mirándola.

—Yo...

—¿Cuál es la tuya?

La mujer sonrió. «El Hombre Alto se lleva a las hijas.»

Examinó el patio con la mirada y por fin localizó a Amber sentada en un banco, tecleando el teléfono y con una chica a su lado que intentaba captar su atención.

—Amber —dijo, señalando, aun sin estar segura de si estaba confirmándoselo a sí misma o a la desconocida.

—¡Oh! Qué curioso —dijo la mujer, y las pulseras tintinearon de nuevo cuando se recogió el pelo detrás de una oreja. Sadie estaba esperando la inevitable advertencia. «Ahora es mía», quizás, o «Ahí no hay ninguna chica, ¿es que no lo ves?». Pero no, estaba señalando a la otra chica sentada en el banco—. Esa es Billie, mi hija.

Era la chica alta de pelo oscuro del día del cumpleaños de Amber. Cuando Billie se levantó, le ofreció unos caramelos a Amber, que cogió uno sin levantar la vista del teléfono. Cuando Sadie miró a su alrededor, encontró la mano blanca con sus pulseras tendida hacia ella.

—Me llamo Leanna —dijo la mujer.

—Yo Sadie. —Notó la mano pegajosa y caliente en comparación con la frescura de Leanna—. Encantada de conocerte.

Estaba recuperando lentamente las frases y las rutinas sociales, un lenguaje que conocía y que tenía oxidado por falta de uso.

—Somos nuevas aquí —dijo Leanna, recogiendo la mano y cruzando los brazos sobre su cuerpo flaco—. Estoy preocupada por ella. Sé que es una tontería, pero a veces me gusta ver qué tal le va. No tengo costumbre de vigilar a escondidas detrás de las vallas metálicas, te lo prometo.

Sadie rio porque imaginó que era lo que tocaba hacer y el sonido chirrió en contraste con el destello de la pulsera y los gritos lejanos de los niños.

—Amber se ha olvidado la llave —dijo, sorprendiéndose a sí misma al ver la facilidad con la que seguían saliéndole las mentiras—. Se la he dejado en recepción.

Sonó el timbre y los niños más impacientes entraron corriendo en los edificios del colegio mientras los demás se hacían los remolones en el patio. Sadie retrocedió un paso, insegura.

—La verdad —dijo Leanna—, es que es un alivio que Billie haya encontrado una amiga como Amber.

Sadie deseaba que su primera reacción no fuese «¿En serio?».

—¿Venís de muy lejos? —preguntó, en cambio.

Por un acuerdo tácito, ambas se habían puesto a andar para alejarse del colegio.

—Sí, del norte —respondió Leanna. Su voz tenía trazas de varios acentos, aunque Sadie, a quien le sucedía lo mismo, no conseguía identificar y seguir la pista de ninguno de ellos—. Oye. —Dejó de andar, insegura de pronto—. A lo mejor te parece raro, pero ¿te gustaría venir a tomar una copa de vino a casa mañana por la noche? Billie ha invitado a Amber a dormir a casa, seguro que ya te lo ha comentado, y la verdad es que no conozco aún a nadie en la ciudad. Me encantaría poder disfrutar de tu compañía.

Sadie miró a su alrededor aun estando en un espacio completamente iluminado, sin sombras a la vista. Era posible, por supuesto, que Leanna hubiera oído los rumores, que quisiera intimar con la loca para tener una historia que contar. Pero su expresión era de sinceridad, de nerviosismo incluso, y Sadie recordó la ansiedad que le pareció que mostraba Billie con Amber el día del cumpleaños. Pensó en la sugerencia de Miles el otro día, mientras desayunaban... A lo mejor aquella mujer deseaba de verdad tener una amiga. Pensó en los primeros días que pasó sola en aquella casita húmeda y en lo mucho que ansiaba tener compañía. En aquellas primeras ciudades había sido buena. No se lo había permitido.

—Me parece estupendo —dijo—. Me encantaría.

10

2018

Amber llega tarde, igual que ayer. Ha decidido además que hoy, cuarto día de filmación, no quiere que la filmen en su habitación. De modo que Greta, Tom y Luca esperan en la recepción, una estancia sin ventanas, con sillones tapizados con una tela de terciopelo que parece que esté mojada y con las paredes cubiertas con un papel pintado que brilla bajo la luz tenue de las lámparas de techo.

—Esto es ridículo —dice Lucas, cuando llevan ya media hora allí sentados—. Salgo otra vez a fumar.

Greta y Tom se quedan donde están, y la puerta deja entrar una breve esquirla de luz que desaparece en cuanto vuelve a cerrarse.

—¿Crees que tendríamos que decirle algo con respecto a los horarios? —pregunta Tom.

—Podríamos consultárselo a Federica. Pero seguramente solo serviría para distanciarla, sería como si le echáramos una reprimenda.

Tom se encoge de hombros y busca alguna cosa en los bolsillos de la funda de la cámara.

—Tengo la impresión de que en este último par de años nadie le ha echado ninguna.

—Supongo.

—Además, tampoco tengo claro que tenga mucho sentido pedirle a Federica que haga de mamá estando como está a más de ocho mil kilómetros de distancia.

Greta hace una mueca.

—Sí, tienes razón.

Tom se recuesta en su asiento, satisfecho de haber encontrado lo que creía haberse olvidado.

—Es muy duro, por cierto, que lo deje todo en tus manos.

—Bueno, supongo que tendría que aprovecharlo. Verlo como una oportunidad.

—Sí, siempre y cuando al final puedas conseguir que te lo reconozca debidamente.

Greta esboza una sonrisa desganada mientras ambos consideran las probabilidades de que acabe siendo así.

—Por suerte, el programa para hoy nos garantiza un metraje mejor. Abordarla justo después de salir del plató de un programa de entrevistas es complicado, es imposible que responda sin que parezca que está todo ensayado.

—Umm... —Tom se rasca la nuca y por debajo de la manga de la camiseta asoma el borde de un tatuaje que Greta no le había visto—. Lo que hemos filmado hasta ahora no queda muy natural, la verdad.

Greta suspira.

—Ya llegaremos a ello. Espero. Oye, por cierto, he estado escuchando ese grupo del que me hablaste ayer. Son buenos.

—¿Te parece? Pensé que eran de tu estilo. Están bien, ¿verdad?

—Son fabulosos. Me encanta cómo utilizan el *sampling*. ¡Y el saxo! El saxofonista es una pasada.

Tom sonríe y se le forma un hoyuelo en la mejilla.

—Recordé que dijiste que te gustaba el *jazz* y por eso pensé que te iría ese rollo.

—La verdad es que fue una compañía estupenda para mi investigación sobre el Hombre Alto.

—Apuesto lo que quieras a que le gusta el *jazz*, a ese tío —replica Tom. El hoyuelo desaparece y su sonrisa se vuelve maliciosa—. Una leyenda del saxo, dicen.

—Yo me lo imagino más en el contrabajo —dice Greta.

Y aunque sabe que no está bien, se siente a gusto bromeando un poco. Se siente a gusto oyéndole reír en aquel vestíbulo asfixiante con paredes lustrosas.

—Habrá que preguntárselo a Amber —dice Tom, y de repente, a Greta se le acaban las ganas de reír. Tom mira el reloj—. Se está pasando, en serio.

Greta se pregunta si estaría mal confiar en que Amber no se presente; es como si estuvieran en el colegio y la ausencia de un profesor sustituto significara que pueden salir a tomar el sol. Se imagina zambulléndose en la piscina cargada de cloro del motel, se imagina tumbándose con un libro en una de aquellas tumbonas viejas de plástico.

Pero luego se imagina leyendo la primera crítica del primer episodio de esta serie, se imagina incorporándola a su CV. Se imagina diciéndoles a sus padres que otro proyecto en el que ha trabajado ha recibido un premio.

—Creo que voy a subir —dice.

Tom hace una mueca.

—Dile a la recepcionista que vuelva a llamarla. Estoy seguro de que Amber es capaz de calzarse solita. —Su teléfono empieza a sonar en la mesita que tienen delante y lo mira—. Tengo que responder. Voy a salir a comprar un periódico y pediré otro café. ¿Quieres alguna cosa?

Greta niega con la cabeza.

—No, estoy bien así, gracias.

—¿Te va bien si te dejo mis cosas?

—Tranquilo.

Responde el teléfono mientras cruza el vestíbulo y su saludo queda devorado en cuanto empuja la puerta que da acceso al bar y al restaurante. La puerta se cierra en silencio y se quedan a solas Greta y la recepcionista, con sus largas uñas resonando contra el teclado.

Greta mira el teléfono por quinceava vez. Por el momento, la bandeja de entrada está tranquila. Abre el navegador y echa un vistazo a las páginas que guardó como favoritas durante la sesión de investigación de la noche anterior.

La leyenda del Hombre Alto se remonta a los años 70. Se trata de una leyenda urbana que empezó a circular por los colegios de Inglaterra y que tiene varias versiones, siendo la más popular de ellas la que argumenta que se trata de un hombre que asesinó a sus hijas desobedientes. Esta versión del Hombre Alto habla de «niñas buenas» o «especiales», y cuenta la leyenda que las niñas que ofrecen regalos y sumisión serán recompensadas con otros regalos. En algunas versiones de la historia, estos regalos adoptan la forma de poderes, mientras que en otras son guardianes, «enviados desde las sombras», dicen.

Ninguna novedad. Greta ha leído muchos resúmenes de este tipo en los últimos seis meses. Abre otro.

El primer caso registrado de la historia del Hombre Alto se produce en una escuela de enseñanza primaria del norte de Inglaterra en 1972. El relato lo escribió una niña de siete años de edad, Julie Young, que en una redacción sobre Papá Noel lo describió como «el hombre alto que viene por la noche y da regalos a los buenos y se lleva a los malos». Su hermano mayor, Jonathan, lo consideró muy gracioso y para Navidad de aquel año preparó un cómic sobre el Papá Noel malo al que llamaba «El Hombre Alto». Hizo un solo ejemplar, que pasó a un par de amigos y con el que bromearon también los jóvenes de la casa. Jonathan y Julie pertenecían a una gran familia y sus

primos se lo pasaron en grande burlándose de sus primos
pequeños, diciéndoles que el Hombre Alto iría a buscarlos si
no hacían lo que ellos les ordenaban.

Ya había leído relatos similares, aunque ninguno tan detallado. Suma una nota más a una de las muchas que guarda en el teléfono para recordar que tiene que investigar sobre Julie y Jonathan y se pregunta qué probabilidades tendría de localizar el cómic original. Seguro que Federica le pide que lo haga y, por lo tanto, piensa que será mejor ponerse a ello si puede.

La página contiene también varios enlaces y Greta los abre. Uno de ellos conecta con un foro donde la gente ha publicado sus historias sobre el Hombre Alto; el foro tiene páginas y páginas.

Mi hermano dijo que el hombre alto mató a dos niñas en nuestra calle antes de que yo naciera. Las encontraron en la casa que tenían en un árbol y si te acercas allí por la noche, aún las oyes llorar.

¿Alguien ha visto esta historia de Australia? Una madre que mató a su hija mientras dormía. ¿No creéis que el HA tiene algo que ver?

Mi hermana desapareció cuando yo tenía tres años. Creo que se la llevó el hombre alto. Quiero que vuelva.

Mi amiga tiene un comportamiento muy raro. ¿Cómo se puede saber si el HA ha cambiado a alguien?

Pasa a otro enlace, un ensayo publicado en una revista de psicología sobre la leyenda que incluye varios casos de estudio sobre sus efectos en niñas preadolescentes. La primera parte se centra en Stow-on-the-Wold, un caso de 1977 que Greta conoce bien a estas alturas. Una gran cantidad de niñas de la ciudad atacadas por la misma pesadilla recurrente, en la que una figura oscura aparece a los pies de la cama, a veces acompañada por otra niña. Ha leído también el artículo que hizo famoso aquel incidente, «El terror llega a la ciudad», publicado en una popular revista en 1989. Greta lleva semanas intentando ponerse en contacto con la autora, que en su día vivía en Stow-on-the-Wold y ahora trabaja como periodista para una respetable revista especializada en hogar y jardinería, y justo esta mañana Federica le ha anunciado que iba a llamarla otra vez; una pieza más de trabajo preliminar que podrá darse por terminada.

—Siento llegar tarde.

Parece imposible que alguien con unos tacones tan altos y finos como los que lleva Amber pueda caminar sin hacer ruido por un suelo embaldosado como aquel, pero ella siempre lo consigue.

—No te preocupes —dice Greta, levantándose—. ¿Estás lista?

Amber lleva el pelo recién peinado, unas ondas grandes estilo años 70, pero sigue conservando su rubio playero y es evidente que se lo ha pensado mejor y no ha sucumbido a su plan drástico de teñirse de rubio platino. Lleva los labios maquillados con un tono mate entre melocotón y melón y un bonito vestido blanco de estilo zíngaro, con un tirante que se le desliza brazo abajo. Huele a un perfume floral, aunque hay un trasfondo de algo maduro y empalagoso. Greta se pregunta si las bandejas del desayuno seguirán acumulándose en un rincón de la habitación.

—¿Algo interesante? —pregunta Amber, señalando el teléfono que Greta sostiene en la mano.

—Correos, nada más. —Greta mira por encima del hombro de Amber, confiando en que aparezca Tom. No hay suerte—. ¿Has dormido bien?

Amber se encoge de hombros.

—Nunca duermo bien. —Mira a Greta y ríe—. Oh, no por eso. No por... —Se encoge otra vez de hombros y observa su reflejo en el espejo de la pared acristalada antes de volcar de nuevo su atención en Greta—. Tengo insomnio desde pequeña. Apenas duermo. A menos que esté borracha.

—Vaya. Tiene que ser duro, lo siento.

—Estoy acostumbrada. —Amber se pasa la uña por el perfil del labio superior y vuelve a mirarse al espejo. Se acerca la uña a la cara y examina el exceso de lápiz de labios atrapado en su interior—. ¿Qué? ¿Vamos? ¿Qué toca hoy? Te juro que ni he mirado la agenda, pero...

—Tienes una entrevista con *Rolling Stone* —dice Greta—. Antes de eso hemos pensado que podríamos dar un paseo, filmarte un poco en la playa. A veces está muy bien tener metraje haciendo simplemente cosas normales..., para poder poner alguna de tus entrevistas en voz en *off* sobre esas imágenes, para que no siempre salgas mirando a la cámara.

—Guay. —Amber se acerca más al espejo y rasca con la uña la comisura de la boca—. Suena fácil.

—Buenos días.

Tom, con un periódico doblado bajo el brazo, reaparece a través de la puerta camuflada que da al bar. Sus Vans rechinan en el suelo encerado y la recepcionista levanta la vista de la pantalla.

—Hola, Tom. —Amber deja de mirarse en el espejo y su cabello se balancea sobre sus hombros—. ¿Has dormido bien?

—Sí, gracias. ¿Y tú?

—Sí —replica Amber mirando de reojo a Greta y con una sonrisa asomando en las comisuras de su boca.

—Estupendo. —Tom mira también a Greta—. ¿Listos?

—Sí. Vámonos.

En cuanto salen al sol, Greta intenta concentrarse en la filmación, en los ángulos, en la luz y en las miles de variaciones que Federica podría decidir que quiere en un momento dado. Intenta recordar que Amber es una chica de dieciocho años que recientemente ha sido declarada inocente de un cargo de asesinato y que ahora capitaliza la notoriedad que todo ello le ha aportado, en forma de un contrato de siete cifras para la publicación de un libro y una gira por los medios de comunicación de los Estados Unidos. Que a Amber se le está pagando una suma muy generosa de

dinero a cambio de ser filmada por sus cámaras, que no es alguien
que necesite cuidados o protección. Una entrevistada, una protagonista, una estrella. Nadie a quien temer.

Pero su cabeza regresa continuamente a un claro en el bosque,
a una casa llena de sombras. A una fotografía captada por un hombre que casualmente estaba por allí y que inundó los medios de comunicación: Amber con la ropa empapada en sangre, un agente de
policía esposándole las manos delante del cuerpo. Un espacio oscuro en los árboles detrás de ella, la luz capturando la corteza de un
árbol moribundo y proyectándola de tal forma que parece el perfil
de una cara huesuda, una sonrisa desdentada.

2016

Subieron tarde al coche porque Amber había estado ganduleando en la cama al llegar a casa del colegio y no se había metido en la ducha hasta diez minutos antes de la hora prevista de salir. Sadie tomó asiento en el último peldaño de la escalera y escuchó el rugido del secador por encima de ella. Ansiosa o tal vez con ganas, era incapaz de identificar sus sentimientos. No diferían en mucho de cómo se sentía diecisiete años atrás, en la residencia universitaria, cuando esperaba la llamada de Miles a la puerta de su habitación. Como una tonta, en realidad.

Cuando Amber bajó, sonrió a su madre y dijo:

—¿Lista?

Y Sadie asintió con resignación y cogió las llaves de encima de la mesa. Era más fácil que discutir, se dijo, lo cual no significaba que su hija adolescente le diera miedo. En el coche, miró de reojo a Amber. Su pelo recién lavado brillaba por encima de una chaqueta de aspecto caro que Sadie no recordaba haberle visto puesta (lo cual no quería decir que no se la hubiera puesto nunca).

—Me resulta raro que vengas —dijo Amber, mirándola—. ¿De qué hablarás?

—No lo sé —dijo Sadie, poniendo el coche en marcha e

intentando pensar una respuesta ingeniosa—. Supongo que de vosotras dos.

Amber enarcó una ceja en un gesto lacónico y volvió la cabeza hacia la ventanilla.

—¿Cómo es? —preguntó Sadie—. Leanna, me refiero. ¿Has pasado mucho tiempo con ella?

—Es agradable.

Amber bajó la vista hacia el teléfono que tenía en la mano y empezó a teclear con energía. Al chocar contra la pantalla, las uñas emitían un sonido metálico. Cuando hubo terminado, siguió mirando las casas por las que iban pasando. La carretera traqueteaba bajo los neumáticos, el viejo coche refunfuñaba cada vez que había un cambio de marcha, y Sadie se preguntó si debería poner la radio. Se preguntó si el silencio le resultaría tan cargante a Amber como se lo estaba resultando a ella.

—¿Y qué vais a hacer? —preguntó tentativamente.

—Vamos a ver esa película de miedo asquerosa que Jenna ha descargado. —Amber volvió a mirarla y sonrió—. Pero no se lo digas a Leanna, por favor. Se pondría como una histérica.

Sadie volvió a sentir aquella emoción, la sensación de anticipación. Recordó las confidencias en el patio del colegio, los brazos unidos con las amigas, las risillas y los secretos susurrados con el aliento ardiente a los oídos que el cabello agitado por el aire dejaba al descubierto. No pudo evitar sonreír con nerviosismo, notar las manos sudadas en contacto con el volante.

—Tranquila —dijo. Y como deseaba que aquel momento se prolongara, añadió—: De joven también me gustaban las películas de miedo.

—A papá no. Es un cagueta.

Y Sadie se echó a reír, un sonido suave y sólido en su garganta.

—Sí, nunca le gustaron.

La emoción de aquel intercambio de frases, aquel vínculo que las unía (¡Una conversación! ¡Aquello era una conversación!), vibró en su interior.

Pero entonces se acordó de por qué, con once años de edad, dejaron de gustarle las películas de miedo, y su sonrisa se esfumó. Temía mirar por el retrovisor porque en aquel momento, embargada por el miedo a saltar por su particular precipicio, sabía que descubriría allí una cara.

—Es por aquí a la izquierda —dijo Amber, señalando—. Y luego a la derecha.

Machacó el teléfono con una nueva parrafada de texto y lo guardó en el bolso.

Llegaron a un congestionado callejón sin salida y Sadie tuvo que maniobrar para aparcar en el único hueco disponible.

—Y también eres mejor que él aparcando —dijo Amber.

Salió del coche antes de que Sadie hubiera asimilado que acababa de hacerle un cumplido y una ráfaga de aire rodeó el espacio donde hasta entonces había estado sentada. Sadie apagó el motor y la siguió por el corto camino de acceso hasta la última casa de la hilera. Estaba pintada de un bonito tono amarillo claro y debajo de la ventana de la fachada había una artesa de piedra con camelias blancas. Amber pulsó el timbre y vieron enseguida, a través del vidrio traslúcido, una figura borrosa que bajaba las escaleras.

Y Sadie recordó entonces (aunque se esforzó por no hacerlo, presionándose los ojos con la mano como si aquello pudiera interrumpir el flujo de recuerdos) cuando iba a buscar a Helen y a Marie, y luego, las tres juntas iban en bicicleta a buscar a Justine. Recordó la espera en el umbral de la puerta de las casas mientras las madres impacientes llamaban a sus hijas y se quedaban mirando su atuendo, camisetas de terciopelo y gargantillas, y las bicicletas, apoyadas en las escaleras de acceso. Recordó cuando hacía explotar los globos de chicle, mirándolos fijamente. Todo le daba igual. Creía que era especial. Todas creían que él las había hecho especiales.

Leanna abrió la puerta. Llevaba un rollo de papel de horno en la mano.

—¡Hola! —Retrocedió y las saludó con un amago de reverencia, invitándolas a pasar—. Perdón, pero me he liado en la cocina y he tenido un pequeño desastre.

Sadie siguió a Amber, entraron en el recibidor de la casa y la imitó cuando vio que dejaba los zapatos en el suelo de baldosas de color granate. Olía a algo recién horneado, pan o *pizza*, con un aroma de fondo intenso, como a chocolate. El pasillo era pulcro, despejado y formal, y no ayudó a Sadie a disipar esa sensación de que volvía a tener once años.

—Billie está arriba con Jenna —le dijo Leanna a Amber.

Pero Amber ya había subido tres peldaños y había dejado la chaqueta colgada en la barandilla. La chaqueta empezó a deslizarse hacia el suelo.

—Permíteme tu chaqueta —le dijo la anfitriona a Sadie, acercándose a ella y recogiendo la que Amber había dejado en la escalera.

Sadie se despojó de la cazadora vaquera, muerta de pronto de calor, y se la entregó a Leanna obedientemente.

—Esto es precioso —dijo, mientras Leanna colgaba las chaquetas en un armario estrecho. «Demasiado pronto —pensó, criticándose—, no has visto más que el suelo y las escaleras». Las paredes estaban forradas con conglomerado de madera de color blanco, un material que se brindaba poco a comentarios.

Leanna sonrió.

—Oh, aún queda mucho trabajo que hacer —dijo—. Ven.

En la cocina, las sartenes con fondo de cobre brillaban sobre la pared blanca y por encima de la mesa de madera colgaba un tríptico de pinturas abstractas. Sadie llevaba calcetines y notaba los pies húmedos sobre el suelo cerámico. De pronto recordó la bolsa de plástico que llevaba en la mano.

—He traído vino.

En aquel momento deseó haber llevado alguna cosa más; bombones, aceitunas o al menos el vino en una bolsa más estable, que no se adhiriera al lateral de la botella, dejando deformado el logotipo del establecimiento.

—Oh, muy amable —dijo Leanna, aceptando la bolsa—. Nos serviremos una copa. ¿Te apetece blanco o tinto? ¿O un *prosecco*? ¿Un *gin-tonic*?

Tantas alternativas la dejaron aturdida y tuvo que recordar que debía ser decisiva, no demorarse.

—Un blanco me encantaría —dijo, satisfecha consigo misma.

Su anfitriona descorchó una botella de vino que sacó del frigorífico, después de retirar la botella de Sadie de la bolsa y colocarla en la estantería en su lugar. ¿Sería un gesto adecuado o de mala educación? Sadie no lograba recordarlo. Aceptó la copa que le pasó Leanna y enjuagó su boca seca con un pequeño trago de vino. Emitió un resoplo de placer y recordó al instante que tenía que controlar sus necesidades. Leanna se limitó a sonreír y levantó la copa para brindar.

—Por el viernes —dijo, y Sadie también sonrió.

Bebió más vino.

—¿Cuánto tiempo llevas en la ciudad? —le preguntó a Leanna, satisfecha de nuevo consigo misma por haber pensado en aquella pregunta.

La había ensayado un par de veces en la ducha a primera hora de la tarde y había estado intentando hacer memoria de las cosas que solía preguntar Miles cuando conocía a alguien. Pero esta pregunta le había salido de forma bastante natural, sin pensarla expresamente. Era capaz de hacerlo.

—Oh, hace ya un par de meses —respondió Leanna, e hizo un gesto indicando la mesa y el banco, ancho, de madera rústica de tono claro—. Siéntate, por favor.

Al tomar asiento, empezó a pensar en el bosque, en la sensación de humedad que desprendía la palma de otra mano contra la suya, las briznas de hierba enredadas entre el cabello, las risas de sus amigas. Parpadeó para alejar el recuerdo.

—Huele de fábula —dijo, porque una forma de silenciar los recuerdos era alzar la voz por encima de ellos.

—Oh. Sí.

Y Leanna volvió a levantarse. Se cubrió una mano con un guante de horno y, salida de algún rincón como por arte de magia, apareció una rejilla para enfriar. Aquella tarde iba vestida de un modo más desenfadado, con mallas, una camiseta larga de tejido sedoso y una chaqueta tipo kimono que se ondulaba a su alrededor cuando sus piernas delgadas avanzaban sobre el suelo enlosado. Por vez primera, Sadie apreció la diferencia entre la silueta de madre e hija, y la comparación de Leanna con Billie, alta y desgarbada, la reconfortó. Había distintos niveles de distancia y cercanía, quizás; cualquier relación tenía un ADN único que servía para enlazarla. Amber y ella guardaban un parecido físico tan evidente e innegable, que a lo mejor era solo cuestión de tiempo que empezaran a entenderse.

Vino. Sus pensamientos se expandían y se ampliaban, se volvían extensos y cálidos.

—¿Qué tal te sientes viviendo aquí? —preguntó, y Leanna sacó dos *pizzas* del horno, una detrás de la otra—. Dios mío, ¿son caseras?

Leanna la miró por encima del hombro mientras una oleada de calor procedente del horno inundaba la estancia.

—¿Las *pizzas*? Sí, sí. He pensado que sería mejor preparárselas de antemano a las chicas antes de que se les ocurra pedirlas. No puede decirse que sea una comida sana, pero siempre serán mejores que las de Domino's, ¿no?

Las depositó en la rejilla y tomó de nuevo asiento en el banco.

—Y para responder a tu pregunta, la cosa va bien. Nunca es fácil, ¿verdad? Lo de mudarse a un lugar nuevo. —Bebió un poco de vino y se quedó pensativa—. Lo siento, ni siquiera sé... ¿Has vivido siempre aquí?

Ahí estaba; ese bache que aparece de repente en la carretera. Esa sacudida a destiempo, ese tambaleo al borde del precipicio. El deseo (oh, el deseo; tan similar al recuerdo pero con su propio dolor, especial, delicado).

—No —dijo, aclarándose la boca con un trago corto que facilitara sus palabras—. No, Miles y yo vivíamos en Reading cuando nos conocimos. —Una mentira por omisión, mejor que una mentira directa—. Aquí hay pocas cosas que hacer, me temo.

Intentó no pensar en los últimos meses de embarazo, cuando el sueño era errático e impredecible, cuando Miles permanecía despierto o se despertaba con ella y salían a dar vueltas en coche por las noches y se imaginaban dónde vivirían cuando él se graduara y pudieran permitirse algo mejor que aquel piso para familias cerca del campus. Cuando Amber tenía casi dos años, los padres de Miles le prestaron el dinero de la entrada de la casa donde ahora vivían todos. Le había explicado a Sadie que había elegido aquella ciudad porque era un lugar que siempre había sido de los preferidos de ella.

—Oh, no sé —dijo Leanna, acariciando el borde de la copa con los dedos—. Da la sensación de que pasan muchas cosas. —Cogió la copa y la sostuvo cuidadosamente en alto unos instantes—. Aunque la verdad es que antes de aquí vivíamos en un lugar muy apartado.

Se oyeron pisadas en el techo, por encima de ellas, y Leanna levantó la vista, eficientemente atenta y resignada a la vez. Se incorporó, dejando en la mesa la copa de vino.

—Parecen de restaurante —dijo débilmente Sadie, cayendo en la cuenta de que por un momento se había olvidado de que las chicas estaban arriba—. Yo no tendría ni idea de por dónde empezar.

Leanna le restó importancia con un gesto con la mano.

—Te pasaré la receta. Es fácil, sinceramente. Una de esas cosas que siempre impresiona a la gente y que en realidad no exige mucho esfuerzo. —Sacó de un cajón un cortador redondo y trasladó las *pizzas* a dos platos, cayó al suelo un tallo de espárrago carbonizado—. Enseguida vuelvo. Si quieres volver a llenarte la copa...

A Sadie le habría encantado volver a llenarse la copa, y el par de dedos que quedaba aún en la copa se estancó como un charco que se calienta rápidamente. Pero asintió de todos modos y sonrió tal y como tocaba. Leanna desapareció en dirección al oscuro pasillo. El sonido de sus pasos resonaron por la escalera y Sadie se quedó sola.

Recorrió con la mirada la cocina, que mostraba servicialmente todos sus utensilios. Una estatua tribal en la esquina, al lado de los fogones, controlaba desde lo alto la mantequera. La estantería que había junto a la puerta exhibía un conjunto de palillos delicadamente decorados que montaban guardia en contenedores de marfil. El tríptico que había encima de la mesa era de color rojo sangre con manchas negras, y había zonas en las que la pintura era tan gruesa que apetecía rascarla como si fuera una costra. Se fijó entonces en las fotografías enmarcadas apiñadas en el alféizar de la ventana; madre e hija en playas, puentes, junto a un bosque. Aquello no era su vida. Volcó de nuevo la atención en las costras de pintura, en las cicatrices dejadas por el pincel.

Los pasos que bajaban por la escalera resonaron hasta quedar descompasados y los dos pares adquirieron ritmos independientes cuando alcanzaron el suelo de baldosa. Billie fue la primera en cruzar la puerta, con el pantalón de pijama agitándose sobre sus piernas y el cabello recogido en una trenza.

—¡Hola, señora Banner!

—Hola, Billie. ¿Os estáis divirtiendo?

No le gustaba nada oír en su propia voz el tono de una persona mayor cuando se dirigía a ellas; la voz de un tío morboso en una fiesta, de la presentadora de un programa infantil de los años 70. Una pestilencia auditiva que llevaba a Amber a hacer una mueca cada vez que ella abría la boca.

Pero Billie sonrió y dijo:

—¡Sí, gracias! —lo dijo sin remilgos, mientras repasaba con la punta de los dedos la encimera para pillar un trocito de jamón o beicon que había quedado allí abandonado. Se giró en el instante en que se lo introducía entre sus finos labios y se limpió luego las manos con el pijama—. ¿Le gusta nuestra nueva casa?

—Es preciosa —dijo Sadie, bebiendo un poco de vino y recordando al instante que no tenía que beber más de momento.

—¿Verdad que es bonita? —dijo Billie, sonriéndole a Leanna—. Mamá piensa que es demasiado pequeña y vieja, ¿a que sí?

Leanna se echó a reír, y la facilidad con la que aquellas sonrisas y risas se intercambiaban dejó a Sadie fría de envidia.

—Supongo que eso fue exactamente lo que dije, sí —replicó Leanna, acercándose a la nevera—. Os he preparado una jarra de mojito, chicas. —Miró de reojo a Sadie—. ¡Sin alcohol, por supuesto!

—Dios mío —dijo Sadie. Tenía la sensación de que llevaba una sonrisa fija en la cara, suspicaz como la de un payaso—. Amber no querrá volver nunca a casa.

En cuanto pronunció aquellas palabras, le parecieron macabras y cargadas de intención. Terminó el vino y Leanna, que estaba disponiendo en una bandeja la jarra con combinado de menta y unos vasos con el borde de acero inoxidable, se dio cuenta de inmediato.

—Bill, ¿te encargas de llenar la copa de Sadie, por favor?

Billie se acercó a Sadie con la botella y Sadie vio de repente una vida alternativa, en la que una Amber, dando sus primeros pasos, se habría acercado a ella con un vasito o una tetera de juguete. En la que una Amber, de diez u once años de edad, la habría abordado para pedirle ayuda con los deberes. Pensó en todas las cosas que podrían haber sido, en todas las cosas a las que había renunciado sin saberlo cada vez que se adentraba en el bosque.

Vino. La volvía alarmantemente reflexiva. Le preocupaba caer en uno de aquellos pensamientos y no poder salir nunca más de allí.

—Gracias —le dijo a Billie, que hizo chocar torpemente la botella contra el borde de la copa.

La guardó a continuación en la nevera y se dirigió hacia la puerta cargada con la bandeja de las bebidas, que se tambalearon de forma peligrosa.

—Hasta luego —dijo, hablando por encima del hombro—. ¡Gracias, mamá!

—Y bien —dijo Leanna, cerrando la puerta de la cocina al ver que la música de la planta superior subía de volumen—. ¿Tienes hambre? ¿Has comido? Tengo pan, queso y cosas para picar.

Y, sorprendiéndose a sí misma, Sadie cayó en la cuenta de que tenía hambre. No había comido; estaba tan poco acostumbrada a cuidarse, que a menudo se le pasaba por alto. Y empezó a observar con cierta anticipación a Leanna, que sacó platos de un armario e introdujo en el horno una porción de camembert. Le gustaba cómo cocinaba Miles —o le gustaba antes de que pasara aquello—, pero con él todo era orquestado y enorme y para preparar incluso algo tan sencillo como unos huevos revueltos, necesitaba varios cuencos y sartenes, además de acompañar sus quehaceres con aquella expresión enfurruñada de perfeccionismo que le arrugaba la cara. Pero Leanna se movía por la cocina con ligereza, recogiendo y dejando cosas a la vez, dificultándole a Sadie seguir el hilo de la conversación, hipnotizada como estaba por la agilidad de sus manos. Empezó a llegarle comida, platitos desiguales de cerámicas con queso cortado en porciones circulares y en cuñas, rebanaditas de pan de molde, trocitos de manzana y unas tartitas en miniatura uniformemente perfectas.

Leanna se sentó a su lado, totalmente despreocupada, y la fuerza de su atención fue como un peso, como la fuerza bruta de un quitanieves. Había expectación por las palabras, eso lo sabía, de modo que las buscó a trompicones mientras su mirada, tomada por el pánico, deambulaba de nuevo por los distintos rincones de la estancia.

—Tienes muchas cosas interesantes por aquí —dijo (de nuevo de forma decisiva; se recompensó con más vino)—. Debes de haber viajado mucho.

Leanna sonrió y deslizó un cuchillo por el *brie* sin el más mínimo esfuerzo.

—Por aquí y por allá. Sobre todo por India y Extremo Oriente. Por toda América.

—¿Con Billie?

La mirada de Sadie regresaba continuamente a aquellas fotos con fondo de cielo azul. «Esa vida no es la tuya.»

—Sí, últimamente sí. Pero también antes de que ella naciera. —Apareció la botella, más vino en las dos copas. Leanna cerró la nevera y volvió a sentarse—. Si quieres que te diga la verdad, me pasé la adolescencia y hasta cerca de los treinta huyendo de todo.

—Vaya. —Sadie bebió un nuevo trago de vino, animada—. Conozco esa sensación.

Leanna se quedó mirándola y apartó luego la vista mientras sus dedos jugaban con delicadeza con el borde de la copa.

—¿A qué edad tuviste a Amber?

—La tuve con veinte. —Más vino, ahora para ayudar; un segundo sorbo para apuntalar el primero, más largo—. ¿Y tú?

Leanna no era fácil de esquivar.

—Veinte es joven, no debió de ser fácil. ¿Llevabas mucho tiempo con tu pareja? Perdón, pero es que acabo de darme cuenta de que no sé cómo se llama. ¿Miles, dijiste?

Las preguntas sonaron secas e inquisitivas, como una uña de forma almendrada perfectamente limada que se desliza bajo la piel para buscar, y rebuscar; aunque, en cierto sentido, fue un alivio. En el transcurso del último año, Sadie se había acostumbrado hasta tal punto a sentirse interrogada, cortada, a quedarse sin palabras, que responder se convirtió, de pronto, en una tarea sencilla.

—Sí, Miles. Nos conocimos en la universidad, así que no llevábamos mucho tiempo juntos, no. Me quedé embarazada entre primer y segundo curso.

Leanna cogió una tartita pero no la comió, sino que la sostuvo con elegancia entre el pulgar y el dedo índice, como una pinza.

—Vaya. ¿Y seguiste con tus estudios?

Sadie estaba acostumbrada a esas preguntas y eran fáciles de responder. Había superado ya un acto de beneficencia en el trabajo de Miles, con los colegas de la universidad preguntándole «¿A qué te dedicas?» y luego buscando desesperadamente con la mirada alguien más interesante con quien hablar. Había soportado la fiesta para celebrar las bodas de rubí de los padres de Miles, con los primos y las tías con sus platos de papel llenos de bocadillos en una mano y patatas fritas de marca blanca en la otra, mirándola fijamente: «Tienes buen aspecto. Imagino que es hora de volver a ser madre y esposa, ¿no?». Ahora era fácil negar con la cabeza y pensar en aquellos tiempos, en aquella primera decisión.

—No —dijo—. Podría, pero decidimos que sería mejor no hacerlo. Pensé que los retomaría más adelante. Fue, en realidad, por cuestiones económicas. Supongo que quería también concentrarme en ella, al menos los primeros años.

Se le formó un nudo en la garganta, tal vez por la tartita que estaba desmigajando sobre el plato. Fuera lo que fuese, lo hizo desaparecer apurando el contenido de la copa y Leanna, claro está, volvió a llenársela.

—Lo respeto de verdad —dijo, cortando una tajada muy fina de un queso azul y pillando completamente desprevenida a Sadie—. Tomar decisiones nunca es fácil, ¿verdad? Sobre todo cuando eres joven. —Introdujo el queso entre su dentadura perfecta y chupó un pequeño resto que le había quedado adherido en un dedo—. Y me parece de lo más altruista.

Tanta amabilidad incomodó a Sadie. No podía permitirse, sabiendo lo que había sucedido después, rememorar aquella época bajo un tinte de color rosa. Replicó con vaguedad:

—Supongo que simplemente pensé que si había sucedido era por algún motivo.

Y se metió una bola de pan de molde en la boca para intentar alejar los recuerdos de aquellas semanas. La prueba del embarazo en el cuarto de baño minúsculo. Las largas conversaciones, los dos tumbados en su camita individual, acurrucados bajo el edredón. Cómo se había despertado una mañana, con la luz filtrándose a través de las ajadas persianas y la mano entrelazada con la de Miles, y había sabido lo que haría, a pesar de que en los días precedentes la idea de tener el bebé le había parecido a todas luces errónea.

Los días y las semanas antes de que sus visitantes acudieran de nuevo a verla, a susurrarle su mensaje al oído.

—Pues acabaste con una hija encantadora —dijo Leanna—. Amber es muy dulce. Muy atenta.

Sadie no pudo evitar que aquel primer pensamiento apareciera de nuevo: «¿En serio?».

El segundo fue, mientras Leanna llenaba hasta arriba la copa, que se había olvidado por completo de que tenía que conducir.

12

2018

Después de dejar a Amber en una cafetería de Santa Mónica donde la aguardaba una reportera de *Rolling Stone* con un batido y expresión impaciente, Greta decide ir a la playa y esperar allí. Se descalza, deja los zapatos a su lado y se queda en calcetines, a pesar de notarlos húmedos en la parte de los dedos, y se pone a mirar el correo. Observa a las gaviotas que se bambolean a merced de las olas mientras los corredores, enfundados en tejidos fluorescentes, resoplan por la arena. Piensa en sus padres, que siguen en Míchigan, se los imagina sentados en el embarcadero, mirando el lago. Una cerveza su padre, un té o tal vez una pequeña copa de vodka para su madre y, entre ellos, un buen trozo de pastel Zwetschgenkuchen en un plato con el filo dorado con dos tenedores colocados en equilibrio sobre su borde. Pensaba tener tiempo para ir a visitarlos, pero la agenda siempre cambiante de Federica (así como su permanente ausencia) lo está haciendo cada vez más improbable.

Ahora se pregunta qué pensaba que sucedería. Había trabajado previamente para Federica, otros directores y productores la habían dejado ya en la estacada. Tampoco se había sumado al proyecto con la esperanza de ser capaz de dar forma al documental de una manera u otra, de dejar su huella en él.

—Hola.

Tom se deja caer en la arena a su lado. Lleva en la mano una bolsa de patatas fritas grasientas y le ofrece una.

—Gracias. ¿Dónde está Luc?

—Ha ido de tiendas a ver si encontraba alguna cosa para Elke.

—Ah, vale.

Se pregunta por un momento cómo debe de sentirse uno sabiendo que alguien vuelve a casa con suvenires.

Tom se pasa la correa de la bolsa de la cámara por la cabeza y se reinstala en la arena.

—Esa periodista no era precisamente la alegría de la huerta, ¿eh?

Greta ríe.

—Imagina tú qué vida. Un año estás entrevistando a Madonna y al siguiente a una niña inglesa desquiciada que muestra más interés por los distintos tipos de tortitas que por responder a tus preguntas.

—Dios, pobre mujer.

—Sí. —Mira hacia el mar, hacia el horizonte neblinoso—. No puedo evitar sentir lástima por Amber, te lo digo francamente. Todas estas entrevistas, las mismas preguntas una y otra vez, toda esa gente mirándola. Nosotros pegándole la cámara a la cara dondequiera que vaya. No debe de ser nada divertido, ¿no crees?

Tom se queda mirándola un segundo con una expresión indescifrable.

—Yo no tengo tan claro que merezca tu compasión, Greta.

—Bueno, no.

Aparta la vista, herida. No era su intención seguir con la frase, pero sale de ella sin darse ni cuenta. Una partida de vóley playa le saca las castañas del fuego y el viento transporta hacia ellos el grito que alguien emite al errar un disparo.

—Ojalá hubiese traído el bañador —dice Tom—. Me encantaría meterme en el mar.

—Siempre he sido una cagada para eso de nadar en el mar. Me dan miedo los tiburones, los pulpos gigantes o lo que sea que pueda haber por ahí.

—Sí, reconozco que prefiero nadar en un lugar donde pueda ver que mis pies tocan fondo. Aunque no creo que por aquí haya muchos pulpos gigantes.

—Últimas palabras que pasarán a la posteridad. Si quieres, esperaré aquí y te vigilaré la ropa.

—Seguramente es lo más sensato. —Le sonríe—. ¿Así que no te gusta ir de compras?

Greta ríe.

—Mi cuenta bancaria se alegra de que no me guste. Creo que no voy de compras por el puro afán de divertirme desde 2010.

—Pues yo creo que desde entonces estoy en descubierto.

—Dios mío. Cuando la gente me habla de que se ha comprado una casa, me pregunto qué parte del cuerpo habrá decidido vender a cambio.

—Cierto. —Come otra patata y se queda un rato en silencio—. Jode, ¿verdad? A veces tengo la sensación de que acabé la universidad justo la semana pesada y pensaba que con ello había entrado en la edad adulta. Todo el mundo se casa, tiene niños, es propietario..., y yo aún tengo que hacer un esfuerzo para acordarme de pagar la factura de la luz.

Greta ríe, pero el sonido de su risa suena vacío incluso para sus propios oídos. Tom vuelve a ofrecerle patatas y ella coge un par. Tom se aparta de la cara el pelo —rubio, un aspirante a oro, como la arena— y mueve las manos en dirección al sol. Se fija en las pecas que el calor ha hecho asomar por encima del puente de la nariz, por su clavícula.

—Mejor será que no tardemos mucho en ir a recoger a Amber.

Se pone todas las patatas en la boca a la vez y cuando piensa en las instrucciones que le ha dado Federica para la jornada —«Intenta sonsacarla para que hable sobre su vida anterior, sobre sus esperanzas de futuro, a ver si esto la desmorona un poco. Compra también todas las barritas Milky Way Midnight que puedas; son las favoritas de Millie y por aquí no hay»—, deja de sentirse relajada.

Tom asiente, pero se recuesta un poco más y cierra los ojos para protegerse de la luz.

—No me gusta nada la chica —dice—. Supongo que lo notas.

—¿Y tendría que gustarnos? —cuestiona ella, sin dejar de masticar.

—Supongo que ayudaría.

Greta se queda pensativa mientras mira cómo una de las gaviotas se revuelve contra otra y se produce una tormenta de alas. Pasa muy despacio un coche y la música de fondo se filtra débilmente a través de las ventanillas.

—Es una historia que hay que contar. Lo que sucedió es terrible, espantoso, y está quedando oculto debajo de tanta prensa basura. —Y se sorprende a sí misma cuando añade—: Federica me dijo una vez que no es necesario que te gusten tus protagonistas para hacerles justicia.

Tom abre los ojos y gira la cabeza para mirarla. Llevan menos de una semana en Los Ángeles, pero por debajo del cuello de la camiseta ya se aprecia un tono de piel más blanco.

—Ya, y por cierto, ¿dónde está Federica?

—Seguramente aparecerá mañana —responde Greta, aun sin creerlo probable.

—No, seguro que no aparece. Desde que salió el veredicto ha perdido el interés. Pensaba que Amber sería declarada culpable y que la entrevistaríamos en la cárcel. Este no es el plan original, Greta, lo sabes. Nos tiene aquí cazando fantasmas. Literalmente. Y mientras tanto ella sigue tranquilamente en casa intentando arreglar su jodida relación con la cúpula de la cadena.

Echa también la cabeza hacia atrás para disfrutar del calor del sol en la cara, a pesar de que empieza a levantarse un poco el aire, y se esfuerza por ignorar la debilidad que esas palabras le han provocado.

—Sí, pero la cadena está totalmente por la labor —dice—. Amber se ha convertido en un valor muy cotizado. ¿No viste ese *email* de Morris? Van a sacar adelante el programa piloto. Si le sonsacamos algo nuevo, podría ser enorme.

—Sí, es posible. —Coge otra patata frita, la examina y la encuentra blanda, y la lanza a continuación por encima de la arena en dirección a las gaviotas. Caen sobre ella y sus picos amarillos la cortan como espadas, emitiendo penetrantes chirridos ancestrales. La segunda patata supera la prueba y se la lleva a la boca—. Pero no me gusta.

Greta se permite un gesto de asentimiento.

—Es... exasperante, supongo.

—Es una falsa. —Pasa otro coche, otra oleada de sonido sintético contrarrestado por el delicado rugido de las olas—. No es buena persona.

Greta se queda mirándolo.

—Es una niña. Lo que le ha pasado es inimaginable para cualquiera de nosotros.

Tom aplasta la bolsa de patatas con una mano.

—Lo sé —dice, cogiendo la bolsa aplastada y mirando a su alrededor—. Pero hay algo..., no sé. Me paso el día mirándola a través de la cámara. Y no veo nada. Su cara no expresa sentimientos, es como si sus ojos estuviesen muertos. —Se inclina hacia delante, como si fuera a levantarse, pero se lo piensa mejor y mira de nuevo a Greta—. Es como si no tuviera alma.

—Creo que simplemente es precavida. —El correo de Federica resuena en sus oídos. «No la culpo por ello»—. ¿Cómo quieres que no lo sea? Ponte en su lugar, ¿quién crees que confiaría en ti?

Tom resopla.

—Vamos, Greta, no me vengas ahora con que te crees todo ese rollo. Ella *no* es la víctima. Es una asesina de mierda, pasara lo que pasase, y ahora está ganando dinero a raudales con sus historias de lloriqueos.

Greta nota la rabia creciendo en su interior, caliente y repentina.

—Se puede ser víctima y culpable, que lo sepas. No todo está tan claro. Si lo estuviera, ¿qué sentido tendría hacer un documental sobre el tema?

Tom sonríe y se encoge de hombros, inalterable.

—Supongo. A veces pienso que es fácil perderse intentando encontrar una historia donde no la hay. A veces, lo que sucede es que la gente es mala, y ya está. A veces es así de claro.

—¿Quiere decir eso que no te crees nada de nada de todo esto?

—¿Y tú?

Greta mira hacia el mar y no responde. Al cabo de un rato, Tom se levanta y le ofrece la mano.

—No te dejes convencer —dice—. Sabes perfectamente lo que va a pasar. Sabes que Federica acabará haciendo alguna cosa para dejarla en evidencia. Siempre los hace caer en la trampa, lo sabes.

Greta le suelta la mano.

—No tendría por qué ser así —dice, mientras nota que vibra el teléfono con la llegada de un nuevo mensaje.

Tom vuelve a encogerse de hombros y echa a andar hacia el coche.

—Sea lo que sea, Greta —dice, apartándose de la trayectoria de dos adolescentes en patines—, Amber no es inocente.

13

2016

Amber observó desde la ventana la partida del taxi con su madre, que volvió la cabeza hacia ella al marcharse. Le dio una calada al cigarrillo, asomó un poco más la cabeza para aprovechar el aire nocturno y se preguntó qué diría Miles cuando la viera. La verdad es que aquella falta de autocontrol resultaba patética, pensó. No alcanzaba a comprenderlo; ella tenía solo dieciséis años y hacía tiempo que había aprendido a dominarse, a dejar que los demás solo vieran su lado bueno y la consideraran una persona fuerte y con el control de la situación. Se sentía orgullosa de ello. Pero Sadie ni siquiera era capaz de pasar una tarde de visita sin hacer el ridículo y quedar como un bicho raro. Hacía solo seis meses que había vuelto a casa y Amber ya estaba cansada de verla dar tumbos por la vida, arrastrándolos a ellos dos en su caída. Tal vez debería sentir lástima por ella. Pero ¿no era Sadie la que tendría que lamentarse? ¿No era Sadie la que tendría que haber vuelto sintiéndose culpable y la que tendría que estar pidiéndole eternamente perdón por haberla abandonado siendo solo un bebé indefenso?

Pero Sadie nunca decía nada. Había aparecido de repente y permanecía callada; probablemente se sentiría arrepentida en silencio, pero arrepentirse en silencio no bastaba. Tendría que haberle suplicado a Amber que la perdonara, por supuesto. Y Amber lo habría hecho. La habría perdonado, y de este modo habría demostrado que ya no era una niña indefensa, que había crecido y se había convertido en una persona valiente, fuerte y con control de la situación, que había cuidado de Miles igual que él había cuidado de ella. Pero no. Sadie había reaparecido, Miles estaba que no cabía en sí de felicidad y Amber había tenido que adaptarse a la nueva situación y seguir adelante.

De modo que sí, estaba molesta (no dolida, nunca reconocería que estaba dolida), molesta por haber pasado años culpando de todo a su madre ausente, que seguramente habría hecho que su vida fuera perfecta, para luego descubrir que había vuelto y nada había cambiado tanto. Un lío, la verdad.

(«¿Qué esperabas? —le preguntó una voz crítica en su cabeza—. Se fue porque creía que te habían echado un maleficio. Nunca te habría preparado pasteles ni te habría cepillado el cabello, ¿no te parece?»)

Apagó el cigarrillo aplastándolo contra los ladrillos de debajo de la ventana, salieron chispas, y luego lanzó la colilla hacia el seto del vecino y entró en la habitación. No quería seguir pensando en todo aquello. Había pasado mucho tiempo pensando en aquel domingo por la tarde, cuando su abuela y ella se quedaron a solas en la cocina. Su padre y su abuelo estaban bebiendo cervezas en silencio en el patio, como solían hacer. Amber tenía once años. Su abuela estaba borracha, iba ya por su quinto *gin-tonic*. «Cariño —le había dicho, y cuando le había apartado el pelo de la cara le había notado las manos mojadas de haber lavado los platos—, ¿cómo se le pudo ocurrir pensar que te habían echado un maleficio?».

No estaba dispuesta a pensar en aquello. Se apartó de la ventana y la brisa levantó la cortina. La película del ordenador proyectaba sobre la pared una luz parpadeante. Cogió una porción de *pizza* fría del plato. Sí, estaba sabrosa, pero habría preferido una de Domino's. Miró la habitación de Billie. Era bonita, suponía, pero un poco sosa, con aquella alfombra peluda, los cojines también peludos y la colcha de seda a los pies de la cama. Demasiado forzada, sin personalidad, aunque ya le encajaba. Saltó por encima de un saco de dormir hasta la cama donde estaban tumbadas Billie y Jenna con un cuenco lleno de palomitas entre ellas. Cogió la botella de Malibu que había convencido a Jenna que robase del Co-op y sirvió un poco más en los vasos antes de tumbarse en la cama con ellas.

El teléfono vibró en la mesita de noche y miró de reojo la pantalla: Mica. *Lo siento, cariño, no puedo* ☹. Le dio a la tecla para bloquear de nuevo la pantalla. Mica había tardado dos horas y trece minutos en responderle y de ningún modo pensaba contestar antes que eso, por mucho que su cabeza fuera un hervidero de preguntas: ¿Por qué Mica no había podido quedar con ella en la ciudad? ¿Qué estaba haciendo? ¿Con quién lo estaba haciendo?

Tampoco es que en la ciudad hubiera mucho qué hacer. El *pub* de siempre en la calle principal, un *pub* de un viejo asqueroso donde nunca se negaban a servirles copas (a diferencia de la vinoteca, que era un local mucho más agradable pero donde era imposible engatusar a los gorilas que custodiaban la puerta). Los chicos de sexto iban allí de vez en cuando y las chicas podían colarse si entraban con ellos, dejándose rodear los hombros con sus flacos brazos de niño. Pero, de todos modos, aquel era su local, el *pub* del tío asqueroso, de Mica y de ella; el lugar cuyos confusos recuerdos compartían en conversaciones telefónicas llenas de risas a la mañana siguiente, cada una en su casa y envueltas en sus respectivos edredones.

Volcó su atención en el ordenador, donde la película estaba llegando a su última escena de persecución y una pobre chica llorosa intentaba escapar del asesino huyendo siempre en dirección equivocada.

—Ni siquiera da miedo —dijo, fastidiada. Miró a Jenna—. Habías dicho que daba miedo.

Jenna se ruborizó.

—¿No crees que sí que daba más miedo al principio?

A Amber le gustaba que una simple mirada suya fuera capaz de transformar todas las frases de Jenna en preguntas.

—Si tu concepto del miedo es esto, Jen, habrá que empezar a preocuparse. —Apartó la vista, aunque no sin antes añadir una sonrisilla. Un «Lo digo en broma»—. Elige otra cosa, Bill, seguro que lo harás mejor.

La expresión de pánico de Billie resultó infantil y placentera. Abrió los ojos de par en par y miró fijamente a Amber mientras intentaba desesperadamente encontrar una respuesta.

—Oh... yo... Sí, creo que Jake publicó algo en Snapchat sobre una película de zombis.

Se puso colorada al mencionar a Jake y Amber la observó con interés. Sabía que a Billie le gustaba Jake. Había visto cómo lo miraba el día de su cumpleaños, cómo se le había descompuesto la cara cuando Amber se había ofrecido a que su madre lo llevara a casa (y eso que ni siquiera había mencionado el beso que le había dado cuando llegaron).

—Pues tendrías que enviarle un mensaje para preguntarle si es buena —dijo con despreocupación, y vio que el rojo de las mejillas de Billie se intensificaba aún más—. Trae, ya te lo escribo yo, si quieres.

—Vale —dijo Billie, con un hilillo de voz.

Pero cogió su teléfono y empezó a teclear. Así de fácil. Amber sintió un cosquilleo, como si tuviera mariposas en el estómago. El teléfono vibró otra vez, ahora con un mensaje de Leo: *Hola, pequeña. ¿Qué haces?* El cosquilleo se aceleró y reprimió una sonrisa. Se planteó las distintas opciones. Podía responderle enseguida, decirle que cogiera el coche y viniera a recogerla. Que se la llevara de allí. Pero no. Sería demasiado fácil y había decidido no ponérselo fácil. Jugar a ese juego con Leo era divertido porque estaba resultando fácil jugar con él.

Bloqueó el teléfono. Le respondería más tarde, mucho más tarde, para que él se viera obligado a preguntarse dónde estaba y con quién estaba. Le gustaba reflexionar sobre estas cosas, sobre las cosas que podían hacer que la gente se sintiera celosa, triste o feliz. Resultaba útil, te ayudaba a conseguir que la gente hiciera lo que tú quisieras. Te ayudaba a comprender a los demás, y comprender a los demás era la mejor garantía para no llevarte sorpresas con nadie. Para controlar la situación.

Terminó su copa, se sirvió otra y entonces se acercó un poco más a Billie y le sonrió.

—Venga —dijo—. Cuéntame la historia de más miedo que conozcas.

Del diario de Leanna Evans [Extracto A]

Dormí sorprendentemente bien y no me desperté hasta pasadas las ocho, lo cual era excepcional en mí. Me desperecé y me fijé en el techo amarillento. Necesitaba una mano de pintura y me entraron ganas de ponerme de inmediato con ello, aunque sabía que tendría que sumarse a la interminable lista de cosas que necesitaba hacer en aquella casa. En aquella ciudad. La lista no para de crecer, pero al menos empiezo a tener la sensación de que voy avanzando. De que voy asentándome.

Las cortinas estaban abiertas —aquí nunca duermo con las cortinas cerradas, me gusta que la luz me despierte—, me senté y miré a ver qué tal día hacía. El cielo parecía encalado, inmóvil, la neblina cubría la calle. Era todavía temprano; seguramente más tarde el calor sería abrasador, pero en aquel momento me pareció casi bello, como un filtro sobre la dureza que habitaba allí. Miré más allá de las hileras de casas, hacia el amarillo fluorescente de los campos de colza, las sombras oscuras y esqueléticas de los árboles. Me había inquietado, de entrada, la austeridad de esta pequeña ciudad, pero estoy acostumbrándome a ella.

Me levanté y me duché, me froté la piel hasta dejarla rosada. Habría practicado un poco el yoga de no haber tenido una invitada en casa, pero mi tiempo ya no era mío. De modo que en cuanto estuve aseada y vestida, me dirigí a la cocina y empecé a abrir y cerrar armarios, preguntándome si sería mejor preparar unas tortitas o tortillas, un desayuno inglés completo. Me sentía como una adolescente con un novio nuevo, intentando adivinar lo que le gustaría a otra persona. Intentando adivinar qué le gustaría desayunar a Amber. Tal vez suene extraño, pero tenía ganas de acertar.

Decidí esperar a que se despertaran y preparar en un momento lo que más les apeteciera, ser la anfitriona perfecta. Tomar aquella decisión fue un alivio, así que me preparé un café, abrí la puerta del patio y salí a la terraza. Tomé asiento y contemplé el césped reseco. Reseco, incluso en mayo. Estaba ya seco cuando compramos la casa, con aspecto quemado también en invierno. No sé mucho sobre jardinería, sobre cultivos. No sé cómo acabar con un césped quemado.

Cuando terminé el café, entré otra vez para coger mi libro. Podría haberme puesto a limpiar, evidentemente (¡siempre puedo ponerme a limpiar!), pero no me apetecía liarme con nada antes de que bajaran. Quería que se sintieran completamente cómodas, completamente libres. En eso reside el arte de ser una buena anfitriona: en comprender de qué manera tu casa y tu conducta hacen que los demás se sientan y actúen. Siempre es importante tenerlo presente.

El libro lo había cogido de la biblioteca, una obra literaria por la que mostraban gran entusiasmo todos los periódicos del domingo. No tenía quizás el ritmo que estaba buscando en aquel momento, aunque conseguí perderme en sus páginas durante un rato, hasta que el crujido del techo me avisó de que las niñas estaban despiertas. Era todavía temprano, teniendo en cuenta los horarios habituales de Billie, justo pasadas las diez. Me arreglé un poco el pelo y entré en la cocina para llenar el hervidor. Puse la mantequilla en su platito de porcelana y saqué la tetera. Luego volví a guardarla, porque me pareció anticuado, lo típico que haría una abuela. Hay que entender que estuviera nerviosa, que deseara desesperadamente que todo saliera bien. Por el bien de Billie, por encima de todo.

Billie fue la primera en bajar, con el pelo alborotado y los ojos aún hinchados por el sueño. El camisón le va corto y está hecho polvo, pero le encanta; se niega a ponerse el que le compré hace dos Navidades. Y fue Amber la que apareció en cambio con aquel camisón, con un aspecto mucho más juvenil del habitual en ella, el cabello recogido en una cola de caballo y la cara sonrosada y recién lavada.

Intenté mantener un aire desenfadado, saludarlas como si fuera normal que una amiga de Billie se quedara en casa a dormir. Les deseé buenos días, les ofrecí té, café y zumo. Amber se decantó por el té y retiró una silla para sentarse a la mesa con la naturalidad que emplearía si estuviera en su casa. Fue mi primera sensación de éxito, creo. Mi primera sensación de que Billie pertenecía a este lugar, de que había hecho lo correcto animándolas a ser amigas. Billie declinó mi ofrecimiento, estaba pálida. Imaginé que había dormido poco, aunque fue ella la que sugirió dormir con Amber en la misma cama, en sentido invertido, en vez de bajar el colchón hinchable del desván. Me gustó la sugerencia, sinceramente; era como aquellas historias de internado de Enid Blyton, ese tipo de amistad femenina que yo nunca había tenido la suerte de experimentar. Me alegré también de que Jenna hubiera decidido volver a su casa pasada la medianoche. Podría parecer maleducado, pero no es la chica adecuada para nosotras.

Cuando les pregunté qué les apetecía desayunar, Amber emitió unos sonidos educados dando a entender que nada, que así estaba bien, pero no estaba acostumbrada aún a la sinceridad directa de Billie. «El desayuno favorito de Amber son las tortitas», me dijo de inmediato, aunque no tenía muy buena cara. A pesar de lo sano de su aspecto, suele caer a menudo enferma. Lo que me produce un estado de ansiedad constante.

Amber, hay que reconocer, se ruborizó e intentó disuadirme de que me tomara la molestia de preparar nada. Pero rápidamente la hice callar y me puse a preparar la masa. Billie desapareció rápidamente hacia el cuarto de baño; otro virus, pensé en aquel momento. Empecé a pensar ya en los caldos y los zumos que le prepararía al mediodía. Amber y yo nos quedamos a solas y me quedé mirándola mientras tomaba el té. Recuerdo que pensé que debía de estar escaldándose y también que me sentí satisfecha con ello, puesto que a mí también me gusta así. Le dije que me había gustado mucho conocer a su madre.

Y entonces dijo algo que me pareció gracioso: «Ha sido muy amable invitándola. No tiene muchas amistades».

Intenté que pareciera que sentía curiosidad; como si aquello no fuese lo normal.

«¿Ah, no?»

Amber hizo una mueca, sin despegar su atención del té.

«No es como los demás», me dijo, y me pareció cruel presionarla.

Oí la cadena del váter arriba, la cisterna quejándose, y eché una pizca de mantequilla en la sartén para ver si ya estaba caliente. Chisporroteó y se ennegreció al instante.

«Es una casa encantadora», dijo, eso lo recuerdo también con claridad.

Le di las gracias y bajé el fuego para empezar a freír la masa. Aquella mañana, por primera vez, tuve la sensación de que era una casa encantadora.

14

2016

Sadie recogió a Amber y el coche en casa de Leanna poco después de mediodía. Amber permaneció callada durante el camino de vuelta a casa, cansada, imaginó Sadie. También ella notaba una fuerte tensión en la cabeza y la luz del sol, persiguiéndolas mientras avanzaban a través de las concurridas avenidas para ir en busca de la calle principal, resultaba agresiva.

—¿Te lo has pasado bien? —preguntó, pensando en aquella pequeña sensación de camaradería que había experimentado la noche anterior, circulando por aquellas mismas calles. Una victoria minúscula, aunque todo contaba, por supuesto.

—Sí. —Amber la miró de reojo—. ¿Y tú?

—Sí, fue divertido. Es una buena compañía.

Sadie se preguntó si sería correcto hablar sobre situaciones que habían sido divertidas o sobre que la gente podía ser una buena compañía. Imaginaba que debería estar aún en su fase de arrepentimiento. Decidió no mencionarle lo enfadado que se había mostrado Miles al verla llegar, dando tumbos, a casa. Cómo le había arrojado prácticamente el teléfono a la cara diciéndole «¿Por qué no has llamado? ¿Por qué no has llamado?» Cómo las lágrimas habían empezado a acumularse en los ojos de Miles hasta que una había conseguido emerger finalmente, imprevista, y había tenido que girarse para que ella no lo viera secándosela y emitiendo aquel único grito vacío de frustración. O cómo había acabado vomitando a media noche, una masa cuajada de queso y vino, y cómo, pegada a la taza del váter, había notado el pecho empapado en sudor.

—Luego saldré —dijo Amber, tecleando a toda velocidad con el pulgar la pantalla del teléfono.

Sadie sintió una punzada de miedo.

—Oh... ¿y dónde?

La mentira fue fácil y tranquila y Sadie (una experta consumada) no pudo evitar quedarse impresionada.

—A casa de Mica —respondió con pereza su hija—. Sus padres van a salir y le he dicho que la ayudaría a cuidar de Milo.

Milo. El hermano pequeño de Mica, un bebé. Sadie se sintió orgullosa de sí misma por acordarse de ello, como el niño que ha estudiado para superar un examen.

—¿Y bien? —preguntó Amber, impaciente a la espera del conflicto—. ¿Puedo ir o qué?

—Tal vez. —Sadie estaba aturullada e, intentando construir la respuesta correcta, empezó a notar el calor en las mejillas—. Tendrás que preguntárselo a tu padre.

Amber se recostó en el asiento con expresión engreída (aquello era una pequeña victoria: su madre cediendo ante Miles y reconociendo, en consecuencia, su falta de autoridad). El teléfono vibró en su falda, lo cogió y rio para sus adentros antes de redactar la respuesta. Sadie se quedó mirándola, preguntándose, como siempre, en qué estaría pensando, qué estaría escribiendo, qué pensaría de ella la persona que hubiera al otro lado de la línea telefónica. Su concepto de Amber se había vuelto tan sesgado que toda la demás gente le resultaba fascinante. ¿Cómo la verían los demás? ¿Sería una buena amiga, amable y considerada? ¿O sería esa frialdad que Sadie veía a veces en sus ojos lo que en realidad había bajo la superficie? Le daba miedo, aunque sabía que eso no estaba bien. Sabía que debería haberse esforzado más con Amber nada más llegar, cuando apareció y convulsionó toda su vida. Había planeado —imaginado— que la abrazaría muy fuerte, que le acariciaría el cabello y le diría cuánto lo sentía todo. Pero se habían quedado mirándose la una a la otra en el pasillo, y por mucho que hubiera mirado y visto a Amber en las redes sociales, nada podía haber preparado a Sadie para verla como era en realidad. Ni para la aterradora sensación que el encuentro le había provocado.

Sumida en aquel silencio, pensó también en Miles, en casa, esperándolas. Por la mañana apenas le había hablado y su actitud se había ido alternando entre desafío y culpabilidad de un modo que le había resultado más agotador que la resaca. Ella había vivido su vida durante dieciséis años; ¿quién era él para, de repente, imponerle límites o exigencias? Pero entonces, también de repente, volvió a caer en la cuenta de que ella había estado ausente durante dieciséis años, que él había conseguido criar completamente solo a la hija de ambos y que ella ni siquiera había sido capaz de hacer algo tan simple como avisarle de que llegaría tarde a casa. Que era incapaz de hacer algo tan simple aun siendo todo entre ellos tan inseguro. La sensación de que tenían todavía veinte años, de que aún podían arrancarse prácticamente la ropa para desnudarse, persistía, pero con todo y con eso, cada momento estaba cargado con el recuerdo de su ausencia; con el hecho de que ella lo había abandonado. Con el hecho de que él nunca entendería que ella había tenido que hacerlo, que lo había hecho por ellos. Y ella, ahora, no hacía más que empeorar las cosas.

Enfiló el camino de acceso a la casa y vio que Miles estaba en el césped, cortando la hierba. Se agachó para apagar el cortacésped en el mismo momento en que Sadie paraba el motor. Miles se enderezó cuando ellas salieron del coche.

—Hola, mi niña —le dijo a Amber, extendiendo la mano para abrazarla—. ¿Te lo pasaste bien anoche?

—¡Sí! La madre de Billie nos hizo una *pizza*. Y esta mañana tortitas.

Sadie cerró la puerta con la máxima delicadeza posible, pero ambos se volvieron para mirarla. *Intrusa.*

—Eso está bien —le dijo Miles a Amber, soltándola después de presionarla cariñosamente en el hombro—. En la cocina hay *frittata*, por si aún te cabe algo.

—¡Ñami!

Amber se encaminó hacia la casa, desbloqueando de nuevo el teléfono y centrando en él toda su atención.

Miles se quedó un segundo mirando a Sadie, que sintió otra oleada de náuseas que desapareció enseguida.

—No me gusta que nos peleemos —dijo Miles en voz baja.

—Tampoco a mí —replicó ella, notando que alguna cosa en su interior se retiraba, se desmoronaba—. Lo siento.

Y lo sentía. Siempre estaba diciendo «Lo siento».

—Yo también lo siento. —La atrajo hacia ella. La abrazó con naturalidad, por instinto. Doblegando los últimos dieciséis años solo como Miles podía hacerlo—. Quiero que tengas amigas. Reaccioné con exageración. Tuve miedo.

Sadie, poniéndose a prueba, se puso de puntillas para besarlo, pero sus labios estaban secos y fríos y el olor a hierba cortada se le metió en la garganta. Más abajo, en su misma calle, estaban quemando malas hierbas y la sensación de miedo se apoderó de ella. La sombra de Miles se alargó por el suelo y engulló la de ella.

—¿Me lo dirás? —le dijo Miles al oído—. Si estuvieras... Si las cosas volvieran a... ¿Si estuvieran de nuevo aquí?

Sadie intentó tragar saliva y el aire caliente le arañó la boca. Hizo un gesto de asentimiento sin despegar la cara de la tela de su polo.

—Así me gusta —dijo él, presionándole con la mano la cabeza mientras la frente de ella descansaba debajo de su barbilla—. Ahora estamos solo los tres, ¿verdad?

Viernes, 18 de mayo de 2018, 03.04 (hora del Pacífico)
De: Federica Sosa
Para: Greta Mueller
Gracias por el mensaje. Me parece todo muy bien, ahora a ver qué tal el metraje.
¿Qué tal hoy Amber?

Viernes, 18 de mayo de 2018, 03.05
De: Greta Mueller
Para: Federica Sosa
Ha tenido un día entretenido. Primero una entrevista para una revista francesa —el periodista se ha desplazado expresamente hasta aquí para hacerla—, que al parecer ha ido bien. Pero luego, cuando estábamos comiendo, se nos ha acercado un tipo y le ha dicho que era el demonio. Ha sido horroroso.

Viernes, 18 de mayo de 2018, 03.07
De: Federica Sosa
Para: Greta Mueller
¿Lo habéis podido filmar?

Viernes, 18 de mayo de 2018, 03.11
De: Greta Mueller
Para: Federica Sosa
Tom estaba filmándola en aquel momento, sí. La estábamos filmando mientras hablaba por teléfono con su agente. Ha sido espantoso. Se notaba que le molestaba, pero se ha comportado como si no tuviera importancia.

Viernes, 18 de mayo de 2018, 03.13
De: Federica Sosa
Para: Greta Mueller
Me parece que estás demasiado sensible. A estas alturas, la niña tiene que estar más que acostumbrada. Piensa que se ha criado bajo el concepto de que tiene un maleficio. Y está ganándose la vida con ello. En serio, que no te dé lástima. ¡Piensa en lo que cobra! Tiene que trabajar para ganárselo.

Viernes, 18 de mayo de 2018, 03.17
De: Federica Sosa
Para: Greta Mueller
Mira, estás haciéndolo de maravilla. Sinceramente, lo que hemos conseguido hasta el momento es estupendo. Si te presiono es solo porque sé que todo esto puede ser muy especial. Y porque podría ser una oportunidad enorme para ti. Podría serlo todo. ¡Y te lo mereces! ☺
¿Y qué haces despierta tan tarde?

Viernes, 18 de mayo de 2018, 03.18
De: Greta Mueller
Para: Federica Sosa
Jet lag. Además, el motel tiene las paredes finas como el papel y es tenebroso.

Viernes, 18 de mayo de 2018, 03.19
De: Federica Sosa
Para: Greta Mueller
¿Otra vez vecinos enamorados?

Viernes, 18 de mayo de 2018, 03.20
De: Greta Mueller
Para: Federica Sosa
No, esta noche no. Un bebé llorando. Y creo además que hay ratas. ¿Has visto el email de la maestra de A? ¿Crees que valdría la pena explorar un poco?

Viernes, 18 de mayo de 2018, 03.22
De: Federica Sosa
Para: Greta Mueller
¡¡¡¡¡Ratas, qué asco!!!!! Lo dirás en broma, ¿no?
Sí, creo que valdría la pena tener una charla con la maestra. Tenemos también aquello de la maestra de Sadie... ¿Cómo se llamaba? ¿Berkley?¿Barclay? Que es bastante espeluznante de por sí. Quedaría bien a continuación de eso.

Viernes, 18 de mayo de 2018, 03.24
De: Greta Mueller
Para: Federica Sosa
De acuerdo. Programaré una llamada con ella a través de Skype y averiguaré cuánto material podría haber. ¿Te mandé este artículo? [archivo adjunto] Un caso muy interesante de Hombre Alto en Alemania en 2010. No tuvo mucha cobertura aquí porque coincidió con la muerte de Dawn Brancheau en SeaWorld.
¡Sí que hay ratas! Las oigo correr dentro de la pared. Aunque no es nada comparado con aquel lugar de Texas, ¿te acuerdas? Asqueroso.

Viernes, 18 de mayo de 2018, 03.25
De: Federica Sosa
Para: Greta Mueller
¡Dios mío! Es terrible. Para el próximo viaje tendremos más presupuesto, te lo prometo.
Gracias por el archivo. Pero tendrías que dormir un poco. Necesito que mañana presiones a Amber..., a lo mejor invitándola a una copa, intentando a ver si se suelta así un poco. Podrías preguntarle cómo se siente después del incidente de hoy si realmente piensas que le ha molestado, podría ser una buena forma de entrarle.
He estado hablando con Morris y me dice que necesitan que cuente a la cámara todo lo que pasó esa noche. Todo. Quieren que la convenzamos para que podamos filmarla de nuevo en la casa. Sería oro puro.

Viernes, 18 de mayo de 2018, 03.26
De: Greta Mueller
Para: Federica Sosa
Cuando firmó el contrato dijo de forma muy categórica que no volvería allí.

Viernes, 18 de mayo de 2018, 03.27
De: Federica Sosa
Para: Greta Mueller
Lo sé, estaba presente. Pero confío en que podamos convencerla.

Viernes, 18 de mayo de 2018, 03.28
De: Federica Sosa
Para: Greta Mueller
Anda, descansa un poco. Debes de estar destrozada. De verdad que siento mucho que tengas que lidiar sola con toda esta... pesadilla. ¡E informa enseguida a recepción de eso de las ratas!
Es totalmente inaceptable.
Gracias por ser tan brillante.
Te prometo que todo esto habrá valido la pena. x.

Viernes, 18 de mayo de 2018, 03.30
De: Greta Mueller
Para: Federica Sosa
No te preocupes. Y, la verdad, lo de las ratas tampoco es que me preocupe tanto (¡). Es el bebé. La pobre criatura no para de llorar. Estoy empezando a preguntarme si lo habrán dejado solo.
Lo sé, voy a probar otra vez si me duermo mirando esta mierda de tele. Buenas noches. x.

Viernes, 18 de mayo de 2018, 03.31
De: Federica Sosa
Para: Greta Mueller
Tapones para los oídos, cariño. No hay que viajar nunca sin ellos.
Te llamo mañana cuando sepa qué tal los vuelos.

15

2016

Miles se sentó a la mesa para ver cómo Amber acababa con la tercera porción de *frittata*. Sadie, cuya resaca no remitía, había subido a dormir. Amber estaba comiendo con el iPad delante mientras repasaba, en una página de chismorreos que él aborrecía, las últimas noticias sobre famosos que Miles era incapaz de reconocer. En uno de los módulos de doctorado que impartía hablaba sobre los peligros de aquel tipo de cosas: la democratización del famoso, la relación que establecían constantemente aquellas páginas entre la pérdida o el aumento de peso y el estatus y el éxito. Pero, a pesar de ello, dejaba que su hija se atiborrara de aquellas cosas. Sus dedos manipulaban la página con agilidad para ampliar el maquillaje de ojos de una estrella, la celulitis de otra, mientras su cara permanecía impasible y sus ojos se movían de un lado a otro de la pantalla.

Levantó la cabeza y lo sorprendió observándola.

—¿Qué planes tienes para hoy, papá oso? —le preguntó, como siempre.

—Tengo algunos trabajos que corregir —respondió él, recogiendo ambos platos para dejarlos en el fregadero—. Y luego he pensado que podríamos pedir algo para cenar en casa, ¿qué te parece?

—No puedo, lo siento mucho, papá. Le he dicho a Mica que le ayudaría a cuidar de Milo.

Miles se giró para esconder su desaprobación. Bajo su punto de vista, Marcie, la madre de Mica, salía demasiado y siempre dejaba a la pobre Mica a cargo del bebé.

—Oh, vaya —dijo—. Te daré algo de dinero para que podáis pediros algo para cenar.

—Gracias, papá, muy amable. —Amber cerró el iPad y se quedó dudando un momento—. Papá..., mamá está bien, ¿no?

Miles se secó las manos y respondió mirando hacia el jardín.

—Creo que sí, mi niña. Tendremos que vigilarla, ¿verdad?

Se estuvo un segundo más y luego, dejando la silla mal puesta, desapareció escaleras arriba con el iPad pegado al pecho. Miles aguardó en la cocina y prestó atención hasta que la casa se quedó en silencio y pudo relajarse. Recordó la época en la que Amber era pequeña y dormía durante el día, cuando la acostaba después de comer y luego recorría las habitaciones de la casa, preguntándose por dónde empezar. A menudo llamaba a su madre, que le enviaba a su padre, y Miles se tumbaba en la cama mirando el techo mientras John trajinaba por la cocina, limpiando y eliminando los desperdicios del día. Y esperaba a que la respiración mocosa resonara por el intercomunicador de la habitación de la niña, a que se oyera el primer gemido de indignación. E intentaba silenciar la oleada de sensaciones eléctricas que generaba cualquier pensamiento relacionado con Sadie. Intentaba preguntarse dónde o qué o cómo las cosas podrían haber sido distintas.

Nunca había dejado de pensar en ella. Y se preguntaba si ella lo sabría.

Estaba enfadado consigo mismo por haberse puesto anoche de aquella manera. Sí, era un acto irreflexivo e irresponsable por su parte no haberle comunicado que volvería tarde a casa. Amber, la verdadera adolescente de la familia, nunca lo habría hecho, jamás lo habría tenido preocupado de aquella manera, pero sabía que había que hacer concesiones. Que necesitaba aceptar que estaban aún en un periodo de cambios, para todos, y que les llevaría un tiempo encontrar la mejor forma de llevarse. Sabía que Sadie y él estaban hechos para estar juntos, que siempre había sido así, siempre había sabido que él era la única persona que la entendía de verdad. Y sabía, siempre había sabido, incluso cuando había permitido que las dudas se apoderasen de él, que un día ella acabaría volviendo a casa. Había cosas que estaban destinadas a ser. Y su trabajo consistía en cuidar de ella, había sido así desde que se conocieron. Sadie aún estaba asimilando todo eso. Llevaba tanto tiempo ausente que le resultaba difícil incorporarlos a ambos en su vida, y Miles tenía que tener paciencia.

Oyó que se cerraba una puerta arriba, unos pasitos sobre las tablas de madera del suelo, por encima de su cabeza, en su habitación. Se preguntó si Amber habría ido a ver qué tal estaba Sadie y se sintió satisfecho. A lo lejos, se oía un bebé llorando. Si cerraba los ojos, podía casi volver allí, a cuando estaba solo y oía llorar a su hija recién nacida, a cuando la presión de saber que era el único que respondería a su llanto se hacía casi insoportable.

Subió a su despacho y cerró la puerta, intentando dejar los recuerdos fuera. No eran útiles, lo sabía. Ahora tenía que olvidar, olvidar todo lo que habían hecho. Fijó la vista en el ordenador, en la imagen de ellos tres que había elegido como salvapantallas. Era de solo un par de semanas después del regreso de Sadie, cuando fueron los dos al restaurante de la ciudad y le dieron la cámara a una camarera para que les hiciera la foto. Él estaba en el medio, con una sonrisa de oreja a oreja y rodeándolas a ambas con los brazos. La camarera los había pillado justo en el momento en que Amber movía la cabeza, la había captado en un ángulo casi idéntico al que tenía Sadie. La similitud de sus caras era sorprendente. Se preguntó lo duro que habría sido si se hubiera equivocado, si Sadie no hubiese vuelto nunca a casa, si hubiera tenido que ver cómo su hija acababa convirtiéndose en la viva imagen de la mujer que los había abandonado a los dos.

Pero había vuelto a casa. Tal y como él siempre se había imaginado.

Movió el ratón para despertar el ordenador y la foto desapareció. Estudió el trabajo que tenía abierto, un documento que había pasado por TurnItIn mientras preparaba la comida. Ya tenía los resultados: un cincuenta y cuatro por ciento de plagio. Un alumno más para convocar al despacho el lunes. Cerró el documento, enfadado, y abrió el correo para redactar la citación.

Pero antes repasó los correos que tenía pendientes de leer. Los mensajes de siempre para todo el departamento sobre la limpieza de la nevera comunitaria, sobre reciclar utilizando los cubos de basura correctos. Correos basura de dos páginas web de libros de segunda mano y también uno de una agencia de citas a la que se había apuntado, a modo de desafío, tres años atrás. Lo eliminó sin ni siquiera abrirlo, sumándose en la papelera a las recetas de comida rápida *online* y a la cadena de mensajes de un grupo de antiguos compañeros de estudios que estaban planeando un encuentro. Todo aquello había perdido importancia.

Quedaban solo los mensajes de los alumnos —todos ellos con planteamientos que, después de varios años en el puesto, le resultaban familiares y no había excusas para dejar sin responder— y luego uno de un remitente que no reconoció. *AlguienEspecial@gmail.com*. El asunto: *Lo Sé*. Un asunto concebido para llamar la atención y, justamente por eso, le prestó poca. Estaba seguro de que sabía cómo acababa y que lo más probable es que fuera de otra agencia o aplicación de citas y contuviera una frase barata, de mal gusto y sórdida como «Lo sé..., sé dónde está tu alma gemela» o tal vez algo más directo como «Sé dónde te está esperando tu próxima gran noche». De modo que lo abrió, sabiendo que no tenía nada que temer.

Pero enseguida comprendió que estaba equivocado.

16

2018

—¿Qué piensas de mí? —le pregunta Amber a Greta.

Está mirando las canciones del teléfono que ha conectado al equipo de música del coche de alquiler. Ha insistido además en retirar la capota y Greta, que no ha pensado en recogerse el cabello, está intentando incorporarse a la rampa de acceso a la autopista con mechones de pelo entrándole constantemente en los ojos.

Van solo ellas dos. Los chicos están acabando de grabar algunas de las localizaciones de la lista que Federica les ha hecho llegar por correo a las tres de la mañana, hora de Londres. Es su último día en Los Ángeles y la semana ha pasado en un visto y no visto de focos de estudios y respuestas repetitivas y preparadas emergiendo de la boca de Amber, fruto seguramente de la imaginación de algún creativo de la sucursal norteamericana de la agencia de jóvenes talentos donde está apuntada, supone Greta, con la intención de suscitar el máximo interés posible por los derechos norteamericanos de ese libro donde lo contará todo. Pero delante de las cámaras de ellos, para su documental, no ha dicho nada nuevo. Greta espera que cuando vuelvan a Londres, Federica sea capaz de engatusarla para sonsacarle las respuestas que anda buscando. Piensa que si Amber conociera toda la investigación que Federica está llevando a cabo sobre la historia de Sadie Banner, y no sobre la de ella, tal vez conseguiría que se abriera un poco. Porque la obsesión de Federica va en aumento: el archivo de pruebas que están guardando en el servidor aumenta de tamaño a toda velocidad, la lista de gente que Federica quiere entrevistar es cada vez más larga. Y la lista de cosas que Amber dijo que no quería comentar va recortándose firmemente a sus espaldas.

Greta no quiere ir por ese camino. Ha leído y releído historias sobre el Hombre Alto, sobre chicas que creían que él las había hecho especiales, sobre hijas desaparecidas, y ya está empezando a pasar las noches en vela, viendo sombras.

De modo que cuando Amber, libre por fin de compromisos publicitarios, le pidió si podían ir hoy a Disneyland, Greta accedió encantada. En Disney no habría sombras, por supuesto.

—¿A qué te refieres? —replica, una vez se ha incorporado al carril.

—A si te gusto. —Amber baja la visera parasol del coche y comprueba su maquillaje en el espejito. Se pasa el dedo por sus labios carnosos. Lleva el pelo perfectamente recogido en una cola de caballo que se balancea cuando se mueve—. ¿Crees que soy mala persona?

Greta reflexiona su respuesta.

—No te conozco lo suficiente como para poder decir si me gustas o no —responde—. Pero no, no creo que seas mala persona.

Se pregunta si será verdad. Ayer se sentó entre bambalinas con el fin de presenciar una entrevista más de Amber para televisión, esta vez para los informativos diarios. La observó primero mientras estaba sentada en la sala de espera, hojeando una revista hasta que encontró una fotografía suya y rastreando luego más páginas en busca de cualquier otra mención, y la observó cuando se dirigió tranquilamente al plató y se instaló en uno de los sillones dispuestos para la entrevista. Vio (y llevaba toda la semana viendo lo mismo) cómo la voz de Amber se suavizaba, se volvía casi tímida, y cómo, cuando el entrevistador le preguntaba «¿Piensas que eres inocente?», los ojos se le llenaban de lágrimas que amenazaban con verterse. «Le quité la vida y tendré que vivir eternamente con esto», respondió Amber, permitiendo que una lágrima resbalara lentamente por su mejilla, y luego, cuando las cámaras dejaron de grabar, volvió a la sala de espera para comer el menú de KFC que había pedido y para charlar con un actor de películas de serie B que quería conocer a la famosa Amber Banner.

—No quiero volver —dice Amber—. Me gusta esto de aquí.

—¿Te gusta?

Greta lo odia. Odia las autopistas y los atascos interminables, los rótulos luminosos, los centros comerciales y las sonrisas blancas y perfectas. Y, sobre todo, odia Hollywood. Anoche, de regreso hacia el hotel, vio una mujer sentada en la calle, sacudiéndose un pie mugriento e intentando localizar una vena entre la porquería y las magulladuras. Un grupo de chicas con pantalones vaqueros pitillo y tacones desfiló por delante de ella, ignorándola, y un autocar lleno de turistas pasó también por delante, mientras un animado *rock and roll* de los años 50 retumbaba en la tienda de suvenires de la esquina. Tiene la sensación de que, donde quiera que vaya, hay un niño llorando; que hacia donde quiera que vuelva la cabeza, sorprende a un hombre mirándola de arriba abajo desde un taxi, una ventana o cruzándose con ella en la acera, miradas que resbalan como hielo por su piel.

—Sí. —Amber sonríe a su imagen reflejada en el espejo y lo cierra. Contempla la ciudad, que va desapareciendo a su lado—. Aquí soy nueva. No sé si me explico. Aquí nadie me conoce, pero la gente muestra interés.

—En Londres la gente también muestra interés por ti —dice Greta, sin equivocarse.

Amber resopla.

—Allí soy una friki, por favor. Lo único que quieren es conseguir una foto mía con cara de loca. Quieren que me ponga como una moto y empiece a romperles las cámaras para así poder encararse conmigo. Han intentado provocar que mi coche salga de la carretera. Pero aquí, los señores me abren la puerta. Me pagan la consumición en Starbucks.

Y es verdad. Greta lo ha visto con sus propios ojos, y en más de una ocasión, a lo largo de la última semana. Y Amber nunca lo ha reconocido, ni lo ha comentado, y ahora no tiene ninguna cámara filmándola.

—¿Es por eso que has accedido a hacer la película? —pregunta Greta—. ¿Para que la gente pueda conocerte mejor?

—No. —Amber se encoge de hombros—. Por el dinero que me dan a cambio. ¡Oye, baja un poco el ritmo!

Greta pisa los frenos y se percata en ese momento que, por una vez, la carretera está despejada. Amber estira el brazo por encima del parabrisas, teléfono en mano, y fotografía el rótulo indicador que tienen justo encima donde puede leerse *Anaheim*, junto a la silueta de Mickey Mouse. El cielo está resplandeciente y azul.

—Perfecto —dice, mirando la imagen y abriendo Instagram—. Me encanta esta canción.

Continúan un rato en amigable silencio, acompañadas por el paisaje expansivo y polvoriento que se despliega bajo el interminable azul. Greta intenta no pensar en la agenda que tiene programada para la semana que viene —que Federica le ha enviado en un correo—, repleta de trabajo de búsqueda de localizaciones, entrevistas e investigación. Intenta no pensar tampoco en el último mensaje de texto que ha recibido a las cuatro de la mañana, hora de Los Ángeles: *Lo siento muuucho. Esto aquí es un desastre: se acabó. Finito. No sé qué hacer.* Seguido, un minuto después, por: *¿Podrías sugerirle a A que hagamos una visita a la escuela el martes? Sé que no estaba muy por la labor de que filmásemos allí, pero creo que será una imagen fuerte, para recordarle al público lo joven que es.*

Siete minutos más tarde: *xxx.*

Greta se imagina la escena cuando lleguen a Londres.

Federica, ojerosa y malhumorada, mirando el teléfono constantemente. Lo apagará por Amber, claro está, le subirá la maleta al carrito (el carrito que abandonará minutos más tarde para que Greta se ocupe de él) y la guiará por el aeropuerto hasta el coche que estará esperándoles, irá charlando con ella todo el rato y dejará atrás a Greta, a Tom y a Luca. Y cuando Amber esté cómodamente instalada en el hotel que le han reservado en Londres, aquella fachada se derrumbará. Se quedarán las dos a solas, después de que los chicos se hayan excusado, y Federica se sentará en una silla y se acercará tanto a Greta que le alcanzará incluso su aliento caliente y carnoso. Empezará a hablar, a contarle detalles sobre lo que Millie, la novia novelista de Federica, ha averiguado o hecho (esto último más bien improbable; lo primero, inevitable), y acabarán enzarzándose en una discusión sobre el proyecto y todas las situaciones que Greta podría haber gestionado mejor.

Han trabajado juntas en dos ocasiones previas. La primera, justo después de que Greta acabara sus estudios y el tío de una amiga, cuya finca en Hertfordshire era una localización para filmaciones muy popular (y rentable), le consiguiera un trabajo como ayudante de producción en un drama de época. Federica era la asistente de dirección, mientras que el director era un hombre impresionante de cincuenta años de edad que se paseaba por el plató con gafas oscuras, que hablaba siempre con mordacidad a su asistente y no dirigía la palabra a ningún otro miembro del equipo. Federica, por otro lado, con su frondosa cabellera recogida en una cola de caballo baja y también con gafas de sol, se dedicaba a transmitir sus órdenes, hablaba absolutamente con todo el mundo y se transformaba en una ametralladora humana de quejas cuando hacía su aparición en las salas y las tiendas: «Tú, ¿qué le pasa a ese reflector?», «Tú, ¿qué hace ese cuadro ahí?», «Tú, ¿te has aprendido hoy el guion para variar?». Le cogió simpatía a Greta, que se movía con rapidez de un lado a otro y nunca replicaba, y cuando la pobre ayudante de escena volvió a colgar el cuadro en la pared equivocada, fue despedida en el acto y Greta —«¡Tú!», con un dedo apuntándola firmemente— pasó a ocupar su lugar.

Luego, después de que Greta hubiera conseguido varios trabajos similares y mejores, un productor al que había conocido y que le gustaba (y al que una vez, desacertadamente, permitió que la besara en un almacén de atrezo en Shoreditch, y recordará siempre el olor a naftalina y aceite que le llenó la garganta, mientras un fluorescente roto parpadeaba débilmente en un rincón), la recomendó a Federica para una nueva película en la que ella estaba trabajando. Federica la citó en su despacho en el Soho, pero luego, cuando Greta estaba ya a solo diez minutos de allí, le envió un mensaje para cambiar la reunión a una cafetería en Bethnal Green. Greta llegó con treinta minutos de retraso, con la blusa con estampado floral pegada a la espalda por el sudor y la cinturilla de los vaqueros irritándole la piel. Y Federica, sentada detrás de una mesita tambaleante instalada en la acera, con gafas de sol y con su voluminoso cabello iluminado por detrás por el sol, se había limitado a sonreír y a beber un sorbo de café. «Aprenderás», le había dicho, y Greta ha aprendido.

La película de bajo presupuesto en la que trabajaron entonces —con un equipo de solo seis personas, incluyendo entre ellas a Tom y Luca— había cosechado un éxito aterrador. No de la noche a la mañana; había sido un éxito de culto, seguido por un éxito moderado de público, hasta que, de pronto, Federica se encontró subida a un escenario transparente y plantada delante de un estrado decorado con hojas doradas y con un galardón entre sus anchas manos. Un documental sobre un famoso matrimonio de Texas que a lo largo de tres años se dedicó a asesinar autoestopistas que obtuvo los elogios de la crítica por el trabajo que Federica fue capaz de hacer sonsacando a los hijos de la pareja. Amber le ha contado a Greta que lo ha visto tres veces.

Cuando Greta cuenta a la gente que trabajó en esa película —que en un principio se titulaba *Una especie de oscuridad,* por algo que el hijo menor de la pareja dijo en el transcurso de una entrevista especialmente desgarradora (después de estar presente en aquella entrevista, Greta bajó las persianas de su habitación en cuanto llegó al hotel y se metió en la cama a las tres de la tarde, envuelta con todas las mantas que encontró a pesar de que fuera la temperatura era abrasadora), y que la distribuidora acabó convenciendo a Federica para que se llamase *Mis padres son unos asesinos*—, todo el mundo le dice que le encantó. «Es como una película de terror», le soltó una amiga durante una fiesta que se celebraba en un abarrotado piso de Candem. «¡Con la diferencia de que es real!». Se lo dijo como si fuera un cumplido, como todo el mundo. Pero ellos no estuvieron allí. Ellos no sabían nada.

Se oye otra vez un niño llorando, está segura. Tarda un segundo en recordar que están en la autopista, solas las dos. Que por los altavoces suena una canción del teléfono de Amber, que la melodía es aguda, como un lamento.

—¡Ya estamos casi! —chilla Amber, inclinándose por encima de la puerta para fotografiar otro cartel—. ¡Dios mío, qué emocionante!

Y Greta se sorprende al descubrir que también ella está emocionada, aunque sea mínimamente. Tiene un poco la sensación de que están huyendo, dejando algo atrás, a pesar de que cuando Tom y Luca han desaparecido sin rumbo fijo, la idea de quedarse a solas con Amber le ha provocado cierta ansiedad. Recuerda cuando era pequeña el día que fue a los Jardines Tívoli con sus padres un día festivo, aprovechando que iban a visitar a unos amigos en Copenhague, recuerda cómo giraban las atracciones y la gente sonreía, y la sensación de ir cogida de la mano de su madre.

Se desvía hacia Disneyland Drive y se pregunta qué estará haciendo Tom, si Luca y él estarán aún ocupados con la lista de deseos de Federica (una lista que incluye filmar cosas tan concretas como «Una niña en la playa con un globo o una pelota. Si es posible con el viento que se lleve el globo/pelota» y «Adolescentes/

gente joven bebiendo/riendo en un bar oscuro con muchos neones») o si lo habrán dejado correr y estarán tomando una cerveza en algún lado. Podría enviarles un mensaje invitándolos a acompañarlas, piensa. Si el tráfico sigue como hasta ahora, podrían llegar a tiempo. Estaría bien, quizás, estar con Tom por allí.

Pero cuando encuentra un hueco en el gigantesco aparcamiento y detiene el coche, Amber se gira hacia ella y posa una mano blanquísima y caliente sobre el brazo de Greta.

—Muchas gracias por traerme —dice, mirando fijamente a Greta con sus ojos verdes de gata—. Muy amable por tu parte.

Y antes de que a Greta le dé tiempo a responder, la mano desaparece, el calor se evapora lentamente de su piel, y Amber sale del coche. La brisa agita su cola de caballo mientras inspecciona el aparcamiento en busca del autobús que las conducirá hasta la entrada del parque.

Enfilan la calle principal, con el Castillo de la Bella Durmiente cerniéndose sobre ellas, y Amber enfoca con el teléfono edificios y personajes. Se detiene delante de una tienda de caramelos y le pregunta al tipo que va disfrazado de Aladino si puede hacerse una fotografía con él, y entonces sorprende a Greta tirando de ella para que entre también en la foto. Y allí están los tres, con las caras pegadas, y el brazo de Amber extendido para abarcar la escena completa mientras da la otra mano a Greta.

—Siempre me encantó Aladino —dice en cuanto se alejan—. Era mi película favorita. —Echa un vistazo a la foto y luego mira a Greta—. Me sentaba en una alfombra que teníamos en casa y me imaginaba que salía volando. De lo más tonto.

Greta sonríe.

—Mi hermano y yo nos imaginábamos que éramos los Aristogatos.

Amber se queda pensando y entrecierra los ojos.

—No sabía que tenías un hermano.

—Sí. Actualmente vive en Oriente Próximo. Es periodista.

—Mola. ¿Compramos caramelos blandos de esos?

Elige el paquete más grande, junto con un globo de nieve que contiene en su interior una versión en miniatura del castillo. Lo sacude con fuerza hasta que empieza a brillar y los copos de nieve caen detrás del cristal. Luego se aleja, dejando que Greta pague con una tarjeta de crédito que confía que resista al menos un día más. Federica acabará pagándole los gastos, pero siempre es un proceso caótico: un fajo de recibos sobados y arrugados un día y promesas vagas de una transferencia bancaria al siguiente. «Pero habrá merecido la pena», se recuerda Greta, aunque la idea de tener que llamar a sus padres para pedirles entre tanto un préstamo le provoca sudores, a pesar de la potencia industrial del aire acondicionado de la tienda.

—Subamos a algo —dice Amber cuando Greta sale.

El sol ha ascendido hasta lo más alto del cielo y el calor es seco y agresivo.

Greta accede con cautela y siguen recorriendo el parque mientras Amber estudia el interior del paquete de caramelos envueltos en papel blanco.

—Todos saben igual —declara después del cuarto caramelo, masticando con ansiedad. Le pasa el paquete a Greta—. ¿Por qué lo harán así?

La cautela de Greta empieza a esfumarse cuando pasan de largo los carteles que indican *La casa encantada* y *Big Thunder Mountain* y Amber deja atrás el castillo para adentrarse en la mansa *Fantasyland*. Se sorprende, sin embargo, cuando Amber se echa a reír y dice «Esta» al llegar a los *Dumbo* voladores, tan anticuados. Es una atracción infantil, unos elefantes que se mueven lentamente arriba y abajo al ritmo tranquilo de un organillo, pero Amber empieza a disparar fotos con el teléfono y Greta se pone a la cola con ella.

—¡Es una monada! —exclama—. Es lo que salía en el anuncio de Disneyland cuando yo era pequeña.

Greta no lo duda. La memoria de Amber está resultando ser detallista y fotográfica y saca a relucir en un instante datos minúsculos e irrelevantes sobre las cosas. Piensa en sus ojos entrecerrados: «No sabía que tenías un hermano». Se pregunta qué más debe de almacenar Amber en su archivo de Greta. Se pregunta qué pensaría Sebastian, que ha viajado y trabajado en zonas de conflicto bélico de todo el mundo, sobre la idea de que su hermana se lleve a Disneyland a una adolescente asesina para ganarse de este modo su confianza.

La atracción se detiene y se montan en la cavidad de un elefante con una madre y un alborotado pequeño delante de ellas. Amber examina el teléfono y Greta no puede evitar mirar la pantalla. Twitter: mil trescientas cincuenta notificaciones. Consigue leer de refilón un par de ellas a medida que el pulgar de Amber va pasándolas.

Eres una bruja loca muy sexy.
Hola Amber, te vi en Good Morning America. Quería decirte que eres muy valiente.
Viendo a @amber_banner en la tele. ¿Os creéis toda esta mierda? Esa bruja es una loca enferma.
Hola Amber, ¿me sigues tú también? ily.
Amber Banner sale estupenda en la portada de Hollywood Reporter. La chica estará como una cabra, pero me gusta su estilo.

Greta se ha vuelto inmune a esas cosas: ha rastreado la sección de comentarios de los muchos artículos que se han escrito sobre Amber, tiene columnas en su TweetDeck para seguir su actividad y su nombre (porque a veces la gente quiere llamar la atención de Amber hacia lo que dicen sobre ella, y a veces no). Ha visto la oleada de opinión pública cambiar de rumbo en el transcurso del juicio; a Amber transformándose de princesa de hielo y sádica asesina adolescente a valiente, trágica y fantástica. De la chica que reía delante del edificio de los juzgados donde estaba enfrentándose a una acusación por el crimen más horroroso posible a la chica que se levantó en el banquillo de los acusados y lloró cuando la historia del Hombre Alto salió finalmente a la luz. La chica que se plantó en la escalinata de aquellos juzgados con una sonrisa secreta, libre de nuevo. Recuerda un artículo que se publicó en el *MailOnline* el día treinta y cuatro del juicio, el día en que las cosas empezaron a cambiar de verdad para Amber. Cómo los detalles de la defensa aparecieron acompañados por una foto de cuerpo entero de Amber saliendo de la sala de audiencias y un recuadro con detalles sobre cómo «Obtener el *look*» y con enlaces a blusas similares a la que ella llevaba. Aquel mismo día, un blog feminista que a Greta le gusta mucho publicó un artículo titulado «Amber Banner no tiene que llorar para demostrar que es inocente: la "cara de mujer odiosa" y los peligros de ser sometida a juicio por los medios de comunicación». Greta lo leyó entero. Todas y cada una de las letras de la columna, todos los artículos de discusión posteriores, todos los comentarios, todos los *tweets*. Ya nada la sorprende.

Observa el rostro de Amber mientras revisa las notificaciones. Una leve reacción de vez en cuando, un minúsculo movimiento en la ceja o en la comisura de la boca. Se pregunta si se alojarán también en su memoria —las palabras más suaves sumergiéndose mientras las más duras se aferran con sus garras a la superficie—, pero Greta no quiere creer que el exterior lo es todo. Si fuera así, no habría historia que contar. Piensa en lo que dijo Tom en la playa. «Es fácil perderse intentando encontrar una historia donde no la hay. A veces, lo que sucede es que la gente es mala, y ya está». Si ella empieza a pensar también así, mejor que lo deje correr ahora mismo.

La atracción se pone en marcha, su elefante desciende con delicadeza hacia el suelo antes de iniciar su viaje de ascenso. Amber ríe con su habitual risa, extraña y plana. Hace fotos: de la muchedumbre de abajo, del cielo de arriba, de las dos juntas, pegando de nuevo su cara a la de Greta. Después de un par de vueltas, se cansa de las fotos y deja el teléfono en su regazo. Mira hacia el exterior y se agarra con una mano, con sus nuevas uñas acrílicas de color morado, a la barra gris del elefante. Huele a perfume, a bronceador artificial y a algo metálico.

Greta observa también el parque de atracciones. Un sinfín de cochecitos y de globos con orejas de ratón, la música del organillo que se arrastra hacia ellas transportando risas y persuasivas voces infantiles, el olor a azúcar quemado y a crema solar. Piensa de nuevo en el Tívoli, con sus estatuas de bronce, sus azules y sus rojos, en el aire cortante y en el movimiento mecánico de las atracciones. Y piensa en su hermano en su cochecito, en el puño cerrado sobre el que recostaba la mejilla mientras dormía. Ahora es alto y musculoso, y está muy lejos.

—Es difícil interpretarte —dice Amber, para iniciar la conversación—. La verdad es que nunca sé qué estás pensando.

—Sí, no eres la primera persona que me lo dice.

Amber se queda mirándola.

—Y es algo que me gusta de ti.

Greta se fija en un hombre que se sube a su hija a los hombros para que pueda ver pasar a Cenicienta. Piensa que la gente del parque podría reconocer a Amber, incluso sin que la siga una cámara. Piensa en el anciano que a principios de la semana se abrió paso entre Luca y ella, con un dedo señalando directamente la cara de Amber. «Eres una chica demoníaca. El demonio. Lárgate de aquí».

La atracción se ralentiza, la música para. Llegan a la plataforma y un empleado sube la barra de su elefante. Amber se queda mirando a Greta.

—Vayamos a tomar algo —dice.

Se sientan en el exterior de uno de los restaurantes que hay junto al lago con dos copas heladas de cerveza y una cestita de plástico con patatas fritas. Greta acerca la mejilla al hombro y nota la piel caliente y tensa. Quemada, después de haber ido con tanto cuidado todos estos días. Arrastra la silla hacia la sombra y mira el reloj.

—Mañana a esta hora estaremos en Londres —dice.

Amber coge una patata frita y la pasea por la piscina de kétchup que se ha formado sobre el papel vegetal.

—¿Tienes amigos allí?

Amber se encoge de hombros.

—Sí. Gente..., no sé. Conozco gente.

—¿Y tus amigos siguen viviendo en casa de sus padres?

—No. La mayoría han ido a la uni. Pero Jenna sigue en su casa..., lo cual me sorprende.

Greta bebe un poco de cerveza y percibe la electricidad del burbujeo en la lengua.

—¿Piensas ponerte a estudiar?

—No sé. —El teléfono de Amber emite un sonido con la llegada de una nueva notificación y mira la pantalla. Se mueve inquieta en su silla y vuelve a mirar fijamente a Greta—. ¿Y tú qué harás cuando esto se acabe?

Greta aparta la vista, mira hacia el lago. Nota que se le ha quemado también la nariz.

—No estoy segura del todo. Aún nos llevará un tiempo terminar el proyecto. Montarlo todo.

—¿Qué les pasó a los otros chicos?

Greta vuelve a mirarla.

—¿A qué otros chicos?

—A los de *Mis padres son unos asesinos*. ¿Qué fue de ellos cuando salió la película?

Greta piensa en los tres: Otis, Danny y Hayley. Hayley la llamaba constantemente, al menos una vez por semana, con su característica voz ronca y tímida. Los chicos le enviaban mensajes, o le escribían, al menos al principio. Una tarjeta por Navidad de Otis, luego de Otis y su mujer, y luego, la última, con un tercer nombre, un bebé.

—Viven todavía en Texas, creo —dice—. Creo que intentan llevar una vida normal. Que son felices.

—Son famosos. —Amber hace girar la copa de cerveza sobre el posavasos—. ¿Crees que la gente sigue reconociéndolos por la calle y esas cosas?

—No lo sé. Tal vez. Pero...

Se interrumpe; bebe un poco más de cerveza con la esperanza de engullir la frase. Amber levanta una ceja.

—Sí, lo sé. Es distinto, ¿no? Ellos no hicieron nada malo. Ellos no mataron a nadie.

—No es lo que iba a decir.

Aunque lo es.

—Tranquila, Greta. —Amber se recuesta de nuevo en la silla e inclina la cara hacia el sol—. Puedo cuidarme solita —dice, con los ojos cerrados.

Greta mira el barco de vapor que avanza en el agua y a los dos niños larguiruchos que saludan con energía desde la cubierta. Piensa otra vez en Otis y Danny, en los chicos Miller. Quince y trece años, aquel primer día en el plató, con su mirada dura y desconfiada. Hayley, con su boquita y sus rizos ensortijados, con las puntas del pelo mojadas porque se las chupaba constantemente, con los pies calzados con aquellas sandalias blancas llenas de arañazos que no paraban de balancearse hacia delante y hacia atrás. Aquella mano húmeda que buscaba siempre la de Danny y luego, al cabo de una semana, siempre la de Greta.

—¿Así que te gusta Tom? —pregunta Amber.

Una nubecilla solitaria se desliza con impotencia por debajo del sol.

—¿Qué?

Amber gira perezosamente la cabeza hacia la izquierda, abre los ojos y sonríe.

—Oh, vamos. Estás colada por él.

Piensa en Danny Miller, inclinándose sobre ella en la escalera de acceso a la casa familiar, con la comisura de la boca manchada de chocolate y la lengua empujando un diente que se le movía. «Eres muy guapa, Greta». En Otis y su mujer. En Hayley, chupándose un mechón de cabello.

—No te preocupes —dice Amber—. A él también le gustas. Se nota.

17

2016

Después de hacer el amor por segunda vez, él se quedó dormido. Amber se incorporó con cuidado hasta sentarse en la cama y se quedó mirándolo. Tenía el brazo cubriéndole los ojos (a menudo dormía con la cara tapada de una u otra manera). Resiguió con la punta del dedo la curvatura de la mandíbula, oscurecida por la barba de un par de días, luego las tenues arrugas que se expandían a partir de las comisuras de la boca y de la nariz. Le provocaban una sensación extraña, un vuelco en el estómago. Se estaba haciendo mayor. Un hombre. Le ponía.

De hecho, no sabía qué edad tenía. Se lo había preguntado un par de veces, pero él siempre parecía encontrar la manera de evitar la respuesta. Le decía «La edad no es más que un número, pequeña» o «Tienes la edad de la mujer que sientes que eres, preciosidad», y le decía esas cosas con una voz cursilona, pervertida, y luego la besaba, en un doble esfuerzo por dar por terminado el interrogatorio. No es que a ella le importara. Tenía treinta años como mínimo, más bien cerca de los cuarenta, pero a ella le daba igual. Se le hacía un poco extraño cuando pensaba que podía ser más viejo que su padre, aunque Miles parecía joven, más joven de lo que en realidad era, incluso teniendo en cuenta que cuando Amber nació solo era cuatro años mayor de la edad que ella tenía ahora. A veces, cuando permanecía despierta a media noche, intentaba imaginarse de aquí a cuatro años y con un bebé en brazos. Era demasiado ajeno a ella, no podía hacerlo. Y le costaba creer que Miles hubiera podido hacerlo... y solo. Solo y estudiando una carrera a la vez. Le resultaba incomprensible. Miles había consagrado toda su vida a cuidar de ella, y ella había pasado toda su infancia sintiéndose afortunada, tranquila. Pero ahora que tenía edad suficiente para comprender todo lo que el mundo podía ofrecerte, todo aquello a lo que él había renunciado, se sentía culpable. Por eso seguía sonriendo y accediendo a sus aburridas ideas, por eso siempre volvía a casa a la hora que él le decía, por eso nunca permitía que se diese cuenta de que estaba borracha. Por eso intentaba hacerle la vida fácil.

Al menos, ahora tenía lo que había estado esperando durante todo aquel tiempo: a Sadie. Eso no podía impedírselo.

Y ahora ella tenía a Leo.

Lo había conocido hacía un par de semanas, en la discoteca de una ciudad próxima donde nadie se molestaba en pedirte el carnet mientras enseñaras un poco de carne y llegaras temprano. En el cartel barato que tenían colgado en el exterior (escrito en Comic Sans) podía leerse *The Box*, pero en todos lados —y todo el mundo— se conocía el local como «The Pox»[1]. El suelo estaba cubierto con una moqueta pegajosa y las paredes con madera desconchada, y la pista de baile estaba rodeada por una especie de balcón, lo que hacía que hubiera altas probabilidades de que alguien apoyado allá arriba acabara tirándote una botella por la cabeza. Pero los precios eran baratos, la música estaba bien y solía haber un par de chicos de sexto rondando por allí. Aquella tarde en concreto, sin embargo, la discoteca estaba prácticamente vacía. Lo cual a Amber ya le venía bien;

---

[1] El juego de palabras, con la variación de una única consonante, resulta intraducible. La discoteca se llama «The Box», «La caja», pero todo el mundo la conoce como «The Pox», «La plaga». *(N. de la T.)*

había ido con Mica y Jenna y se habían bebido antes entre las tres una botella de vino y luego un par de chupitos ya en el local, y estaban bailando y haciendo el tonto alrededor de la barra mugrienta que había en el centro de la pista.

A través de las paredes de espejo se había percatado de que él la miraba. Estaba sentado detrás de una mesita, solo, vestido con una camisa de color azul con el cuello abierto y con una botella de cerveza enfrente. Cuando sus miradas se cruzaron, ella le sonrió y Jenna, medio borracha, tropezó en aquel momento contra ella.

Más tarde, él se le acercó por detrás y le posó una mano en la espalda. Era más alto de lo que le había parecido estando sentado, tenía un cuerpo largo y delgado.

—¿Me permites que te invite a una copa?

En la barra, mientras sostenía el vodka con Coca-Cola al que la invitó, dejó que él anotara su número en el teléfono de ella y presionara la tecla de llamada. «¿Puedo llamarte algún día para salir juntos?», le preguntó, y ella le sonrió, como queriendo decir «Quizás». Al final de la noche, Amber dejó que hiciera cola por ella para retirar el abrigo del guardarropa y luego permitió que la besara mientras Mica y Jenna reían sentadas en un sofá, detrás de ella. Y luego él desapareció entre la muchedumbre y no volvió a tener noticias suyas hasta más de una semana después, cuando la llamó y le preguntó si le apetecía ir a cenar con él.

No es que no hubiera tenido nunca una cita, aunque no estaba del todo segura de si una excursión al cine un sábado por la tarde con el primo de Mica contaba. No es tampoco que fuera la primera vez que iba más allá, aunque había que reconocer que era completamente distinto a estar apretujado en un cuarto de baño durante una fiesta o intentando encontrar un rincón apartado en un parque y oyendo a tus amigas riendo disimuladamente en los columpios. Le preocupaba no saber estar a su altura, no tener el poder que tenía sobre los chicos de su edad. Le daba miedo, pero se sorprendió a sí misma cuando acabó haciéndolo de todos modos.

No era el novio perfecto, ni mucho menos. A menudo tenía la impresión de que no la escuchaba, de que tenía la cabeza en otra parte... hasta, claro está, el momento en que se desnudaba y entonces él fijaba la vista en ella y su fría mirada azul se mostraba inquebrantable. Se olvidaba, o no se tomaba la molestia de responder a los mensajes, ponía cara de exasperación cuando ella le mencionaba Facebook, Snapchat o Instagram. Ponía cara de exasperación, de hecho, con la mayoría de cosas que ella decía; en una ocasión incluso llegó a acercarle un dedo a los labios para silenciarla. Pero le gustaba. Era como si no durmiera apenas nunca, y a pesar de que con los mensajes era nefasto, le gustaba llamarla, le gustaba hablar en un susurro aunque hubiera gente en casa que pudiera oírla. A ella le gustaba verlo en movimiento, su manera tan fluida de desplazarse de habitación en habitación, sus pasos ligeros y regulares, la inesperada delicadeza con la que su mano le recorría la piel. Su forma de comer tan despacio, de coger con los palillos pequeños fragmentos de carne e introducírselos entre sus finos labios. Y, lo mejor de todo, el hecho de que tuviera un piso; pequeño e impersonal, sí, pero un lugar donde Amber podía volver a tomar las riendas.

Se giró en aquel momento hacia un costado y la sábana se deslizó, dejando al descubierto su piel clara, su torso largo y delgado. Amber aprovechó para introducir la mano con cuidado bajo la almohada y coger el teléfono. Un mensaje de Billie: *¿Qué tal va? ¿Te has puesto ya la camiseta nueva? Me he zampado un bote entero de Phish Food viendo los tres DVD de* Toy Story. Amber hizo una mueca. Qué sosa. Pero Billie era mona y a Amber le gustaba tenerla como aprendiz. Le gustaba que dependiera de todo lo que ella decía pero no sintiese el miedo que Jenna sentía en su presencia. Evidentemente, Jenna se esforzaba en no demostrarlo, pero siempre estaba allí, bajo la superficie. Amber le daba miedo, y eso ya no le gustaba tanto como antes. Sobre todo ahora que sus demás amigas estaban también distanciándose de ella.

«Y es comprensible —pensó con amargura—. Tu madre oye

voces y es posible que te hayan echado un maleficio. Material de primera para ser una "amiga para siempre"».

Entró entonces un mensaje de Jenna, como si Amber hubiera evocado su presencia. *¿Quieres que te preste el vestido blanco para el fin de semana? xxxx.*

Pensándolo bien, dar un poco de miedo tenía sus beneficios. Ahora se sentía mejor cuando estaba con Mica y con Alisdair. Mejor dar miedo que inspirar lástima.

Había también un mensaje de Miles preguntándole a qué hora llegaría a casa. Había perdido un poco aquella costumbre desde que había reaparecido Sadie, pero no porque hubiera dejado de importarle, o eso al menos suponía Amber. A pesar de que sabía que ahora había pasado a ser la tercera en discordia, que era algo que se interponía en su reencuentro romántico, Miles seguía teniendo con ella pequeños detalles para darle tranquilidad. Seguía llevándola a tomar chocolate caliente y una madalena los domingos por la mañana, como siempre. Guardándole determinadas secciones del periódico mientras él leía el resto. Pidiéndole que cortara las verduras para preparar un salteado porque ella lo hacía mucho mejor que él. Todas estas rutinas y tradiciones que habían ido acumulando con los años, todas las cosas que los habían convertido, a los dos, en una familia. Y con todo y con eso, Miles había conseguido también dejar espacio para que Sadie intentara hacerse con una parte de todas esas cosas. Sugiriendo que Amber y ella fueran juntas a buscar un ingrediente para la cena que se le había olvidado de forma misteriosa. Manteniéndose ocupado con muchísimo trabajo para que Sadie fuera la única persona disponible para llevarla y recogerla. Se desvivía por procurar que todo el mundo se sintiera como en casa, para que todo el mundo tuviera un lugar y un papel. A pesar de que estaba claro que ellos, Miles y Amber, tenían todos sus papeles perfectamente cubiertos, lo había intentado.

De modo que no, no era que él no quisiera tenerla en casa. Sino simplemente que ahora se preocupaba menos. Cuando Sadie no estaba, la posibilidad de que Amber pudiera desaparecer era lo peor que podía ocurrirle a Miles, algo que con toda probabilidad le parecía posible, teniendo en cuenta que su mujer se había levantado un día a medianoche y se había largado sin siquiera dejar una nota. Pero Sadie había vuelto y Miles se había liberado y podía ser el día entero su yo optimista, el que veía el vaso siempre medio lleno, y dejar de sentirse acosado por la ansiedad en cuanto se insinuaba cualquier tipo de crisis. Y a pesar de que Amber no estaba tan segura como él de que Sadie se quedaría, no pensaba ser ella quien le robara aquella seguridad.

Le escribió una respuesta rápida —*Antes de medianoche, te lo prometo xxx*— y se preguntó si llegaría a comprobar que llegaba a casa a las once de la noche. Dependería de si Sadie lo había convencido o no de compartir una botella de vino.

Leo se movió, empezando a despertarse, de modo que se tumbó de nuevo en la cama y se acostó de lado para quedarse de cara a él. Leo abrió los ojos y ella le sonrió, adormilada.

—¿Qué hora es? —preguntó él, y a pesar de que era una cochinada, a ella le encantó sentir su aliento caliente en la cara.

—Las nueve —respondió ella—. Tengo que irme pronto.

Él hizo un mohín y la atrajo contra su cuerpo.

—No.

—Sí.

Se acurrucó contra él aun sabiendo que en cuestión de segundos tendría que levantarse. Llegaría temprano a casa, haría feliz a Miles. Tendría que decirle a Leo que había quedado con una amiga; para tomar unas copas; para hacer un trabajo; lo que fuera que saliera por su boca con más naturalidad.

La acarició por el costado, desde el hombro hasta la rodilla y luego en sentido ascendente, le acercó la cara.

—Eres asombrosa —le susurró, pegándole la boca al cuello—. Especial.

Y ella casi sintió lástima por él.

La luz del pasillo se apagó, los pasos se alejaron después de pasar por delante de la puerta. Sadie estrujó contra su pecho la almohada desconocida. Los padres de Helen y Marie habían decidido acostarse por fin. Justine extendió el brazo para cogerle la mano y el saco de dormir amortiguó el sonido de sus palabras.

—Ya es casi la hora —dijo, y su aliento desprendió calor y dulzura en la oscuridad—. ¿Estás lista?

—Sí —dijo Sadie.

La oscuridad no le daba miedo. Sabía que aquí no vendría a visitarla porque estaban todas. El Hombre Alto tenía sus chicas especiales y el tiempo que pasaba con ellas también era especial, no lo compartía con nadie. Las buscaba cuando era el momento adecuado, cuando estaban solas. Y eso lo sabían tanto ella como Justine. No era culpa de ellas que las demás no estuvieran aún preparadas para él.

Palpó debajo de la almohada para localizar la linterna.

—¿Y si nos pillan? —musitó Helen.

Marie ya estaba en pie, guardando las cosas en su mochila.

—Si cierras el pico, imbécil, no nos pillarán. Y deja de hacer tanto ruido cuando respiras.

—No puedo controlar mi respiración, Marie. ¿Por qué eres tan mala?

—Callad. —Justine se pasó una sudadera por la cabeza—. Lo que vamos a hacer es importante, chicas. Tenemos que hacerlo bien.

—Si nos pillan, nos meteremos en problemas.

Pero Helen ya había salido también de la cama y se estaba poniendo unos calcetines gruesos por encima del pantalón del pijama.

—No nos pillarán —dijo Sadie.

Sabía que no lo harían. Que él lo impediría.

Abrieron la puerta y se sentaron en el suelo, aguzando el oído. Se oyó un crujido en un colchón y a continuación, silencio. Marie le dio un codazo a Helen en las costillas.

—Sigues haciéndolo —dijo entre dientes, aunque Sadie no oía la respiración de Helen, sino únicamente el bombeo de sus pulsaciones.

Tardaron lo que pareció una eternidad en empezar a escuchar los ronquidos del padre de Helen y Marie.

—Vale, vámonos.

Encabezó la comitiva que salió al pasillo y bajó las escaleras, señalando el escalón que crujía siempre, hacia la mitad del tramo. Helen estuvo a punto de tropezar y caerse al intentar evitarlo. Sadie notó que algo similar a una risa burbujeaba en su interior. Sentía la necesidad de gritar o cantar, de salir corriendo por la puerta y empezar a girar sobre sí misma bajo el negro cielo nocturno. Iban a hacerlo. Estaban a punto de adentrarse en el bosque para ir en su busca.

En la oscuridad las calles eran distintas. Las casas dormían, los coches guardaban silencio en los caminos de acceso. Rodearon sigilosamente el terreno de la finca y enfilaron el sendero que cruzaba los campos en dirección al río, a los bosques. En cuanto estuvieron bajo el cobijo de los árboles, encendieron las linternas y Sadie tuvo la sensación de que ya podía volver a respirar.

—Dinos otra vez lo que tenemos que hacer, Justine. —Helen corría para seguirles el ritmo. Había tenido que ponerse los zapatos del colegio y los calcetines peludos de andar por casa encima, una sudadera de su padre holgada por encima del pijama. Parecía una cría y Sadie lo sentía por ella—. ¿Funcionará? —preguntó sin aliento, aunque Sadie no podía distinguir si era por la emoción, el miedo o el asma.

—Funcionará —dijo Marie, sonriéndole a Justine—. El chico vecino de la abuela de Justine nos lo dijo.

Sadie conocía de vista al chico. Sandy, rubio y pecoso, con pantalones de chándal de nilón y camisetas mugrientas. A veces, cuando pasaban por allí con Justine, las observaba desde una ventana. Era una casa odiosa, con visillos amarillentos que parecían sucios y un olor a col que te recibía inalterablemente cuando la abuela de Justine abría la puerta. Helen le había contado que Justine tenía que vivir allí porque su madre estaba en la cárcel, aunque Helen a menudo captaba mal las historias y no siempre era aconsejable hacerle caso.

—¿Y lo veremos? ¿Al Hombre Alto? —preguntó Helen, que tropezó con una piedra y se sostuvo extendiendo una mano sudorosa y agarrándose a Sadie.

Los árboles se estremecían con la brisa.

Sadie pensó en el Hombre Alto que veía en sueños. Ahora le enseñaba ya todas sus caras. A veces se mostraba dulce y amable, y sus ojos tenían el destello de los de una estrella de cine. Le decía que ella era especial y que la protegería. A veces lucía su otra cara, permanecía oculto en las sombras y su voz culebreaba hacia la luz. Extendía una mano, de piel clara y con dedos largos y elegantes, hasta aferrar la de ella.

—He oído decir que se llevó una chica en Manchester —dijo Justine—. Que una noche estaba durmiendo en su cama y desapareció.

—¿Crees que nos la mostrará? —preguntó Helen—. ¿Y a todas esas niñas que salen en la revista?

Justine negó con la cabeza.

—Aún no somos tan especiales. Por eso tenemos que demostrarle nuestra valía.

Llegaron al claro, al lugar donde iban a hacerle sus ofrendas, a quemar sus cartas para él. Recordó la última que le había escrito: *Quiero ser especial*. Recordó haber mirado de reojo a Justine cuando la llama empezó a prender y el papel a ennegrecerse. *No me dejes nunca*. Recordó cómo había levantado la vista y había comprobado que Justine estaba mirándola, que su mirada la abrasaba junto a la parpadeante luz anaranjada. Justine había soltado la carta en llamas, que había aterrizado junto a los pies de Sadie. Y sin dejar de mirar a Sadie a los ojos, se había incorporado y la había pateado hasta apagarla.

En el cielo no había estrellas y la oscuridad en el bosque era casi total. Los haces de luz de las linternas bailaban entre los árboles y su respiración flotaba en el ambiente.

—Aquí. —Justine trazó un círculo en el suelo con la punta de su zapatilla deportiva—. ¿Quién lo tiene?

Marie se arrodilló, abrió su mochila y extrajo la sudadera que había metido en ella.

—Apunta con la luz hacia aquí, Helen, tontaina.

Desplegó una manga, luego la otra y apareció, el cuchillo que había robado de la cocina mientras su padre les preparaba el aparato de vídeo en el salón. En aquel momento, Sadie experimentó la primera punzada de dolor real. La sensación de la mano de Helen cogiéndole la suya le hizo dar un brinco.

—¿Dolerá? —preguntó Helen.

—Sí. —Justine se encogió de hombros con indiferencia—. Pero si queremos que él nos dé cosas, antes tenemos que darle algo nosotras. —Le cogió el cuchillo a Marie—. ¿Quién va primera?

Nadie dijo nada. Pero daba igual. Justine tenía la mirada clavada en Sadie.

Sadie extendió la palma de la mano hacia ella. Y cerró los ojos cuando notó el filo del cuchillo, cuando el viento le susurró en el oído.

18

2018

La luz del interior del avión está atenuada, las protecciones de las ventanillas bajadas. Greta se deja arrastrar con incomodidad de un sueño a otro, sin que el sopor consiga eliminar del todo los sonidos amortiguados del ambiente (el suave tintineo del carrito, los murmullos de la tripulación en la zona de servicios que tiene delante). Se siente culpable por haber dejado a Tom y a Luca en clase turista, aunque cuando ha ido a verlos, una hora después del despegue, los ha encontrado a ambos profundamente dormidos. Tom con la cabeza apoyada en la pared del avión, con una chaqueta enrollada entre el hombro y la mejilla, y Luca recostado, con sus piernas delgadas extendidas por debajo del asiento de enfrente y el antifaz para dormir firmemente colocado para cubrirle los ojos. Greta es plenamente consciente de la textura áspera de su antifaz, lo encuentra aparatoso, un elemento de atrezo. Recuerda el correo que le envió Federica a principios de semana: «Tapones para los oídos, cariño. No hay que viajar nunca sin ellos». No está segura de que le hubieran servido de algo.

Están sobrevolando el Atlántico cuando nota que Amber se agita en el asiento, a su lado. Se sube el antifaz, parpadea y ve la cara de Amber junto a la suya, tiene los ojos abiertos. Se miran un instante y percibe la insistencia del aire, reciclándose sin cesar, que emiten los orificios de ventilación. Amber se gira hacia el otro lado y tira de la manta para cubrirse hasta los hombros. Greta se quita el antifaz y se pone bocarriba, fija la vista en los compartimentos de almacenaje de la parte superior.

Ahora es diferente que con los Miller. Por aquel entonces no era más que una asistente; tenía que estar presente en las reuniones, también los días de filmación, y cuando quedó patente que los chicos habían establecido un vínculo de confianza con ella, formuló las preguntas que le habían dicho que formulara. Pero esta vez había estado implicada desde el principio; había estado allí durante las labores de rastreo, de recopilación y descarte de datos, durante todas las presentaciones, consultas y entrevistas iniciales. Había estado allí el día en que Federica tuvo su primera reunión con Amber —solas las dos, en una vinoteca del Soho—, cuando Federica llegó al piso donde había quedado con Greta y con Millie, con una sonrisa de oreja a oreja y una botella de champán en la mano. «Es perfecta — había dicho—. Es ella». Greta había escuchado a Federica contar y recontar a ejecutivos e inversores la historia de Sadie y Amber Banner y sus fantasmas y, en una ocasión, también a un grupo de desconocidos en un *pub*.

Greta es quien tiene que encontrar las distintas piezas que luego tendrán que ensamblarse. Greta quien tiene que investigar las fichas policiales, los registros de propiedad y los registros electorales, quien tiene que seguir con sigilo a varios desconocidos a través de sus redes sociales para conseguir detalles complementarios que luego Federica, en un momento dado, decidirá que son irrelevantes. Greta ha pasado meses persiguiendo a un fantasma por condados y países, pero no se trata de un hombre, alto o no, sino solo de una madre en eterna huida.

¿No?

Mira de nuevo hacia la nuca de Amber, su cabello con mechas claras. Intenta imaginársela de recién nacida, la niña maldita.

Intenta imaginarse lo que vio Sadie Banner cuando miró aquella carita en el moisés, cuando escuchó otra respiración detrás de ellas, en la oscuridad. Piensa en el archivo de sonido que Federica subió anoche al servidor, una llamada telefónica grabada. Sin ninguna nota que explique si la mujer sabía que estaba siendo grabada o dónde la encontró Federica, si sus declaraciones han sido verificadas. Desde que la prensa publicó el hecho de que la aclamada Federica Sosa estaba filmando su próximo proyecto y que giraría en torno al caso Banner, ha empezado a salir de la nada todo tipo de gente ofreciendo todo tipo de historias. Gente que afirma que Sadie Banner estaba poseída por el diablo, que afirma haber sido su compañera de juegos de pequeña. Gente que afirma que Amber Banner no es quien dice ser, que la verdadera Amber Banner murió siendo una niña o fue secuestrada. Que toda la historia del Hombre Alto no es más que una tapadera. Que es la verdad.

Pero esta mujer hablaba en voz baja, nerviosa. Sin notas, resulta complicado estar segura, pero no da la impresión de que esté ofreciendo su relato voluntariamente; lo más probable es que la haya localizado Federica en uno de sus enfebrecidos ataques de investigación, seguramente con Millie durmiendo o trabajando, estando Federica rebosante de cafeína y agitada y decidida a atar los cabos sueltos que ha dejado temporalmente pendientes.

—Vivía usted en Wombleton en 2005 —había dicho Federica, sin que pareciera una pregunta y respirando con fuerza.

—Sí.

—En la casa de al lado, durante seis meses, vivía una mujer conocida anteriormente como Sadie Banner.

—No..., bueno, yo no lo sabía. Cuando fui a saludarla, me dijo que se llamaba Jane.

Un silencio por parte de Federica. La mujer está demasiado nerviosa para llenarlo.

—Pero sí, mirando la fotografía que me envió, los periódicos y demás, era ella. Sadie.

—¿Hablaba a menudo con ella?

—No. Era reservada, introvertida. Permanecía despierta hasta las tantas de la noche, dormía casi todo el día, ese tipo de cosas.

—¿Por qué? ¿De qué trabajaba?

—De todo un poco. Estuvo un tiempo limpiando un *pub*, pero un día no apareció más por allí. Había hecho también de camarera, sirviendo cafés en Pickering. Me explicó que antes de venir a vivir aquí había trabajado en una fábrica, en turno de noche, que por eso tenía el sueño cambiado.

—¿Charlaban a menudo?

—No. Después de aquel día, apenas si la vi.

—¿Y no le pareció extraño?

—No, era una buena vecina. No daba problemas. Era educada si te la cruzabas por la calle.

—¿Así que ningún problema?

—Bueno...

Greta recuerda aquella duda por encima de todo. Cuando la escuchó a través de los auriculares en el coche, de camino hacia el aeropuerto, el pulso se le aceleró. La historia estaba allí, en aquella frase interrumpida, en aquella pausa para repensárselo. Y Federica era como el tiburón que da vueltas a la jaula, a la espera de que acabe saliendo. La sed de sangre resultó contagiosa, por mucho que Greta no lo quisiera, de modo que subió el volumen del teléfono para escuchar bien lo que pudiera venir a continuación. Siente ahora tentaciones de enderezar el asiento para volver a escucharlo, por mucho que recuerde cada palabra.

—Había veces que...

—¿Sí?

—Mis niños decían que había un tipo que los vigilaba. Su novio. Que estaba en el jardín de atrás mientras ellos estaban fuera jugando. Que no los saludaba cuando ellos le decían hola, que se limitaba a sonreír. Se ponían nerviosos.

—¿Lo vio usted alguna vez?

—Una. Era de noche y yo estaba paseando el perro. Vi un tipo que cerraba las cortinas del dormitorio.

—No parece un hecho para recordar especialmente.

Vuelve a aparecer la duda y la respiración de la mujer es lenta y forzada. Pero la historia ya se ha puesto en marcha. La sangre ya se ha vertido en el agua.

—Era tarde —dice—. Yo estaba cansada y el perro —un chucho pequeño, era, un pesado—, se quedó allí plantado en la acera, sin que yo consiguiera moverlo. Ese era así, no hacía nada cuando le decías que viniera, o se sentara, o se tumbara. Así que empecé a tirar de la correa, mientras estaba quedándome helada, y él allí plantado, mirando hacia la casa. La casa de Jane. De manera que yo levanté también la vista y lo vi allí, en la ventana.

—¿Y cómo lo describiría?

Una pausa larga; Greta se pone de lado y reflexiona. No es una duda sino simplemente la búsqueda de una respuesta que de pronto se ha vuelto evasiva.

—Era un hombre grande —respondió por fin la mujer, dudando—. La farola estaba justo allí, de modo que no pude ver gran cosa a través del cristal, ni la cara ni nada. Solo vi que corría las cortinas y cuando levanté la vista se detuvo un segundo y se quedó mirándome. Pero con la farola, como le he dicho, no pude verle la cara. Simplemente se quedó allí y yo en la calle, y el jodido perro también allí, y entonces cerró del todo las cortinas y tuve que tirar con fuerza del perro para volver a casa.

—Y después de eso ¿volvió a verlo?

—No. —La mujer ya está impaciente; la historia ha salido y espera—. Mire, el caso es que cuando llegué al camino de acceso a mi casa, miré hacia atrás, a pesar de que el perro entonces sí que estaba tirando de mí, se moría de ganas de entrar. Miré hacia atrás y vi...

Esta vez Greta sabe que Federica deja que el silencio se alargue porque su interés va a la baja. Pero tal vez fue eso lo que permitió a la mujer decir lo que dijo a continuación; algo que, bajo una presión mayor, es probable que se lo hubiera pensado mejor antes de expresarlo.

—Vi que todas las ventanas estaban igual que antes. Sin las cortinas cerradas. Solo con la luz de la habitación encendida, a pesar de que yo lo había visto allí, lo había visto cerrándolas. Pero las cortinas estaban abiertas y no había ningún tipo allí, y el perro gruñía como un desesperado. Iba medio borracha, lo reconozco, pero lo recuerdo. Fue un suceso lo suficientemente raro como para acordarme de ello.

—Entendido. —La voz de Federica suena cuidadosamente modulada, incluso Greta es incapaz de discernir si se lo está tomando en serio—. ¿Y qué sucedió después?

—Al día siguiente, los niños lo vieron otra vez mirándolos. Hacía calor y estaban fuera jugando con la manguera y la piscina hinchable que les regaló su primo, y él estaba mirándolos.

—¿Lo vio usted?

—Bueno..., no. Pero Gemma, es la menor, se molestó mucho, no quiso volver a salir durante todo el fin de semana. De modo que decidí ir a comentárselo. Le dije a Jane: «Tu novio pone los ojos donde no debería».

—¿Cómo reaccionó ella?

—No dijo gran cosa, aunque nunca decía gran cosa. Que lo sentía mucho y que no volvería a pasar, y entonces me volví a casa.

—¿Y volvió a pasar?

—No. Al día siguiente ya no estaba. Sin ningún camión de mudanzas de por medio ni nada. Ni siquiera nos dimos cuenta hasta que mi compañero, que trabaja en la inmobiliaria de Pickering, me lo dijo cuando ya tenían un nuevo inquilino, cuando el contrato ya estaba firmado y todo. Se acabó Jane. Los siguientes que vinieron eran unos cabrones, la verdad. Con música a todas horas, peleas a gritos durante el día. Me hicieron valorar lo buena vecina que había sido Jane.

—¿Ha estado en contacto con ella desde entonces?

La respuesta de la mujer fue no. El rastro de la pista que tiene Greta en la cabeza parpadea, y todas las cosas que sabe sobre Sadie Banner cobran vida para remodelarse gradualmente y acomodar esta nueva pieza del rompecabezas. Una nueva casilla completa. Un paso más.

Se gira hacia el otro lado, dándole la espalda a Amber, y el sueño acaba por fin apoderándose de ella. Aunque cuando lo hace está, como siempre, acompañado por la sensación de la mano húmeda de Hayley Miller entre la suya, y el sonido de un niño que llora, y llora, y llora.

19

2016

El lunes, Sadie se volvió a quedar sola. No era el tipo de soledad al que estaba acostumbrada, pero al menos empezaba a sentirse cada vez menos como una intrusa, como Ricitos de Oro esperando el regreso de los osos. El silencio era reconfortante. El fin de semana la había dejado agotada; la interminable resaca del sábado, la llegada de los padres de Miles para comer el domingo, siempre puntuales como un reloj. Miles en la cocina, metiendo baza en la pierna de cordero, pintando las patatas una a una con grasa de oca; Sadie rellenando interminables *gin-tonics* y poniendo bien los cubiertos. Y Amber en el centro de todo; bromeando con su abuelo, dejando que la madre de Miles le apartara el cabello de la cara, le cogiera la barbilla entre unos dedos cargados de anillos para examinarle la cara con el interés de un propietario. Amber iniciando las conversaciones en la mesa, serpenteando sin esfuerzo entre los silencios en los que se estancaban todos los demás.

Seis visitas ya, y Sadie se preguntaba si habría empezado a encontrar su hueco en aquel pequeño espacio de la rutina de su familia. Incluso al principio, aquella primera noche, con Miles aferrado a ella y con sus lágrimas empapando el hombro sucio de su camiseta, incluso con Amber, que apareció a los pies de la escalera boquiabierta, despeinada y en pijama, como si Miles la hubiera invitado a conocer a Papá Noel en persona, Sadie sabía que a quien le costaría más ganarse sería a Frances y John Banner. Siempre había sido así.

Durante el primer encuentro después de su regreso, Frances había evitado mirarla hasta pasada al menos una hora, y entre tanto Sadie había deseado fundirse con la pared, acurrucarse en un rincón, cualquier cosa que pudiera ayudarla. Sabía que tenía que decir alguna cosa, pero ¿cómo empezar? Y los silencios tensos se habían prolongado, así como la risa falsa de John, una música de fondo para la animada charla trivial de Miles. Y Amber recostada en su asiento, observándolos a todos con aquella sonrisa. Disfrutando.

Ahora estaban empezando a acostumbrarse de nuevo los unos a los otros. Había aún momentos de incomodidad —John, con su tercer *gin-tonic* casi vacío, cortando el bizcocho que Sadie había preparado (las madalenas de Amber nunca habían llegado a materializarse) y preguntando «¿Preparabas muchos pasteles, Sadie? ¿Allí donde estuvieras?»—, pero en general era el tipo de malestar que recordaba de cuando eran novios, de cuando tuvieron que decirles que se había quedado embarazada. Antes de todo aquello.

Bueno, no antes de *todo* aquello.

Hubo un momento, después de que se marcharan el domingo, en el que Amber entró en la cocina y se encontró a Sadie cargando el lavavajillas, con su propia copa de ginebra en la encimera, a su lado. Sadie se enderezó, insegura, al ver que Amber se acercaba, cogía el paño de cocina que Sadie llevaba colgado al hombro y empezaba a secar los vasos que había en el escurreplatos.

«No es necesario que lo hagas», había dicho Sadie, sorprendida, pero Amber se había limitado a encogerse de hombros. «Lo hago porque quiero», había replicado Amber, y después subió el volumen de la radio (sonaban los Four Tops) y terminaron las dos juntas de arreglar la cocina.

Ahora, sola en el despacho de Miles, recordó aquel momento

y luego pensó en Frances y Amber juntas después de comer, iluminadas por la luz que entraba a través de las puertas del patio, las tres solas en la misma estancia. Una madre y una madre y una hija. ¿No podría ser siempre así de sencillo?

El teléfono vibró sobre la mesa con un mensaje y el corazón le dio un doloroso vuelco. Leanna: *¿Te apetece comer el miércoles?* Tecleó una respuesta y apagó el teléfono.

No podía quitarse de encima el recuerdo de tener a Amber tan cerca. Cuando le cogió el paño que tenía en el hombro, el roce de los dedos sobre su piel desprotegida. Hacía calor, en la cocina había humedad y el hueso de cordero había quedado en la bandeja de asar sobre la encimera, impregnando el ambiente con su olor aceitoso, mientras los últimos resquicios de carne se enroscaban al secarse. A Sadie le había resultado imposible separar aquella imagen de la de Justine, aproximándose a ella en el bosque, con su aliento mareantemente dulce y los labios pegajosos por el azúcar. «Él puede hacerte especial, si se lo pides». Justine trazando un círculo en la tierra con la punta del zapato; Justine sentándose en el bordillo y un gato paseándose entre sus piernas. Clavando un cuchillo de cocina en la palma de la mano de Sadie, la sangre resbalando entre sus dedos y goteando lentamente hacia el suelo.

Se oyó el crujido de una tabla de madera del suelo en la habitación contigua. La habitación de Amber, pero Amber se había ido a la escuela hacía horas. Se enderezó y respiró hondo. Amber no era Justine, no era Sadie. No era ninguna de ellas, estaba a salvo. Tenía que estarlo. Era imposible que aquello no hubiera servido de nada. Había alejado al Hombre Alto de su hija, la había protegido. Pero no podía liberarse de la sensación de que algo iba mal.

Otro crujido, esta vez más próximo a la pared, y por un segundo pensó que había oído las primeras notas de aquella risa que había dejado atrás. Esperó a que el sonido se concretara en forma de una sirena que sonaba a lo lejos, que su repiqueteo flaqueara al acercarse.

Intentó retomar la vulgar y monumental tarea de intentar encontrar trabajo. Le resultaba extraño, como era habitual, hacer las cosas tal y como las hacía todo el mundo. Estar buscando trabajo en páginas de empleo de colores llamativos en vez de andar preguntando de manera discreta, mirando los paneles de anuncios de los escaparates de establecimientos decadentes, repasando los anuncios baratos publicados en los periódicos locales. Había limpiado, había cocinado, había hecho paquetes con papel de embalar, con film transparente y los había contabilizado. Recordó la sensación de alivio aquel primer año, en la casita próxima a Peterhead. Un trabajo como limpiadora en una fábrica, durante el turno de noche, cuando no había nadie. Solo ella y su fregona, y alguna que otra risilla procedente de los rincones más oscuros. Unos pasitos replicando los de ella. Pero luego la fábrica había cerrado y la agencia había reasignado a Sadie a un colegio. Recordaba el intenso terror que sintió cuando se lo dijeron, cómo había tartamudeado y hablado confusamente mientras intentaba pensar una razón por la cual no podía trabajar en un lugar donde hubiera niños. «Oh, no te preocupes —le había dicho la mujer, ansiosa por quitársela de encima—. Es después de las clases, cuando tú llegues los niños hará rato que se habrán marchado a casa». Y así fue, al menos al principio. Había empezado a relajarse de nuevo, había incluso empezado a preguntarse si él la habría abandonado para siempre. Pero entonces, una tarde, volvió a percibir aquel débil y viejo vacío y al girarse vio que la puerta del aula estaba abierta. Una niña pequeña y su madre, y su osito de peluche favorito en el suelo. Cuando la niña corrió a recogerlo, Sadie oyó la voz del Hombre Alto susurrándole al oído. Había visto a su niña emerger de las sombras, con su horroroso vestido manchado de sangre, acercándose a la pequeña. Aproximándose a ella, llevándosela, mientras la madre, ignorándolo todo, seguía charlando al lado de Sadie.

Aquella misma noche había hecho la maleta y se había marchado de la ciudad sin siquiera cobrar su última paga.

De modo que sí, se le hacía extraño estar buscando otra vez trabajo. Durante los meses —los años— antes de su regreso, sola en Skye, se había limitado a interactuar solamente a través de Internet siempre que le había sido posible. Compraba muebles viejos en páginas de subastas *online*, los lijaba y los pintaba en su garaje vacío y los revendía en las mismas páginas. Hacía la compra también a través de Internet e iba a buscarla a un punto de recogida al amanecer. Se había escondido y, de este modo, había conseguido que al final él perdiera el interés hacia ella.

Y ahora estaba dejando entrar en su vida a otra gente. Abrió el navegador en el ordenador, pero en vez de hacerlo con una nueva ventana, se cargó la última que había estado abierta. No era su cuenta de correo electrónico, sino la de Miles. La cuenta de correo del trabajo, y el resto de pestañas de la página de inicio de la universidad fueron apareciendo en la parte superior.

Dudó unos instantes. Era tentador; desconocía la práctica totalidad de la vida que llevaba Miles en el trabajo. A veces, durante la cena, hablaba de sus clases, les contaba historias graciosas sobre alumnos que llegaban borrachos o que daban excusas inverosímiles para no entregar los trabajos. Pero aquello eran mensajes de otros profesores, de sus colegas, algunos amistosos, otros enrollados, y allí estaba ella, entrometiéndose, sin invitación previa. «Esto no es tu vida».

Se fijó en un mensaje de correo que había hacia la mitad de la página, de una cuenta anónima: *AlguienEspecial@gmail.com*. Sin asunto. De pronto, se le quedó la boca seca y el corazón empezó a palpitarle con fuerza. Lo abrió.

Reúnete conmigo a las tres y media en The Bell y no diré nada, decía. Y a continuación una carita sonriente. Guiñando el ojo.

A la hora de comer, Amber, Jenna y Billie se sentaron en el murete del edificio de Ciencias para compartir la estupenda macedonia de frutas que Leanna le había preparado a Billie. Amber miró el mensaje que le había enviado a Mica durante la última hora de clase, pero aparecía como entregado, no leído, y el sonido de los tacones de Billie golpeando despreocupadamente la pared le provocó una tensión interior cada vez más intensa.

—Anoche, Jake andaba preguntando por ti por WhatsApp —dijo por decir algo Jenna, rebuscando en el táper otra fresa—. Después del cumpleaños has pasado totalmente de él, ¿eh?

Amber miró de reojo a Billie. Se le había subido el color a las mejillas. Golpeó la pared con más fuerza.

—Está totalmente colado por Bill —dijo Amber, mirando a Jenna—. ¿Acaso no sabes nada de chicos?

Billie le sonrió, pero la tensión que crecía dentro de Amber siguió en aumento y empezó a sentir un nudo caliente en las entrañas. A veces era como si dentro, en lo más profundo de su ser, hubiera una persona distinta; y que un día, si no se iba con cuidado, acabaría emergiendo con violencia.

Y no podía evitar temer que aquello era algo que solo Sadie podía llegar a comprender.

A la salida de la escuela, fue a casa de Leo. Le abrió la puerta en pantalón de pijama, con el torso desnudo, y la atrajo hacia él para besarla. La puerta se cerró a sus espaldas. Cuando la soltó, lo siguió hacia la cocina, donde olía a quemado a pesar de que las superficies estaban limpias y los platos recogidos. Era como si nunca comiera ni ensuciara. Era como si lo único que movía las cosas en aquel piso fuera la presencia de ella. Los músculos de la espalda de Leo se flexionaron cuando llenó la tetera y sacó las tazas del armario.

—¿Qué tal ha ido el día? —le preguntó.

Amber le había dicho que estaba estudiando en la universidad de Miles —aunque no había mencionado el hecho de que su padre trabajaba allí— y que vivía aún en casa para ayudar a cuidar de su madre enferma. Consideraba que la explicación se acercaba bastante a la verdad y, en consecuencia, era de lo más válida.

—No ha estado mal.

Se quitó la chaqueta. Había escondido el uniforme en el fondo de la mochila y en los lavabos de la escuela había sacado el modelito que había guardado allí por la mañana y lo había estirado bien para eliminar las arrugas.

—¿Qué estáis estudiando esta semana?

Leo se apoyó en la encimera para observarla mientras ella colgaba la chaqueta en la silla. El calor de su atención le provocó un escalofrío.

Era una respuesta tan fácil que ni la disfrutaba. Llevaba oyendo hablar a su padre sobre sus clases desde el principio de los tiempos y estaba segura de que a aquellas alturas estaba casi graduada.

—La rehabilitación de los criminales —dijo con frivolidad, y se apoyó también en la encimera—. Cómo y por qué la gente puede volver a integrarse y ser útil a la sociedad.

Le brillaron los ojos cuando sonrió. Amber intentó no mirarlo mucho rato, porque al ver aquel brillo ardía por dentro.

—Una chica muy lista —dijo, y tendió el brazo hacia ella—. Ven aquí.

Se dejó abrazar. Se dejó llevar.

Luego, tumbados en el sofá en silencio, él empezó a jugar con un mechón del cabello de ella, enrollándolo y desenrollándolo. Una mancha de humedad había empezado a traspasar la pintura nueva, una filtración antigua cubierta con excesiva celeridad. De vez en cuando, había un olor especial en el piso, como a agua estancada, a podrido.

—¿Te gusta esto de aquí? —preguntó él.

—¿La ciudad, te refieres? —Se encogió de hombros. Tenía la

piel pegada a la de él y al cuero del sofá—. Es aburrida. No hay mucho que hacer, la verdad.

—¿Dónde vivían antes tus padres?

—En Reading.

—¿Es allí donde se conocieron?

—Sí, en la universidad. ¿Ponemos la tele?

Extendió el brazo para coger el mando, aunque no lo enfocó hacia el televisor. La otra mano seguía jugando incansable con el mismo mechón de pelo, tirándole del cuero cabelludo.

—Reading. ¿Y cómo es que acabaron aquí?

—No lo sé. —Le cogió el mando y encendió la pantalla. El sonido de Daytime TV inundó la estancia, la imagen de una mujer con un traje de chaqueta de color rosa invitando a una pareja a entrar en una cocina con un papel pintado espantoso—. ¿Dónde te criaste?

—Aquí y allí.

Puso cara de asco.

—¿Y tú? ¿No te aburres aquí?

La miró de nuevo con aquel brillo en los ojos, la boca con expresión seria.

—Me las apaño para estar entretenido.

El estómago de Amber dio un vuelco. Leo estiró de nuevo el brazo para coger un vaso de agua que había en la mesita de centro y que parecía llevar el día entero allí. Bebió un trago y luego otro antes de ofrecérselo a ella. Amber lo rechazó negando con la cabeza. La pareja de la tele no estaba del todo segura con sus nuevos armarios.

—¿Qué tal sigue tu madre? —preguntó Leo, bebiendo un nuevo trago de agua, que se le derramó por la comisura de la boca y que no se preocupó por limpiar.

Amber cambió de posición y fue como si el sofá de cuero le engullera la pierna.

—Está bien. Todo lo bien que puede pretender estar.

Le cogió entonces un puñado de pelo, lo dejó caer entre sus dedos y tiró luego para arriba.

—¿Qué dijiste que tenía?

La mujer del traje de chaqueta rosa estaba enseñándole a un niño pecoso su nueva habitación, que tenía aún los armarios sin terminar.

—Tiene alucinaciones —dijo Amber—. No está bien, la verdad.

Se llevó un dedo a la sien y lo hizo girar, el gesto universal para indicar que una persona está loca. Le había llevado un tiempo; hay que acabar desarrollando una forma abreviada de explicarlo. Pero no le apetecía ahondar en la conversación, sobre todo notando los ojos de él clavados en ella. «No sientas lástima por mí», le habría gustado decir, porque solo de pensarlo se le revolvía el estómago.

—¿Qué vas a hacer el fin de semana? —le preguntó para cambiar de tema, y cuando levantó la vista para mirarlo, su cara había cambiado. Una puerta cerrada.

—Seguramente estaré poco en casa —respondió él—. Tengo que ir a un sitio.

—Oh. —Se enderezó para sentarse; de pronto tenía frío, se sentía desnuda. Deseaba que él volviera a tocarla, pero no lo hizo, sino que siguió mirando la televisión, mientras el plano de la cámara iba alejando la casa mejorada y empezaban a aparecer los títulos de crédito. Deseaba tocarlo, pero era como si no pudiese hacerlo, notaba las manos pesadas y torpes—. Yo también voy a estar muy ocupada —dijo, en cambio—. Mucho trabajo que hacer y mucha gente que ver.

—Umm... —Se quedó mirándola y se inclinó hacia ella para darle un beso rápido que no pareció sentir en absoluto—. Tendrías que ir marchándote. Tengo que ir a ver a alguien más tarde.

—De acuerdo, sí. —Se levantó sin demora y recogió el pantalón vaquero que había quedado en el suelo—. De todas formas, yo también tengo que irme.

Mientras la observaba cómo se vestía, se sintió temblorosa y ruborizada. Alguna cosa tenía que haber hecho mal, debía de haber dicho algo que no debería. Por la mañana, se había depilado a toda prisa, ¿se habría dejado algún pelo? ¿Habría emitido algún ruido raro? ¿Estaría sudada por haber venido casi corriendo? Lo más probable es que fuera lástima, y la lástima no era precisamente excitante. Entró en la cocina para recoger la mochila y las botas y él la siguió, como si quisiera asegurarse de que se marchaba. Amber notó un revoloteo en su interior, un asomo de pánico. Tenía que decir lo correcto, actuar de forma correcta, reconducir la situación hacia el camino correcto... si acaso supiera cuál era.

—Bueno, pues adiós —dijo al llegar a la puerta.

Le habría gustado preguntarle cuándo volvería a verlo, pero sabía que sería revelar que estaba totalmente desesperada y no estaba dispuesta a caer tan bajo.

—Adiós. —Se inclinó para volver a besarla, y esta vez fue un beso un poco más largo, una mejora respecto al anterior, aunque para nada lo que ella quería, sin hambre, sin pasión, sin necesidad de ella—. Te llamaré.

Y la puerta empezó a cerrarse y ella se vio obligada a marcharse. Se cargó la mochila a la espalda y se abrochó la chaqueta. El sol lucía pálido y bajo en el cielo y el viento rugía por las calles, desenfrenado.

Durante todo el trayecto hasta la parada del autobús y durante todo el camino hasta casa, se dijo que le daba igual. Se dijo que no quería llorar; hacía años que no lloraba.

20

2018

El avión inicia su descenso entre un cielo gris y húmedo que parpadea a través de las ventanillas mientras se recogen las mesitas y los asientos vuelven a ponerse en posición vertical. Greta se siente sucia y mareada, con la piel y la boca secas y la cabeza tensa por falta de sueño. Ha vuelto a soñar con Texas y los chicos Miller, brevemente, hasta que al final, hace tres horas, se ha declarado insomne y ha pasado el resto del vuelo acurrucada bajo la manta de la aerolínea, mirando las películas más tontas que ha logrado encontrar. Amber, por su lado, solo ha abierto los ojos cuando ha llegado el desayuno, ha devorado el cruasán que no quería Greta incluso después de comerse el suyo y se ha zampado unos huevos con aspecto de cerebro entre tragos de zumo de naranja.

—Cubiertos de verdad —ha dicho, sobrecogida, con la lengua gomosa por el huevo y mientras el tenedor descendía otra vez hacia el plato—. Platos de verdad. Ser rico es esto, ¿no?

Y parece que ha vuelto a dormirse. Se ha cubierto de nuevo con la manta y tiene la cabeza apoyada en un ala del reposacabezas. «Y luego dirá que tiene insomnio», piensa Greta, y se le ocurre que Amber está en una posición excepcionalmente inmóvil, casi rígida. Se imagina a Amber despierta todo este rato, con los ojos cerrados, y no puede evitar estremecerse. Ansía que llegue el momento de salir de este avión, con su aire gélido y su interior rojo por todas partes.

El avión desciende suavemente y en la zona de servicios empiezan a guardar los vasos. La última película de Greta desaparece, la pantalla parpadea y aparece un mapa con la ruta. Decide mirar por la ventanilla. El paisaje se extiende como una colcha de retales marrones y verdes, con el azul discordante de alguna que otra piscina, las casas se amplían para empequeñecerse a continuación, las hileras de adosadas zigzaguean adentrándose en los núcleos de pueblos y ciudades.

Greta mira a Amber mientras el suelo corre a recibirlas. Ha llegado casi la hora de entregarla y no puede evitar la sensación de que aquella responsabilidad no ha hecho más que empezar.

Federica, con gafas de sol y un café en la mano, las está esperando junto a un grupo de familias, con cara de ansiedad y carteles de bienvenida. Ha encontrado tiempo para cortarse el pelo durante su ausencia y ahora le roza los hombros. Entre los rizos encrespados asoman hilillos de gris. Lleva un abrigo masculino a pesar de que hace calor y la mano que no sostiene el café se esconde en el bolsillo. Los pies metidos en unos zuecos feos de plástico negro y las piernas gruesas embutidas en unos pantalones con estampado militar. Lleva pintados los labios, que esbozan una pequeña sonrisa para darles a entender que las ha visto, con una fina pincelada de rojo, una capa de la cual se ha transferido ya a la tapa de la taza de café.

—Amber —dice, avanzando hacia ellas, envuelta en una nube de Dior y estampando un beso en las mejillas de la chica. Tom y Luca tienen todo el equipaje colocado en precario equilibrio sobre dos carritos y Federica se queda aturullada un segundo, durante el cual sus manos se mueven por su propia cuenta en busca de alguna cosa que coger o hacer. Se recupera enseguida y enlaza a Amber por el brazo—. El coche nos está esperando fuera —dice, poniéndose en marcha después de dirigir un pequeño gesto de saludo a Greta.

Greta se da cuenta de que la madre de la familia que tienen al lado le da un codazo al padre y que apunta con un dedo furtivo la espalda de Amber, que se va alejando. El hijo mayor, un adolescente, se gira en redondo, teléfono en mano y a punto.

—¿Era ella? ¡Dios mío, tengo que hacerle una foto!

La hermana, que tendrá trece o catorce años, se muestra decepcionada.

—Se la ve muy menuda. No da nada de miedo.

—Vamos —dice Tom en voz baja—. Larguémonos de aquí antes de que todos los demás la vean.

—Antes de que caiga sobre ella la manada —dice Luca, sacando un cigarrillo del bolsillo de la chaqueta mientras echa a andar hacia las puertas de apertura automática.

Federica y Amber ya han llegado a la acera y Federica sigue hablando animadamente con una mano posada sobre el hombro de Amber.

—La pareja perfecta, en mi opinión —le dice Tom a Greta.

—Estoy preocupada por ella —replica. Está cansada y las palabras salen sin que se dé cuenta de ello—. Es joven —dice, ruborizándose—. No creo que sepa dónde se está metiendo con toda esta prensa.

Tom ralentiza el paso y la mira con ojos bondadosos.

—Ya te ha conquistado, ¿no?

Luca rodea a Greta con el brazo y le alborota el pelo.

—La buena de Greta, el corazón que siempre late en nuestro sórdido equipo. —La suelta para encender el cigarrillo—. Sabe perfectamente lo que se hace, no te preocupes. Esa niña es lista.

Y siguen andando hacia el coche que les espera junto al arcén.

* * *

Cuando Federica llama a la puerta de Greta son las diez de la noche. El hotel es oscuro y claustrofóbico y las escasas ventanas que hay, pequeñas, redondas y con cristal esmerilado, están situadas en lo alto de la pared. El estampado con motivos curvilíneos de la moqueta la está mareando, de modo que decide tumbarse en la cama y piensa que tendría que haber insistido más y haber regresado a la casa que comparte con Hetty y Lisette en vez de aceptar la habitación más barata de aquel lugar, donde el monótono rugido oceánico de la M25 no deja de retumbar en la distancia. Federica había dicho que así sería más fácil, que Greta se ahorraría tiempo y dinero, que sería un esfuerzo de equipo durante lo que durara el rodaje (porque, evidentemente, que Greta tuviera que cruzar en metro la ciudad era lo que de verdad ralentizaba el equipo). Le había prometido que, por supuesto, tendría la noche libre para asistir a la cena de cumpleaños de Lisette. Y ahora, la esperada llamada a la puerta, brusca y eficiente.

Se levanta y la electricidad estática de la moqueta repele sus pies descalzos. Abre la puerta y se miran bajo la luz verdosa del pasillo. Federica lleva las gafas de sol en la frente y muestra los ojos, cansados y sin maquillaje. Se ha vuelto a pintar los labios de rojo para compensar.

Se sientan en la cama (no hay sillas) con las latas de cerveza que ha traído Federica (tampoco hay minibar).

—Te ha dado el sol —dice.

Greta se lleva una mano al hombro y nota la piel frágil, pelándose.

—¿Ya se ha instalado?

—Sí. —Federica ríe y le da un buen trago a la cerveza, dejando a la vista un cuello ancho, de sapo—. Como una señora, ¿verdad?

Greta sonríe y no dice nada.

—Gracias por haber seguido el ritmo —dice Federica, mirando la lata que tiene en la falda y sus dedos nudosos, cargados de anillos—. De verdad que lo aprecio.

—Tranquila —dice Greta, odiándose para sus adentros—.

¿Qué tal ha ido todo por aquí? —En el último segundo entra en pánico al comprender la intimidad implícita de la pregunta y añade—: ¿Mucha prensa ocupada con lo del veredicto?

Federica hace un gesto de asentimiento.

—Sí, la prensa amarilla ha publicado artículos sobre el tema casi a diario. Muchas fotografías de ella en los Estados Unidos. De hecho, sales tú también en un par de fotos.

Greta siente una punzada de miedo e intenta ahogarla con una cerveza que está calentándose rápidamente.

—La cobertura, en general, ha sido positiva —continúa Federica—. Al parecer la gente piensa que es correcto que haya salido de esta. Y si lees los comentarios, incluso los cínicos empiezan a ablandarse. En su mayoría. —Se lleva la lata a la boca, pero entonces se lo piensa mejor—. Al fin y al cabo, es una historia magnífica.

—¿Has estado indagando más?

—Sí. Hay... hay anécdotas por ahí, Greta. Si investigamos en los lugares donde sabemos que acabó yendo a parar Sadie Banner, podemos encontrar muchas... pruebas. Es entrar en una dimensión completamente nueva.

De nuevo esa sonrisa plana, de oreja a oreja.

—¿Empiezas a creértelo? —Greta bebe otro trago de cerveza, mayor de lo que pretendía, y se le derrama un poco por la barbilla—. ¿Lo del Hombre Alto?

Federica se queda mirándola.

—Evidentemente no. Solo pienso que es interesante que la gente haya empezado a «recordar» cosas después de que todo esto haya salido a la luz, ¿no te parece? Es como una sugestión en masa. Podríamos hacer un episodio entero sobre esto.

—Entendido. Puedo intentar conseguir más declaraciones de gente de Wombleton.

—Sí. Y luego también de Skye. Hablar con gente de allí y de otros lugares donde sepamos que estuvo. Es probable que ahora encontremos a gente que crea haber visto cosas.

—¿Y Amber?

—Sí. Hay que profundizar. Y lo lograremos. Tiene que haber más cosas, es casi como si pudieras oír su cerebro maquinando constantemente. —Federica da dos tragos largos a la cerveza y se seca la boca con el dorso de la mano—. Conseguiremos entrarle. Sé que puedes hacerlo. Sacarle algo más que esas palabras repetitivas que no para de regurgitar. Ese abogado la ha entrenado bien, hay que reconocerlo. —Abre otra cerveza y la cama cruje cuando se mueve—. Voy a conseguir que lo diga. Voy a conseguir que nos diga que cree en el Hombre Alto. Que el Hombre Alto fue quien la llevó a hacerlo.

—No creo que lo haga.

—Tal vez no. Pero cuanto más hablemos sobre Sadie, sobre dónde estuvo, sobre toda esa gente que dice que vio u oyó cosas raras a su alrededor, quizás puede que empiece a soltarse.

A pesar de que tiene el estómago revuelto, Greta coge otra cerveza del suelo. Bebe un trago largo y aparta la vista.

A Federica no le importa su silencio.

—Perfecto —dice—. Enciende el ordenador. Quiero ver algo de lo que se ha filmado en Los Ángeles.

Del diario de Leanna Evans [Extracto B]

Quedamos para comer en un restaurante italiano, cerca del río. Era temprano y cuando llegué no había nadie, salvo dos camareros que estaban secando copas y retirando el film que protegía las bandejas de pasteles que exhibían en el mostrador. A pesar de que no había más clientes, elegí una mesa sin vista, escondida en el fondo del restaurante, con un poco de privacidad. Pensé que lo agradecerías. Pedí al camarero un agua con gas, con hielo y limón, y cuando llegaste, nerviosa y con cinco minutos de retraso, te dije que era un gin-tonic. *Pero no caíste en la tentación; cuando llegó el camarero le pediste una Coca-Cola Light.*

Te pregunté qué tal iba la semana. No tenías muy buena cara, grandes ojeras oscuras y un leve brillo de sudor en la piel. Tus ojos no cesaban de examinar el local y de vez en cuando bajabas la vista para mirar el teléfono. A luz del día se te veía demacrada, mucho más que bajo la luz favorecedora de la cocina de casa. Parecías mucho más mayor de los treinta y seis, ¿treinta y siete?, que debías de tener.

Te mostraste algo agarrotada cuando intercambiábamos las típicas frases de cortesía, esbozabas una sonrisa tensa y tus respuestas eran vagas y evasivas. Sin darme cuenta, me puse a jugar con la carta del restaurante mientras hablaba. Notaba las manos húmedas, como si no supiera qué hacer con ellas. Sin darme cuenta, me puse a decir tonte-rías sobre lo que había hecho a lo largo de la semana, a explicarte que había limpiado el baño a fondo y empezado a sacar de la buhardilla los trastos del anterior inquilino.

Levantaste entonces la vista, como si esto último te hubiera tocado la fibra sensible.

—Sí, yo he estado haciendo lo mismo —dijiste.

Y emitiste una especie de risa rara, la recuerdo exactamente. Dis-cordante, igual que suena una copa cuando se rompe en una habita-ción vacía o una nota plana en una cantata. Y luego dijiste:

—En la nuestra hay murciélagos.

Y tardé unos instantes en comprender que te referías a la buhardi-lla de tu casa.

Bebí un poco y, sinceramente, habría preferido que de verdad fue-se un gin-tonic. *Aquello que acababas de decir era extraño, o tal vez fuera la despreocupación con la que dejaste salir las palabras de tu boca, como si no las hubieras pensado o ni siquiera comprometido las frases que se formaban entre nosotras. Esta vez estabas distinta, y me pregun-té si habría cometido un error. Volviste a mirar la carta, y yo también. Solo había nueve platos: tres primeros, tres segundos, tres postres. Lo cual me hizo sentirme más feliz con respecto a tu elección; implicaba honestidad, simplicidad, que todo quedaba a la vista. Que no se escon-día nada detrás de platos favoritos congelados y apuestas seguras. Te respeté un poco más por el mero hecho de haber elegido aquel lugar.*

Llevábamos un par de minutos sin decir nada, de modo que te pre-gunté qué pensabas pedir. Es gracioso, antes, el silencio me traía sin cui-dado. Pero ahora, a menudo, no lo soporto. Me sorprendió escuchar mi propia respuesta antes de que tuvieras tiempo siquiera de expresar la tuya, expresando en voz alta mis dudas entre la arrabbiata *o la* pizzetta. *A pesar de todos mis esfuerzos, estaba nerviosa, y me dio la impresión de que tú lo entendías. Me sonreíste y volví a tranquilizarme.*

Cuando volvió el camarero, pedí la ensalada de tomate y mozza-rella *y la* arrabbiata. *Fue algo extremadamente decisivo para mí, y me sentí satisfecha; debiste de darte cuenta de ello. Me sentía controlando la situación y llena de energía y, si soy absolutamente sincera, como me he asegurado a mí misma que voy a ser, diré que me sentía casi como si la estuviera extrayendo de ti, esa energía, mientras tú seguías marchitándote. Tardaste mucho rato en decidir qué pedir y al final seleccionaste un coctel de gambas y la* puttanesca. *No cuadraban mucho, la verdad, y me inspiraste un sentimiento casi maternal, como si necesitaras que te guiara.*

Lo que hice, en cambio, fue intentar desviar tu atención del suelo, que era donde tu mirada iba a parar continuamente, como si te pesaran los ojos y necesitaras más fuerza de la que había en tu cuerpo para volver a levantarlos. Te pregunté sobre el fin de semana, sobre qué habíais hecho los tres. Tu relación con Amber despertaba mi curiosidad, me tenía fascinada, supongo. Cuando estabais juntas era como si no supierais muy bien cómo comportaros, si teníais que mostraros contentas y emocionadas, despreocupadas o cautelosas. Por eso, por vuestras caras pasaban todos estos sentimientos y más, aunque ninguno se asentaba en ellas. Y luego siempre apartabais la vista, como si fuerais desconocidas que se cruzan en la calle. Lo que pasaba en vuestra casa era extraño y erróneo y no podía apartar mi mirada de ello.

Tu atención pasó entonces al teléfono, como si mi pregunta te hubiera recordado su existencia.

—Oh, poca cosa —dijiste—. Vinieron a vernos los padres de Miles.

Recuerdo que extendí la mano para tocarte con delicadeza la tuya. Que te pregunté si todo iba bien.

Negaste con la cabeza, tal vez con excesiva energía, y tu cabello se agitó de un lado a otro de forma más bien violenta.

—Bien, bien —dijiste—. ¿Y qué tal vosotras?

Creo recordar que te dije que todo iba bien. Estaba distraída; me había aplicado bálsamo labial antes de entrar y había notado la huella de los labios impresa en la copa. Pasé el pulgar por el borde para intentar borrar el rastro y tú perdiste el interés casi de inmediato. Llegó la comida y te quedaste mirándola, inexpresiva, mientras yo empezaba a comer.

—*Tiene buena pinta*— dijiste, con escaso entusiasmo.

Cogiste el tenedor y empezaste a jugar con una flácida hoja de lechuga.

Tardé un instante en engullir el bocado, tal vez te diste cuenta de aquella pausa. Me estabas ignorando de tal modo que era exasperante y me entraron ganas de clavarte el tenedor en la mano, de verter el contenido del plato en la mesa. Tuve que contenerme.

—*Lo mío está muy bueno* —dije al cabo de un rato, *y finalmente te sacaste el tenedor de la boca.*

Comimos en silencio durante un par de minutos y vi que era capaz de soportarlo. De hecho, fuiste tú la que tuvo la necesidad de romperlo.

—*¿Qué tal está Billie?* —me preguntaste—. *¿Le gusta el colegio?*

Me sentí satisfecha. Hice una pausa para poder pinchar bien un poco más de ensalada, asegurándome de obtener un equilibrio entre los distintos componentes. Quería disfrutar aquel momento, saborearlo.

—*Parece que le va bien* —te dije—. *Creo que es un buen colegio para ella.*

—*Se la ve buena niña* —dijiste, *lo cual me sorprendió.*

—*Gracias* —repliqué. *Me habías pillado desprevenida*—. *Amber también lo es, por supuesto.*

Reíste y sentí una punzada de miedo recorriéndome la espalda. Te habías ido a otro sitio aun estando sentada delante de mí. Los habías dejado entrar.

—*Miente* —dijiste, simplemente.

Lo dijiste sin mirarme, moviendo el cuchillo sobre la mesa y observando la pequeña línea de luz que reflejaba el filo en la pared.

—*Lo sé* —musité, *pero cuando levantaste rápidamente la vista me di cuenta de que seguías estando conmigo, que no te habían aún reclamado a su lado.*

—*Billie me mencionó que Amber tiene un nuevo «amigo»* —dije, *recuperando la confianza y con cara de falsa timidez, como si no estuviera segura de si hacía bien diciéndotelo. Vi el miedo reflejado en tu* cara y sentí un escalofrío—. Un hombre. Billie está... está un poco nerviosa por el asunto.

Nuestras miradas se cruzaron y me pregunté qué estarías viendo en mis ojos. Si verías a alguien tan obsesionada como tú, a alguien lo bastante desesperada como para hacer lo que tú no podías hacer. Me pregunté si tú estarías viendo lo que yo veía en ti. Era como una segunda sombra, una sombra que solo ves muy de vez en cuando, en una determinada manera de mover la cabeza, luego otra vez cuando dudabas en tus palabras. A lo mejor solo podía verla yo porque estaba mirándote, porque sabía qué buscar. Porque sé dónde se esconde.

Y entonces te rascaste la frente, dejando que la mano se deslizara por encima del ojo, se arrastrara por tu mejilla y después, como si no tuvieras nada más que hacer, comiste por fin otro bocado. Levantaste la cabeza, me miraste y sentí una oleada de fuerza en mi interior. Te sonreí amablemente.

—Gracias —dijiste—. Te agradezco que me lo digas.

Devolví la jugada, la buena amiga.

—No es fácil, teniendo hijas. ¿Cómo era aquella frase de El rey Lear?

—«Tigres, no hijas» —replicaste, sin esbozar la más mínima sonrisa.

Volviste a sorprenderme. No esperaba que la supieras.

—Eso es. —Reí para disimular la sorpresa, la satisfacción, y bebí un trago de mi agua—. Pues parece que se ajusta bastante a la realidad, ahora que se hacen mayores, ¿no te parece?

Asentiste y volviste a marchitarte, dejando el tenedor en el plato en un gesto de derrota.

—Yo era igual —dijiste, y sentí que era el momento de presionarte al respecto.

—¿Ah, sí?

—Sí. Una pesadilla para mis padres. Siempre salía hasta las tantas, llegaba a casa borracha como una cuba. Supongo que ahora estoy recibiendo mi merecido.

Bebí un poco más de mi agua, comí mi ensalada y me dije para mis adentros: «Todavía no».

Martes, 22 de mayo de 2018, 23.31 h.
De: Federica Sosa
Para: Greta Mueller
No te lo tomes a mal, pero no he tenido buenas vibraciones contigo. Me preocupa que no estés comprometida del todo con lo que estamos haciendo aquí.

Martes, 22 de mayo de 2018, 23.35 h.
De: Greta Mueller
Para: Federica Sosa
Siento si te ha dado esta sensación. Estoy cansada, simplemente. Ha sido una semana muy larga.

Martes, 22 de mayo de 2018, 23.36 h.
De: Federica Sosa
Para: Greta Mueller
Te lo agradezco, y agradezco tu colaboración, pero tienes también que comprender que estoy dándote una gran oportunidad con todo esto. Estaría bien ver un poco más de entusiasmo.

Martes, 22 de mayo de 2018, 23.38 h.
De: Greta Mueller
Para: Federica Sosa
Federica, este proyecto me entusiasma y te estoy sinceramente agradecida por permitirme formar parte de él. Pero es difícil emocionarse yendo todo el día detrás de una niña de dieciocho años, sin importar quién sea. Hay cosas que has dicho antes que me han hecho sentir un poco incómoda.

Martes, 22 de mayo de 2018, 23.39 h.
De: Federica Sosa
Para: Greta Mueller
No me vengas ahora con esas, te lo he explicado mil veces. Sabes lo que hizo, ¿verdad? No creo que necesite una nueva figura materna en su vida y no creo tampoco que pudieras gestionar el trabajo si fuera así. Siento mucho si esta oportunidad te hace sentirte «incómoda»!!!

Martes, 22 de mayo de 2018, 23.41 h.
De: Greta Mueller
Para: Federica Sosa
No intento hacer de madre. Lo único que intento es tratarla de forma ética y justa. Tenemos un contrato firmado y ella confía en nosotros.

Martes, 22 de mayo de 2018, 23.43 h.
De: Greta Mueller
Para: Federica Sosa
Es tarde, y ya no sé lo que me digo. Necesito dormir un poco. Siento si te he ofendido en algún sentido esta noche; créeme, no era mi intención y de verdad que te agradezco mucho la oportunidad que me estás dando.

Martes, 22 de mayo de 2018, 23.47 h.
De: Greta Mueller
Para: Federica Sosa
¿Acabas de llamar a la puerta? Estoy despierta, creo que no he respondido con la rapidez suficiente.

Martes, 23 de mayo de 2018, 01.59 h.
De: Federica Sosa
Para: Greta Mueller
Lo siento, cariño. Me he adormilado, estoy hecha polvo. Y siento si antes he sido tan dura. Sé que tienes mucho talento, G, y quiero que esto sea enorme para ti. Nos vemos a la hora del desayuno x
P.D. No, no he sido yo, debes de tener un admirador de medianoche
;)

21

2016

Después de comer, Leanna y Sadie pasearon por la ciudad. Leanna siguiendo el ritmo de Sadie, que nunca había sido capaz de caminar despacio, charlando sobre el tiempo y sobre sus hijas. Sadie quería irse. No podía dejar de pensar en el mensaje que había visto en la bandeja de entrada del correo de Miles. *Y no diré nada.*

Llegaron al final de la calle principal, donde sus caminos tenían que separarse por lógica. Leanna abrazó a Sadie para despedirse de ella y Sadie aspiró su aroma cítrico y percibió el roce de su sedoso cabello oscuro en la mejilla.

—Gracias por la comida —dijo Sadie, puesto que Leanna había insistido en pagar.

La pasta que había tomado estaba demasiado salada y se había transformado en un bulto grasiento en su estómago.

—Cuando tú quieras lo repetimos —replicó Leanna, retrocediendo un paso y entrecerrando los ojos para protegerse del débil sol de la tarde—. Cuídate.

Dio media vuelta y se marchó, volviendo en una sola ocasión la cabeza hacia atrás para esbozar un pequeño saludo que fue acompañado por el tintineo de las dos finas pulseras de plata que llevaba en la muñeca.

Sadie estaba pensando otra vez en aquel mensaje, dándole vueltas y examinándolo desde todos los ángulos. Podía estar teniendo un romance..., ¿y acaso no sería normal, después de todo lo que había pasado? «AlguienEspecial» podía ser un colega o (no) un alumno. Era asumible que Miles hubiera mantenido relaciones sexuales con alguien en algún momento de los dieciséis años anteriores, a pesar de que era patológicamente fiel y le resultaba difícil imaginárselo. Recordó cuando llegó a la puerta y vio en su cara, por debajo de la sorpresa, una sensación de alivio, un «Lo sabía». Había tenido fe y había sido recompensado por ello.

Incluso así, no veía del todo imposible que hubiera habido alguien. Una aventura o una amistad o algo entre ambas cosas. Sería comprensible. Normal, si acaso todo lo que había pasado entre Sadie y él pudiera describirse como normal. Y Miles tenía sus necesidades, como cualquier ser humano, imaginaba, por mucho que le hubiera llevado meses tocarla como era debido después de su regreso e incluso ahora, se mostrara dubitativo y frustrantemente delicado, como si la ausencia de ella hubiera sido consecuencia de una enfermedad tuberculosa o de una lesión grave. Aunque también podía deberse a que hubiera estado con alguien durante aquellos años, a que hubiera olvidado cómo era estar con ella, cómo le gustaba que la tocasen. Y pese a que imaginárselo la ponía roja de envidia, creía que podía soportarlo.

Y luego estaba la última parte del mensaje: *Y no diré nada*. Una amenaza. Lo cual podía dar a entender que se trataba de un estudiante, pensó por quinceava o dieciseisava vez al llegar a la estación y subir la escalera que conducía al andén. La pasta amenazaba con hacer su reaparición.

Oía constantemente aquel murmullo, procedente de un lugar más profundo y más oscuro. «Miles tiene un secreto —le decía—. Y alguien lo sabe». «AlguienEspecial», quienquiera que sea, lo sabe. Especial. Ver aquella palabra en su bandeja de entrada la había asustado. Una persona que lo declaraba con orgullo, por mucho que

Miles no tuviera ni idea de su significado o de lo que podía significar. ¿O sí la tenía?, preguntaba aquella parte de ella que intentaba tan a menudo acallar. Al fin y al cabo, el que tenía ahora un secreto era Miles.

(Sus pensamientos giraban sobre sí mismos de forma peligrosa, lo sabía.)

Encontró asiento en el tren, en el sentido de la marcha, y la ciudad empezó a alejarse de ella. Se concentró entonces en la señal de alarma que le había dado a conocer Leanna. Amber tenía un «nuevo amigo». Se imaginó un hombre apareciendo entre las sombras, cogiendo la mano de su hija. Se lo imaginó susurrándole al oído, acariciándole la mejilla. Se lo imaginó diciéndolo que podía ser especial.

No tenía por qué haber sucedido así. No tenía por qué haber sucedido, se recordó. Lo había alejado de ella, había conseguido mantener a su hija alejada del peligro.

Existían otros peligros, por supuesto. No todo lo que te puede hacer daño vive entre las sombras, Sadie lo sabía. Pero ¿sería tan malo para Amber que alguien le hiciese daño, que un hombre irresponsable y mayor que ella le rompiera el corazón, si realmente era eso lo que estaba pasando? Tal vez fuera una especie de rito de iniciación, Sadie no tenía ni idea. Cuando conoció a Miles, no tenía otras amigas con quienes comparar experiencias. La única otra chica que había en su vida era pequeña y aficionada a susurrar en la oscuridad, con joyas de sangre en el vestido y aquel olor a carne podrida que desprendía el terrible cráter oscuro que tenía en la parte posterior de la cabeza. Y conocer a Miles no había hecho que las sombras desaparecieran. Tal vez el enamoramiento, o la pasión lujuriosa, o lo que quiera que fuera aquello, sirviera para proteger a Amber de una vez por todas, sirviera para que fuera incapaz de escuchar los susurros si el Hombre Alto decidía algún día hablar con ella.

Se recordó que Amber era distinta a ella. Que no era frágil, le parecía a Sadie, y que tenía un sentido de la supervivencia mucho mejor que el suyo. ¿Quién era ella para decir que un hombre podía hacerle daño? Tal vez aquel hombre, quienquiera que fuese, le estaba yendo detrás y ella le dejaba; tal vez Billie y Amber se reían de aquel pobre tipo que no hacía más que ofrecerle regalos y ponerle el corazón a sus pies. Cabía la posibilidad de que fuera así, ¿verdad? Sadie tendría que contárselo a Miles, evidentemente, porque él conocía mejor a Amber. Él sabría qué hacer. Como siempre.

Apoyó la cabeza contra el cristal frío de la ventanilla del tren y se lo imaginó haciendo aquel viaje cada día. Era fácil visualizarlo allí, preocupado por Amber y por cosas tan simples del día a día como un novio inadecuado.

Ahora también ella tenía una preocupación mundana en la que pensar: imaginárselo intercambiando mensajes con alguien desconocido. Con alguien «especial». Articuló la palabra sin pronunciarla en voz alta, intentando medir el tamaño de las sílabas. La familiaridad de aquella forma en su boca fue una puñalada de miedo en el corazón.

No podía evitarlo. Cada vez que pensaba en aquel mensaje —*Y no diré nada*—, estaba allí. La misma imagen cada vez (antes de detener el pensamiento, con paciencia, con resignación, como un aduanero): el bebé en el capazo, junto a su cama. «El Hombre Alto se lleva a las hijas. Pero a veces necesita ayuda».

No. Cerró los ojos, alejó la imagen. «Amber es mi hija y está segura. Puedo confiar en Miles».

Pero la confianza era un sentimiento gracioso, ¿o no? Exigía olvidar, reescribir. Lo sabía muy bien.

Y los sueños la perseguían constantemente. Una manita caliente en el interior de la suya. Un movimiento en un vientre que poco a poco iba aumentando de volumen. Una caminata por el bosque, los pájaros cantando. Se despertaba cada noche, empapada en sudor, purgando sus pensamientos a través de todos sus poros.

Y ahora también estaba sudando.

Volvió a abrir los ojos, a mirar los campos que pasaban a toda velocidad. Un par de asientos por delante de ella, se levantó una persona y abrió una ventana que dejó pasar el aire. Examinó entonces el fantasma de su propia cara reflejada en el cristal. A veces le resultaba extraño verla y recordar de este modo que era una mujer adulta. Últimamente había pasado muchísimo tiempo pensando en Amber, pensando en sí misma cuando tenía la edad de Amber. En su cabeza, el abismo que había entre ellas se había ido estrechando y resultaba desconcertante darse cuenta de que la imagen de Amber no era la suya.

El tren entró en un túnel, se abrieron de repente las demás ventanas del vagón. El cristal se volvió negro.

En el reflejo, una cara pálida al lado de la suya. La boca esbozando un grito.

Y luego otra vez la luz. La ventana más próxima se cerró con violencia. Retiró el cristal y se giró hacia el asiento de su lado. Vacío. Se llevó una mano al pecho y se preguntó si aquella sensación de desasosiego sería de miedo o de decepción.

El tren estaba deteniéndose, llegaba a su estación. No debía caer presa del pánico. Esta era al menos una cosa que había llegado a aprender.

Estar en la universidad le hizo pensar en su primer año de estudios, en cuando conoció a Miles. La vertiginosa sensación de estar lejos de la granja, de respirar aire de ciudad y poder hablar con alguien, de poder contar cualquier cosa. Le había durado al menos un par de días, antes de que el miedo empezara de nuevo a apoderarse de ella, antes de que empezara a dejar otra vez las cortinas corridas por la mañana. Cuando se conocieron, dos semanas después de haberse instalado en su habitación, ya se estaba planteando marcharse. Porque irse de casa no significaba dejarlo todo atrás. Ella era la de siempre, por muchas historias que contara a sus compañeras de piso. Y tenía pesadillas incluso entonces, en aquella cama individual, con el colchón envuelto en una funda de plástico y sábanas que olían a hogar. Incluso con los horrorosos fluorescentes que iluminaban todos los rincones con una intensidad vibrante y providencial. Esperaba, simplemente. Esperaba que aquella cara se despegara de las sombras y se arrastrara por la pared hacia ella, esperaba que los dedos de aquella niña se enlazaran con los suyos.

Rápidamente decidió que no tendría amigos. Que no podía confiar en la gente y que además, no la necesitaba para nada.

Pero Miles tenía otras ideas.

Él siempre decía que se había fijado en ella en la feria de los novatos, una semana antes de que se conocieran. Decía que le había llamado la atención porque —aquí siempre hacía una pausa para subrayar sus palabras, y era cuando los invitados a la fiesta siempre sonreían— era la única de primer año que no *estaba* realmente en la feria de los novatos. Mientras todo el mundo pululaba entre los puestos y los tenderetes, acicalándose y lanzando miradas a diestro y siniestro, Sadie se abría paso pisando con fuerza y cargada con sus raciones semanales distribuidas en frágiles bolsas de Happy Shopper.

El relato estaba tan arraigado en su leyenda que Sadie lo consideraba ahora un recuerdo: se acordaba de ella aquella tarde con aquel queso que parecía plástico y media barra de pan, cinco paquetes de fideos instantáneos y una bebida energética de marca blanca. El relato se había vuelto verdad porque él así lo había dicho y eso, ahora, le daba miedo.

El primer encuentro real fue en la bocatería del sindicato de estudiantes, un lugar cavernoso con mostradores de color blanco y mesas con bolsitas de mayonesa a medio vaciar y pegajosas. Ella estaba haciendo cola entre clase y clase, con una nueva carpeta de anillas clavada en la cadera, cuando alguien le dio unos golpecitos en el hombro. Se giró y allí estaba.

—Hola.

—Emm... hola.

Volvió a ponerse de cara al mostrador, por fin tenía solo dos personas delante. No le interesaba entablar conversación.

—Me llamo Miles —dijo él, sin dejarse disuadir fácilmente.

—Yo Sadie —dijo ella, porque algún tipo de buena educación debía de tener arraigada, aunque apenas volvió la cabeza y retiró la carpeta del costado para abrazarla frente a su pecho.

—Encantado de conocerte, Sadie —y aunque a ella le pareció intuir una sonrisa, no dijo nada más.

A menudo, cuando Miles contaba la historia, explicaba que le habría gustado poderle anotar su número de teléfono en una servilleta e introducirla a escondidas en su mochila o en el papel del bocadillo. Sadie minimizaba el hecho, diciendo que no fue tanto un flechazo como un encuentro fortuito, y jamás había mencionado que después de clase había vuelto a casa emocionada con el hecho de que aquel chico de pelo fino se hubiera atrevido a tocarla (y aun con el miedo de abrir la puerta de la habitación y encontrar a la niña sentada allí).

Pero entonces les asignaron el mismo tutor personal, que a su vez les asignó horas seguidas en su primera cita con él, y así fue como un día soleado, en un pasillo asfixiante, volvieron a coincidir y cómo él la convenció —no sabía aún cómo— de salir juntos a tomar una copa. A partir de aquel día, la única visita que recibió en su habitación fue él. Por fin era libre.

Al menos temporalmente.

Y ahora otra mujer (tal vez) lo había convencido para ir a tomar una copa. Otra mujer conocía los secretos de Miles, a quien Sadie siempre había considerado un libro abierto. Llegó por fin delante del *pub*, preguntándose qué estaba haciendo. ¿Tenía derecho a meterse en su vida?

Durante aquellos primeros años, él nunca le formuló preguntas. Parecía saber por instinto que ella había ido a la universidad para dejarlo todo atrás, para olvidar la granja, para olvidar el lugar donde se había criado, las cosas que habían sucedido allí («El

Hombre Alto nos ha hecho especiales»). Lo que hacía Miles, en cambio, era contarle hechos: la velocidad de una estrella, la profundidad de un océano. Hablarle de maravillas, de todo tipo de cosas sobre las que se hacía preguntas. Empezó a confiar en él, empezó a abrirse bajo su calor, solo un poco. Gradualmente, dejó que la convenciera para hacer cosas, ir a discotecas, de paseo, de excursión. Le demostró que los tres años que tenían que pasar allí no tenían que ser algo que simplemente hubiese que soportar; que aquellos años podían disfrutarse, saborearse por lo que en realidad eran: la oportunidad de empezar realmente de nuevo, de ser quien ella quisiera ser.

Retrocedió un paso, asustada de sí misma. Había subido a un tren ante el primer indicio de que algo iba mal. ¿Acaso no era aquel el error que había cometido en todos los momentos decisivos de su vida? (¿O era en cambio, le preguntó la vocecita insidiosa de dentro de su cabeza, lo único que siempre había hecho bien?)

¿Qué esperaba encontrar allí, en un *pub* anónimo del campus, sin sombras a la vista? Había cosas, había secretos entre Miles y ella, aunque quizás eso era inevitable. Quizás era otra cosa que debería dejar tranquila; tendría que dejar que las capas de su vida fueran asentándose lentamente hasta disiparse. Él nunca le había formulado preguntas. Era importante recordarlo.

Dio media vuelta y se alejó de allí antes de que le diera tiempo a cambiar de idea. Atravesó el campus, enfadada consigo misma y mareada por la enorme cantidad de recuerdos. Los dos en aquella cama individual, con la ropa y los labios pegajosos por la sidra, el olor que dejaba la piel de él en sus sábanas. Salir de un aula y encontrárselo apoyado en la pared de fuera, con la rodilla doblada contra el muro de ladrillo y las manos hundidas en los bolsillos.

Cuando se encontró detrás de un grupo de chicas estudiantes, casi se imaginó que las reconocería..., pero entonces recordó que habían pasado veinte años, que tenía una hija de una edad más similar a esas chicas que ella.

Amber. Pensar en ella fue como una descarga eléctrica sobre un nervio, y todo volvió. *Y no lo diré.* ¿Qué habría hecho Miles?

—¿Quién da esta clase? ¿Dave el Risillas? —preguntó una de las chicas, y el humo del pitillo que estaba fumando flotó directamente hacia Sadie.

—No, gracias a Dios —respondió una de las otras, que se giró y miró a su amiga con una sonrisa de suficiencia—. La da Magic Miles.

—¡Bien! —La chica que fumaba lanzó un gancho al aire—. Me encantan las clases de Banner.

A Sadie se le paró el corazón. Eran alumnas de Miles. Altas, delgadas, vestidas con vaqueros ceñidísimos y bailarinas, con melenas largas brillantes y sedosas. El tipo de chica que acabaría un mensaje de correo con un emoticono guiñando el ojo.

Sin darse ni cuenta, empezó a seguirlas hasta uno de los auditorios, que parecía recién reformado y olía a plástico y pintura. Era más grande que el que ella recordaba y las filas de asientos descendían en pronunciada pendiente. El escenario estaba lejísimos y había tantos alumnos ocupando las filas que de pronto se sintió nerviosa por Miles. ¿De verdad hacía aquello a diario?

La curiosidad se volvió irresistible, de modo que tomó asiento en una esquina, hacia atrás, camuflándose detrás de un grupo de chicos que no paraban de reír. Observó a los estudiantes instalándose en sus asientos, sacando los cuadernos de las mochilas, encendiendo los ordenadores portátiles, tocando los teléfonos. Era la última clase del día y vio algún que otro bostezo contenido.

Y entonces hizo su entrada Miles. Lo hizo por la parte posterior del aula, sorprendiéndola —esperaba que apareciera por el escenario, como una estrella de *rock*—, y bajó las escaleras retirándose un mechón de pelo de la cara. Sadie se hundió en el asiento, amedrentada, pero Miles siguió bajando y bajando y, con un pliego de papeles bajo el brazo y la bolsa golpeándole la cadera, cruzó el escenario hasta llegar al atril. A su alrededor, todos los estudiantes estaban mirándolo. Continuaban charlando, pero los ojos de todos siguieron los movimientos de Miles, que se descolgó la bolsa y organizó sus cosas, y los labios esbozaron esas pequeñas sonrisas involuntarias que siguen a Miles allí donde va. Pero Sadie tenía la boca seca y rígida.

Cuando Miles levantó la mano se hizo el silencio. Se situó aproximadamente a un metro de distancia del atril y les sonrió a todos.

—Nunca me cansaré de esto —dijo, y su voz sonó magnificada y distinta debido a los micrófonos situados en el borde del escenario—. Bien. Estamos llegando al final de vuestro primer año, el primer paso en vuestra larga carrera en la Sociología, ¿no es eso?

La diferencia no solo era por el micrófono, comprendió. Allá arriba se mostraba teatral, artificioso. Era el Miles capaz de dar unos golpecitos al hombro a una chica mientras esperaba en la cola de los bocadillos, que asumiría que una conversación empezaba con simplemente decir su nombre. Lo reconocía, y a la vez no lo reconocía, y no podía impedir que su mirada se desplazara continuamente hacia el fondo del escenario, donde las luces proyectaban en la pared una versión más alargada y estilizada de él.

—Así que vamos —dijo Miles, alejándose un paso más del atril y sonriendo a la audiencia—. Hablemos sobre desviaciones. Sé que queréis hacerlo.

Una educada tanda de risas y, entonces, lo sintió. El aliento en la nuca, lento y firme. Frío. La presión de una mano en el hombro, aunque no necesitó volver la cabeza para comprobarlo.

Esperó. Siempre había estado esperando.

La voz, cuando la oyó, era tan familiar que resultaba incluso dolorosa. Se le llenaron los ojos de lágrimas. Suaves y cálidas, las palabras le erizaron el vello del cuerpo.

«Puedo hacerte especial —dijo—. Si me lo pides.»

22

2018

Cuando Federica llama son las siete de la mañana. El teléfono zumba sobre el cristal de la mesita de noche a la vez que se oye el balido del despertador. Greta responde y se sienta en la cama, tira del borde de la camiseta para cubrir los michelines del estómago. Demasiados desayunos con *donuts*, demasiadas cervezas a medianoche en habitaciones de hotel y poco tiempo para ir andando a ningún lado. Federica pasa de los saludos de rigor, le da la información esencial y corta, dejando que Greta procese la noticia mientras busca a tientas el despertador.

Miles Banner ha accedido a hablar con ellos.

Dos horas más tarde, llegan al piso, una tercera planta de un sórdido bloque de pisos en una zona poco agraciada de Battersea. Federica, Greta y Tom avanzan por el estrecho pasadizo cargados con todo el equipo mientras Amber pasa la mañana siendo entrevistada por el dominical de un periódico, con la prohibición de que puedan filmarla otras cámaras que no sean las de ellos. En el ascensor, Federica, con las gafas de sol recogiéndole el pelo hacia atrás a pesar de que el día está nublado, repasa sus notas con el ceño fruncido.

—Será duro —dice, y quizás es la tercera o la cuarta vez que lo repite esta mañana—. Ya lo visteis en la puerta de los juzgados. Es un hombre roto.

Tom suelta una carcajada, estupefacto.

—¿Y te sorprende?

—No me sorprende, pero no es bueno para nosotros. Necesito que se suelte, que nos cuente algo real. Si no le queda nada dentro, no nos sirve. De verdad os lo digo, lo vi en el estrado. Estaba vacío. Apagado. Y eso no cuesta trasladarlo a la pantalla. —Se encoge de hombros—. A lo mejor por eso será interesante.

—¿Está Amber al corriente de que Miles ha cambiado de idea? —pregunta Greta.

Federica vuelve a encogerse de hombros.

—Es posible que se lo haya dicho. O a lo mejor es ella la que lo convenció. No tengo ni idea.

—No tengo la impresión de que hablen mucho entre ellos.

Federica la mira de reojo.

—¿Te lo ha comentado?

—No, no exactamente.

—Probablemente merecería la pena preguntárselo delante de la cámara. Podría ser una forma de entrarle. Era la niña mimada de papá, ¿no? Tenía que serlo. Es una fibra sensible que valdría la pena tocar.

Tom se aparta del grupo, enarca las cejas y mira el teléfono. Federica continúa, ignorándolo.

—Creo que por fin la he convencido para filmar en el colegio. Podríamos hacerlo cuando vayamos a entrevistar a la profesora. Es el jueves, ¿verdad, Greta?

—Sí. Hemos quedado con ella al terminar las clases.

—Estupendo. Me gusta la idea de tener las aulas vacías, los pasillos vacíos, Amber paseando por allí y recordando su antigua vida. Antes, ¿me explico? Si esperamos a que anochezca, funcionará muy bien.

—Habrá que alquilar unos focos mejores —apunta Tom.

—Sí, claro..., lo que necesites, lo conseguiremos. Le diremos a Amber que es una filmación nocturna y que puede tener la tarde libre. Llevarla entre algodones.

—Entendido. —Greta lo anota en la libreta—. Hablaré con el colegio para poder entrar más tarde y miraré también lo de los costes.

Tom se queda mirándola.

—¿No era el jueves lo de la cena de cumpleaños de tu compañera de piso?

—Oh. Sí... —Mira a Federica—. Lo es, sí...

El ascensor se detiene y las puertas se abren, chirriando.

—Perfecto, seguidme —dice Federica, saliendo al pasillo y dejando que ellos carguen con todas las bolsas.

—Esa noche te la tomas libre —le dice Tom en voz baja a Greta—. No permitas que te joda el día.

Greta le sonríe.

—Sí, señor.

A medio camino del pasillo, Federica llama a una puerta.

—Me da miedo lo que pueda pasar —dice Tom en voz baja.

Greta asiente. Tampoco le apetece ver a Miles, independientemente de que esté roto o no.

Al momento abre la puerta, deja que Federica le estampe un beso en ambas mejillas y se hace a un lado para que puedan pasar. El hombre que ha visto en el banquillo y en los periódicos (aunque las fotos de él siempre han sido pequeñas y colocadas en medio de los artículos, mientras que las imágenes de los titulares siempre han quedado reservadas a sus trágicas y terribles esposa e hija) les sonríe educadamente, agradeciéndoles la visita. Ofreciéndose a coger alguna de las bolsas.

—Tranquilo —dice Greta—. Gracias.

—Como quieras —dice él—. Adelante.

Cierra la puerta y se queda de cara a la misma un instante, como si esperara que al girarse, ellos hubieran desaparecido por arte de magia. Greta sigue a Tom hacia el interior del piso. Es un espacio lóbrego y en penumbra; las ventanas quedan oscurecidas por el bloque de enfrente, las persianas están bajadas en su mayoría y hay un olor fuerte a almidón..., a pasta hervida y camisas planchadas. El pasillo pasa por delante de un cuarto de baño, cuya puerta de cristal esmerilado está abierta, con un interior compacto y aroma a lejía. La sala de estar tiene las persianas medio bajadas y está amueblada con un par de sofás con distinta tapicería, colocados en ángulo recto junto a las dos estrechas ventanas. Miles toma asiento en uno de ellos y Federica se instala a su lado, las rodillas le crujen. Tom prepara la cámara y verifica la luz mientras Greta, que siente mariposas en el estómago, se ocupa con el ordenador. Miles no es como se esperaba, es como si hubiese menguado. Sin los *flashes* de las cámaras de los *paparazzi*, su piel tiene una tonalidad amarillenta y sus ojos se ven pequeños y lagrimosos.

—Muchas gracias por recibirnos —dice Federica, mientras hace girar el anillo con una gigantesca piedra de color marrón que lleva en el dedo índice—. Sé que no ha sido una decisión fácil.

Miles sonríe débilmente y asiente.

—Siento no haber podido hacerlo antes. Ha sido complicado, la atención de la prensa... —Se interrumpe y mira a Greta y a Tom—. ¿Preparo café para alguien?

—No es necesario, gracias, Miles —dice Federica—. ¿Le parece bien que empecemos a rodar? Como le mencioné por teléfono, queremos que todo quede natural, así que no es necesario que se preocupe por mirar a la cámara, pero tampoco se preocupe si lo hace. Relájese, simplemente, es su oportunidad de ofrecer su versión de la historia con Amber.

Miles se pasa la lengua por los labios y sus ojos recorren la estancia en busca de un lugar natural donde posar la mirada. Parece nervioso, y Greta sabe que eso es algo que a Federica le encanta. Le encantan las pausas largas y los comentarios que se hacen cuando el sujeto no está seguro de si ya se ha empezado a filmar, y rara vez edita y corta esa parte de metraje. *Mis padres son unos asesinos* estaba repleto de fragmentos de este tipo y las críticas por Internet suelen alabar con entusiasmo una sección en la que Danny, preguntado acerca del día en que la policía registró su casa, el día en que entraron las excavadoras y empezaron a destrozar el césped por el punto donde tenían instalado el columpio, se interrumpió a media frase y bajó la vista hacia su regazo. Fuera de cámara, se oye a Greta preguntar «Danny, ¿necesitas que paremos? », y entonces Danny levanta la vista, la mira, más allá de donde está situada la cámara, y mueve la cabeza en sentido afirmativo mientras las primeras lágrimas empiezan a caer en silencio por sus mejillas. Hablan sobre la escena con la vecina, una anciana de pelo canoso que permanece sentada en su porche durante la entrevista, mirando hacia la casa de al lado. La misma vecina que vio cómo aquellos agentes de policía retiraban del subsuelo los primeros miembros cortados y que, cuando Federica le preguntó «¿Sospechó alguna vez que los Miller eran distintos? ¿Que allí había pasado alguna cosa terrible?», se limitó a responder «No. Eran gente normal». Y entonces miró a la cámara durante un segundo, dos, tres, antes de que su boca, hasta el momento fruncida, esbozara una sonrisa.

Greta no espera que con Miles tengan alguno de esos momentos no planificados. Estaba al lado de Federica cuando él declaró en los tribunales, con voz baja y controlada, con las manos unidas delante de él. Greta no lo habría descrito como apagado, como había hecho Federica, aunque sí que coincidía con ella en que estaba vacío. La única palabra que le vino a la cabeza cuando lo vio allí fue «exhausto». Luego lo vio al salir del palacio de justicia, cuando una mujer con una trenca abrochada hasta el cuello se abrió paso entre la multitud de fotógrafos y le echó el contenido de una taza de café por la cara; el líquido voló por los aires y manchó toda la acera. El rostro de Miles se mantuvo inalterable, en ningún momento dejó de mirar al frente. Aquí, ahora, con la mirada vagando de un lado a otro y pasándose la lengua por los labios, es cuando menos sereno lo ha visto.

—Muy bien, empecemos por el principio —dice Federica—. ¿Por qué no nos cuenta cómo era Amber de pequeña?

Miles baja la vista hacia sus manos.

—Era... brillante. Tranquila, cuando era muy pequeña. Pasábamos mucho tiempo juntos, claro está.

—Sí. Debió de ser duro.

—Lo fue..., tiempos turbulentos. Para ambos. Pero Amber es muy fuerte.

Federica frunce el ceño.

—¿Lo es?

Miles carraspea.

—Fue una infancia difícil. Yo trabajaba y tenía que encargarme de ella solo. Como cabría esperar. Pero ella siempre fue bien en el colegio, tenía amigas. Supongo que siempre creí que había sabido salir airoso del tema.

Las palabras se quedan flotando en el aire. Miles cambia de postura con cierta inquietud, sus ojos miran a la cámara y vuelven a apartarse.

—¿Y Sadie? —dice Federica, cuando la pausa se ha hecho más prolongada de lo que es de su agrado. El nombre de la esposa cae de un modo tan fácil que incluso a Greta se le corta la respiración—. A lo mejor podría contarnos un poco sobre la sensación de volver a tenerla en casa. Debió de ser un *shock*, que reapareciera así de repente.

Miles parpadea.

—Por supuesto. Por supuesto que lo fue.

Greta intenta imaginárselo. La casa, a última hora de la noche, Sadie Banner mirándola. La mano disponiéndose a llamar a la puerta, dudando. Preguntándose si regresar o no a su vida anterior. Preguntándose si es seguro.

«Para ya con esto —se dice—. Amber nunca corrió ningún peligro. O, al menos, nunca corrió el peligro que Sadie creía que corría.»

Pero no puede evitar estremecerse al imaginarse a Sadie en el umbral. Al imaginarse a Miles abriendo la puerta, dándole la bienvenida, a ella y a todo lo que trajo con ella a la casa.

—Me sentía feliz —dice Miles, más para sus adentros que dirigiéndose a Federica. Cierra los ojos—. Era como un sueño.

—Me lo imagino —dice Federica, su voz más agradable—. Pero debió de llevarle un tiempo adaptarse, ¿no?

—Nos pusimos manos a la obra. Volvíamos a ser una familia.

Greta se fija en que Federica hace un mohín. No está sacándole lo que quiere sacarle. Intentará romperlo, por mucho que esté claro que la oportunidad ha pasado de largo hace tiempo.

—¿Le contó muchos detalles sobre dónde había estado?

Miles se retuerce.

—Se lo pregunté, por supuesto que sí. A veces... a veces, si estaba bebida, mencionaba algún lugar o algún trabajo. Pero casi siempre me pedía que no habláramos de ello.

—¿Y no lo hacían? ¿No sentía usted curiosidad? Había estado ausente durante casi dieciséis años.

Muy despacio, la mirada de Miles se levanta del suelo.

—A veces —dice, mirando a Federica con los ojos enrojecidos—, aprendes a agradecer lo que tienes. Aprendes a no escarbar en el pasado.

Greta siente otro escalofrío y, sorprendentemente, es Federica la que primero aparta la vista. Lo cual debe de sorprenderla también, puesto que la siguiente pregunta es más incisiva y sus mejillas empiezan a ruborizarse.

—A buen seguro —dice—, tendría usted más preguntas sobre eso de que afirmara que su hija recién nacida tenía una maldición.

Miles se pasa de nuevo la lengua por los labios.

—Se lo pregunté. Sí. Me dijo que estaba equivocada.

—¿Quiere decir eso que había dejado de creer en el Hombre Alto?

Tose para aclararse la garganta antes de responder, una vez, dos.

—Me gustaría creer que era así, sí. Aunque ahora me resulta difícil... Si echo la vista atrás...

Federica espera. El silencio se impone. Greta, agachada detrás de su ordenador, nota que los pies se le están durmiendo, pero no se mueve. Si se mueve, llamará su atención, le recordará que están allí, que la cámara está allí, que no tiene que seguir hablando, y Federica se pondrá furiosa. Tom sigue también inmóvil. Greta ladea la cabeza, lo más lentamente posible, y lo mira. Su cara, observando a Miles en el monitor, está completamente rígida y la boca se tuerce en su comisura. Le entra miedo al ver que Tom parece necesitar de todas sus fuerzas para contenerse y no levantarse e ir a partirle la cara.

El silencio y las promesas que incorporaba acaban cortándose. El ambiente está enrarecido y hay una corriente de aire por alguna ventana abierta. En el exterior, suena una alarma.

—Cuénteme lo del juicio —dice Federica, rindiéndose—. Cuénteme cómo se siente con respecto al veredicto. Testificó usted en los tribunales en defensa de Amber.

Miles la mira fijamente.

—Por supuesto que sí. Es mi hija.

—Pero lo hizo ella —le recuerda Federica—. Estoy segura de que usted, más que nadie, comprende el precio que hay que pagar por eso.

Miles vuelve a bajar la vista.

—Nadie es inocente —dice—. Si una cosa he comprendido a lo largo de estos últimos meses es precisamente esa.

Greta nota que Federica empieza a aburrirse, que la frustración que reina en la estancia empieza a tensar el ambiente. Sabe lo que vendrá a continuación, sabe que Federica no podrá resistirse. Cambia el peso del cuerpo hacia la otra pierna y mantiene la vista centrada en la pantalla.

—¿Se culpa, entonces, de lo sucedido? —pregunta Federica—. ¿De todo lo que ha perdido?

—Federica...

La palabra emerge antes de que Greta se dé cuenta de ello. Tiene la voz ronca por el aire acondicionado y por haber dormido mal. Ni Federica ni Miles se molestan en mirar en su dirección.

—Porque usted perdió a su mujer, Miles —prosigue Federica, y ni siquiera intenta impedir la sonrisa que asoma en las comisuras de su boca—. Pero, en realidad, también perdió a Amber, ¿no cree?

Y Greta estaba equivocada, después de todo. Miles rompe a llorar.

23

2016

El sol se había deslizado hasta la ventana que quedaba detrás de Miles y el calor que emitía atacaba con violencia la parte posterior de su cabeza, su nuca. Notaba la camisa mojada y pegada al cuero del asiento. Era su último seminario del día —sus alumnos de tercer curso de Criminología— y ya estaba cansado. Sus extremidades largas, sus discusiones directas y poco elegantes, sus interminables creencias... De pronto todo le parecía demasiado grande para aquella aula, un sonido ruidoso y embarullado de juventud que le presionaba como una cefalea.

—Es una forma muy simplista de expresarlo —estaba diciendo Declan, cruzado de brazos y con su cara pecosa colorada como un tomate—. Lo siento, Deepti, sin ánimo de ofender, pero lo que dices es ridículo. Está la responsabilidad atenuada y luego está todo el juego del sistema.

Deepti, que en general era la favorita de Miles, se inclinó hacia delante, dispuesta a contraatacar, y Miles, casi sin darse cuenta, empujó la silla hacia atrás y dio una palmada tan potente que se sorprendió a sí mismo por ello.

—¿Sabéis qué? —dijo, cogiendo la capucha del bolígrafo (un gesto que todos sus alumnos reconocieron y que los llevó a recoger mochilas y papeles antes incluso de que él dejara de hablar)—, creo que lo dejaremos aquí por hoy. Salid y disfrutad del sol.

Se levantaron, desperezándose, bostezando, furiosos (Declan). Fueron saliendo poco a poco, despidiéndose de él, deseándole buenas tardes, algo que solo hacían los alumnos de tercer curso, cuando el abismo que había entre ellos se iba cerrando y cerrando. Los despidió a todos y se preguntó cuándo podría volver a casa.

Emily fue la última en marchar. Recogió sus cosas tranquilamente, fingió que leía algún mensaje en el teléfono. Cuando se quedaron los dos solos, ella se acercó a la mesa de él.

—Gracias por esta clase tan buena —dijo—. Es uno de mis módulos favoritos.

—Me alegro. —dijo Miles, cruzándose de brazos en un torpe intento de protegerse.

Emily hizo un medio giro, pero mantuvo los pies firmes en su lugar y deslizó los dedos por la superficie de la mesa.

—Pero el trabajo de curso me está costando. ¿Existe alguna posibilidad de pasarme por aquí una tarde para enseñarte cómo lo llevo?

Miles intentó (y casi lo consiguió) mantener una cadencia de voz inalterable.

—Por supuesto. Las horas de visita están en la puerta.

Ella sonrió con dulzura.

—Gracias, Miles. Que tengas muy buena tarde.

La puerta se cerró a sus espaldas dejando pasar un agradable soplo de aire fresco del pasillo.

No era la primera vez que aquello le pasaba con una alumna, aunque Emily era más insistente que la mayoría. Tampoco era la primera vez que sentía tentaciones. Y no siempre le había resultado tan fácil resistirse a ellas como ahora. Pero siempre las había resistido y siempre las resistiría. Amaba a Sadie y creía en sus votos, había creído en ellos durante todos los años de su ausencia. Sabía que regresaría y que necesitaba esperarla. Se lo repetía a diario. Pero sí. Había habido tentaciones.

Y ahora tenía por fin una familia en la que centrarse. Pensó en la noche anterior: Amber tumbada en su cama con su portátil viendo una película y Sadie y él abajo, viendo otra. Qué agradable había sido, ella con los pies enfundados en calcetines, acurrucada a su lado, las copas de vino ya casi vacías..., a pesar de que ella se había mantenido callada, desviando de vez en cuando su atención de la pantalla. No había podido evitar recordar aquella mañana terrible, con la pequeña Amber llorando en la cuna y su reciente esposa mirando alguna cosa en la esquina que solo ella era capaz de ver. Y con ese recuerdo había apurado el vino y dejado la copa en la mesita, había acercado los pies de ella a su regazo y los había masajeado. Estaba decidido a conservarla a su lado esta vez.

—¿Qué tal la comida? —le había preguntado, y aquello había sido suficiente.

Ella se había quedado mirándolo y había bebido un poco más de vino.

—Estoy preocupada por Amber —le había respondido.

Y le había explicado lo de Leanna y Billie y aquel misterioso hombre mayor que supuestamente estaba saliendo con su hija. No podía ser verdad, argumentó Miles. De serlo, él estaría al corriente. Amber nunca le habría escondido algo así.

Hizo girar la silla hacia el ordenador y lo despertó de su estado de hibernación. Mientras esperaba a que se pusiera en marcha, notó que volvía a tener la espalda empapada en sudor. Un aspirador gimoteaba por el pasillo, accionado por algún miembro del personal de limpieza que iniciaba su recorrido por los despachos vacíos, pero en el resto del edificio reinaba un silencio aplastante. Tenía la sensación de que en el despacho había alguien más, conteniendo la respiración. Pero entonces se dio cuenta de que el que no respiraba era él, que estaba presionando con excesiva fuerza el ratón. Se obligó a soltar el aire al mismo tiempo que se cargaba la pantalla.

Como era de esperar, en la bandeja de entrada le esperaba otro correo. El mensaje era más amenazante que el último.

Vamos. Sabes perfectamente que quieres hacerlo. Conozco tus se-cretos. No me obligues a contarlos x.

Sintió un escalofrío, el sudor cayó en el olvido. Pensó de inmediato en Sadie, como siempre hacía, como siempre había hecho. Sadie había vuelto. Había confiado en ello, lo había deseado, lo había articulado para sus adentros... y había vuelto.

«¿A qué precio?», preguntó una voz inquisitiva, y miró de nuevo el mensaje. *Sabes perfectamente que quieres hacerlo.*

Se obligó a eliminarlo, sin responderlo. Intentó tranquilizarse, como había hecho la primera vez. Aquella persona, quienquiera que fuera, no podía saber nada. Era imposible (¿cómo podía él permitir que fuera posible?). Y, en consecuencia, no pensaba ir. No pensaba reunirse con nadie. No diría nada y quien fuera no tendría nada que decir. Porque no había pruebas. De eso estaba seguro.

¿Lo estaba?

Sonó el aviso de la llegada de un nuevo correo. Cerró la bandeja de entrada sin ni siquiera mirarlo.

Era hora de volver a casa.

Del diario de Leanna Evans [Extracto C]

Pasé unos días en los que no te vi porque estuve haciendo las cosas que te había dicho que haría. Acabé de retirar de la buhardilla las pertenencias del anterior inquilino, un montón de cajas polvorientas llenas de basura, sin nada de valor. Mientras me ocupaba con aquello, imaginé que tú estarías haciendo lo mismo. Me pregunté si seguirían dándote miedo los rincones oscuros, o si habrías dado de nuevo tus primeros pasos hacia las sombras. Yo jamás me he permitido tenerles miedo. Me dediqué a limpiar pared tras pared, cantando mientras trabajaba, y cuando hube terminado, contemplé aquel espacio vacío y me sentí satisfecha.

Fue un trabajo solitario, como suele suceder. Busqué otras cosas que hacer para mantenerme ocupada: volver a ponerle silicona a la ducha, atacar las salidas del extractor de la cocina con un cepillo de dientes. Trabajos complejos, que me llenaran el tiempo, que solo me sirvieron para sentirme más aletargada y apagada. Normalmente, esas tareas me sirven para ponerme objetivos, y fue entonces cuando me di cuenta de que este no era un lugar para mí. No busqué trabajo. Supe entonces que no sería necesario.

Pasé una larga jornada conduciendo sin rumbo. Fuera, lejos de la ciudad, entre los campos, dejando que la carretera se desplegara a mis espaldas. Solo para ver cómo me sentiría. Cuando fui capaz de convencerme para regresar, ya era prácticamente la hora de acabar las clases, de modo que me dirigí hacia el colegio y esperé en el aparcamiento, feliz al menos de tener la oportunidad de acompañar a Billie a casa en coche. Tal vez sea una tontería por mi parte preocuparme porque haga andando el recorrido de quince minutos hasta casa, pero me preocupo. Estoy segura de que lo entiendes. A menudo me descubro inventándome pequeñas excusas para ir a recogerla, razones para estar convenientemente por la zona.

Y estuve de suerte, porque iba con Amber. Las vi a las dos cruzando el patio, con la cabeza inclinada mirando el teléfono de Amber. Cuando estuvieron más cerca, hice sonar el claxon y las dos levantaron la vista y sonrieron. «¿Podemos llevar a Amber?», me preguntó Billie, y moví la cabeza en un gesto afirmativo. Mis miedos desaparecieron. Bueno. No del todo. Nunca desaparecen por completo, ¿verdad?

Oí que cuchicheaban entre ellas todo el camino y me maravillé pensando en las muchas cosas que tenían que decirse, incluso después de un día entero en el colegio. Billie siempre ha sido una charlatana, pero Amber no era como las demás niñas que había conocido en el pasado, que se aburrían fácilmente de sus historias y la ignoraban. Amber la escuchaba con atención, le respondía concienzudamente. Pensé de nuevo en lo inesperado de sus reacciones.

Tal vez fue por eso que accedí cuando Billie me preguntó si podía ir a una fiesta el sábado. Su felicidad era contagiosa, las dos me miraron sonriendo de oreja a oreja en el asiento de atrás. Me sentía ligera y mi mal humor previo había caído en el olvido.

Dije que sí. Sabía que probablemente en la fiesta habría alcohol, chicos. Dije que sí igualmente porque de pronto me sentí segura de que Billie estaría a salvo con Amber. Porque sabía que había llegado la hora de soltarla, aunque fuera solo un poco. Para empezar a concentrarme de nuevo en mí, y en las cosas que había venido a buscar a este lugar.

Y confiaba en volver a verte, Sadie. Confiaba en que tal vez podría por fin ayudarte.

24

2016

Amber se saltó las clases del viernes por la tarde para ir a visitar a Leo. Había empezado a pensar que no volvería a verlo. Le había enviado un mensaje de texto y no le había respondido, luego otro (se odiaba a sí misma por haber enviado aquel segundo mensaje), y seguía recordando constantemente aquel día en que le pidió tan de repente que se marchara de su casa, cómo le había recorrido el cuerpo con la mirada y cómo había dado media vuelta.

Pero todo iba bien, porque la había llamado. La había llamado y se estaba mostrando atento, la había rodeado con el brazo mientras veían el final de la película que ella había puesto, le había acariciado con delicadeza la piel desnuda del hombro. La había atraído hacia él y le había susurrado al oído que era bonita, que la había echado de menos. Normalmente, habría querido escabullirse de una situación así —tener a alguien tan cerca, tener a alguien que la deseara tan crudamente—, pero con él era distinto. Especial. Se acurrucó contra él y aspiró su aroma, a tierra y a humo, y se fijó en que la mancha de humedad de la pared se estaba haciendo más grande.

Terminó la película y los créditos duraron solo un segundo

antes de que él le diera al mando a distancia, dejándolos congelados en medio de la pantalla.

—Tengo que ir preparándome —dijo, y se inclinó para darle un beso casto en la sien—. Tengo que irme pronto.

Amber se quedó decepcionada, pero por otro lado pensó que era mejor: de este modo podría llegar a casa a tiempo para cenar sin tener que recurrir a una excusa de su arsenal para contársela a Miles. De todos modos, lo más probable era que a Miles le diera igual. Ahora estaba tan ocupado mirando a Sadie que se preguntaba si se daría cuenta si ella llegaba tarde. Escuchó a Leo moverse por el cuarto de baño, el agua de la ducha chocando contra el suelo de la bañera. Y entonces la puerta se cerró y el sonido amainó cuando empezó a resbalar por su piel.

Se levantó y empezó a dar vueltas, hambrienta de nuevo de él. Leo tenía alguna cosa, algo inalcanzable, que la asustaba, porque le hacía desearlo con locura. Se sentía como si no fuese ella, como si tuviera un agujero de deseo en el pecho y necesitara cerrarlo. Se sorprendió entonces pensando en Sadie. Una noche, había entrado en la habitación de Amber a las tantas, cuando Miles ya estaba acostado, con el aliento oliendo a vino. Se había sentado a los pies de la cama, con los labios manchados de vino tinto, y le había pedido a Amber que fuera con cuidado. Porque era evidente que Billie le había cantado a Leanna lo de Leo, eso no le sorprendía en absoluto. Lo que sí le había sorprendido era el intento de Sadie de tener una charla sobre de dónde vienen los niños, si acaso era aquello lo que pretendía. Amber no estaba del todo segura. Se había sentido tan violenta, tan atacada por la espalda, que había hecho todo lo posible por acabar aquella conversación cuanto antes. Pero de pronto la recordó. «Tienes que ir con mucho cuidado con él».

Amber no podía evitar pensar que Sadie tenía razón en ese sentido. Y por eso miró.

Poca cosa había que ver en aquel piso tan austero, con sus

amarillentas superficies de madera falsa y su crujiente moqueta. Una única taza vacía montaba guardia en la mesita de noche, sin ningún rastro de lápiz de labios que la delatara. En el cajón, un ejemplar de bolsillo de *Carrie,* con la cubierta rallada y páginas amarillas.

Pasó una mano por las sábanas de la cama y examinó entonces la mesa de despacho. La capa de barniz empezaba a pelarse por una esquina, dejando al descubierto el tosco conglomerado de abajo. El ordenador portátil ocupaba el centro de la mesa, pero sabía que estaba protegido con contraseña y, a pesar de que era una de sus habilidades, no había logrado descifrarla cuando él la tecleaba; era como si siempre colocara el teclado en el ángulo adecuado para que ella no pudiera verla. Junto al ordenador había dos libros de bolsillo más: *La chica que amaba a Tom Gordon* y una sobada guía de la zona (a Amber le costaba imaginarse con qué contenido podía haber llenado el autor tantas páginas).

Abrió el primer cajón: un solitario taco de papel y un par de bolígrafos mordisqueados moviéndose de un lado a otro. Abrió con rapidez los dos cajones siguientes, vacíos ambos, con olor a lápiz y polvo.

¿O no lo estaban? Se agachó y volvió a abrir el cajón inferior, lo cerró con rapidez y luego más despacio. Sí, allí dentro se movía alguna cosa. Se percibía el sonido de algún objeto que se deslizaba de un lado a otro en su interior, aunque no se veía nada.

Se enderezó y aguzó el oído. El agua seguía saliendo de la ducha y se oía el débil sonido de Leo enjabonándose el pelo. Volvió a abrir el cajón del todo y lo recorrió con la punta de los dedos hasta que consiguió tirar de la base. La levantó y los rieles metálicos quedaron a la vista como tendones. Y entre ellos, una fina grabadora digital, como la que Miles utilizaba para grabar a veces sus clases o sus ideas mientras estudiaba un documento o calificaba trabajos. Una manía, en realidad, puesto que con el teléfono móvil podía hacer perfectamente lo mismo.

Cogió la grabadora y se le erizó el vello de los brazos. Debajo había un sobre de papel manila, con la misma tonalidad de beis que el cajón. Se quedó mirándolo, descansando la palma de la mano sobre su superficie. De pronto le dio miedo abrirlo.

Localizó, en cambio, la tecla «Play» en la grabadora y bajó el volumen con el pulgar.

La voz de Leo sonaba menos atractiva que cuando le hablaba. Con un tono algo más agudo, sin aquella forma de arrastrar las palabras tan estudiada.

«Viernes quince —dijo, algo nervioso. Se oía sonido de tráfico al fondo—. Una mujer desconocida se ha parado a hablar con Miles delante de la biblioteca. Después de una breve conversación, Miles ha puesto rumbo hacia su despacho».

Tuvo que sujetarse en la mesa. Miles. Su padre. ¿Por qué estaría Leo hablando sobre su padre..., vigilando a su padre? La grabación seguía, se oía un claxon, pero de pronto se le cortó la respiración, su corazón cayó presa del pánico.

Ya no se oía la ducha.

¿Cuándo se habría parado? Tenía que dejar aquello, pero se había quedado paralizada. Notó una corriente fría en la nuca, a buen seguro, si se giraba, se lo encontraría mirándola desde el umbral de la puerta.

Oyó la cadena del váter y soltó el aire de golpe. Apagó la grabadora, la guardó rápidamente en el cajón y con manos temblorosas devolvió el falso fondo a su lugar. Cuando oyó que se abría el pestillo de seguridad del cuarto de baño, se deslizó en silencio hacia la sala de estar. En la pantalla de la tele los créditos de la película seguían aún congelados.

Buscó un canal donde estaban dando un concurso y obligó a su corazón a ralentizar el ritmo.

«Una mujer desconocida se ha parado a hablar con Miles delante de la biblioteca».

Cuando Leo hizo su entrada en la sala, con el pelo mojado y el cuello del polo negro levantado, ella ya había doblado la manta para colocarla sobre el respaldo del sofá. Se había sentado en su lugar habitual, con un pie recogido bajo el cuerpo y una mano jugando despreocupadamente con un mechón de cabello.

—Dios, lo necesitaba de verdad —dijo él, sonriendo, y ella le devolvió la sonrisa a pesar de que el corazón le galopaba en el pecho.

25

Greta volvió a dormir mal y tuvo pesadillas febriles en las que aparecía el jardín trasero de una casa de Texas, un niño excavando, con las manos y la cara manchadas de tierra. Un bebé llorando en un bosque oscurísimo. Amber; la cara de Amber detrás de la ventanilla de un coche, mirándola. Sonriendo. Gritando. Con la ropa oscurecida por la sangre. La despertó —o creyó despertarse— la fría presión de una mano envolviéndole la garganta, una sombra inclinada sobre ella, pero entonces recobró plenamente la consciencia y se encontró en una habitación vacía y con el teléfono zumbando en la mesita de noche. Pasó los diez minutos siguientes mirando el techo, preguntándose por qué el corazón le iba tan acelerado.

Tenían previsto grabar a Amber en un programa de entrevistas que se emitía al mediodía, pero en el último minuto se la habían cargado para sustituirla por una estrella de telenovelas a la que acaban de despedir por haberse quedado embarazada de un compañero de filmación casado. Federica, excepcionalmente callada durante el desayuno en el hotel, se marchó a su habitación antes de que recogieran los platos y Greta recibió un mensaje de texto en el teléfono poco después.

He tenido que salir. Hablamos luego. ¿Te encargarás de entretener a A durante el día?

Y un minuto después, en rápida sucesión:

Tener algo de metraje extra estaría bien. Material de relleno.

¿Charlando, simplemente?

Llévate a Tom contigo.

Tres minutos más tarde:

Dile que solo se lleve la réflex digital para filmar. Mantened una actitud discreta. xxx.

Y Amber, sin darse cuenta de que Federica ha desaparecido o que Greta está haciendo muecas mirando el teléfono, pincha otro gajo de mandarina y pregunta:

—Si hoy no hay entrevista, ¿podemos ir de compras?

Greta ve que utiliza el plural. No el singular. Ya se ha fijado en este detalle un par de veces, y le preocupa. Es como si Amber hubiera pasado de la custodia de menores a la custodia real y ahora, de forma subrogada, a la de ella. Es como si no cayera en la cuenta de que es una persona adulta (al menos desde el punto de vista legal) y que puede ir donde le plazca, cuando le plazca.

Pero en vez de rechazar la idea, Greta se limita a decir «Sí». Luca también ha desaparecido; Greta supone que ha ido a hablar por Skype con su novia embarazada, que está en Cardiff. De modo que Tom y ella suben a sus habitaciones, recogen sus cosas y cogen un taxi en la entrada del hotel.

Ahora, bajo las luces blancas e intensas de Westfield, se siente más expuesta que nunca. Amber pasea tranquilamente, charla con despreocupación, mira de vez en cuando el teléfono y se muestra relajada como cuando fueron las dos a Disneyland, por mucho que tenga la cámara de Tom dirigida hacia ella constantemente. Han acabado en un establecimiento de la primera planta, con focos abrasadores, paredes con retroiluminación de color lila y un interminable suelo blanco, repleto de perchas con ropa y maniquíes.

—Esto de los mensajes directos de Twitter es la hostia —dice

Amber, riendo y moviendo el teléfono de un lado a otro para que Tom (y la cámara) pueda verlo—. ¿De verdad se piensa la gente que saldría con un desconocido que me envía mensajes para darme miedo? ¿En serio? Tengo un problema de confianza, chicos.

Revuelve el material de un mostrador de bisutería, las recargadas gargantillas que cuelgan de unas clavijas.

—¿De verdad? —pregunta Greta.

—Es evidente que sí. —Se aburre. Pasa al perchero siguiente—. La última vez que me gustó alguien, descubrí que estaba más interesado en mi padre que en mí. —Se queda mirándolos—. ¿Iremos a comer cuando salgamos de aquí? Me muero de hambre.

Sigue andando sin esperar respuesta.

—¿Y cómo te sentiste? ¿Fue con Leo? —insiste Greta, siguiéndola.

—¿El qué? ¿Lo de que mi novio espiaba a mis padres? —Amber coge una blusa, se la acerca al pecho y se mira al espejo, retales de gasa blanca con tacto sedoso formando un improbable escote *halter*—. Anda, Gee. Vaya pregunta. —Mira de reojo a Greta y suspira antes de devolver la blusa al perchero—. Me sentí fatal, evidentemente. Supe que me la había jugado, pero no entendí por qué.

Sigue avanzando entre expositores.

—Me lo repetía constantemente para mis adentros, ¿sabes? «Mujer desconocida». Quería saber quién era, por qué a aquel tío le importaba aquello tanto hasta el punto de tomarse la molestia de grabarlo. Necesitaba saberlo. Necesitaba saber qué había en aquel sobre. Probablemente ahora parecerá una estupidez y te preguntarás por qué no lo cogí, por qué no me lo llevé, ¿no?

—O por qué no le preguntaste a él al respecto —sugiere Greta.

Amber, dando vueltas sobre sí misma para ver el efecto que tendría en ella un vestido de terciopelo de color morado, se detiene en seco. Mira a Greta, sus ojos empiezan a entrecerrarse, y luego le da la espalda. Greta comprende que la ha decepcionado. Que ha quebrantado un contrato tácito que ni siquiera era consciente de haber firmado.

—¿Qué querías que hiciera? —cuestiona Amber, cogiendo el vestido y arrojándolo al montón que está acumulando a los pies de Tom—. ¿Ir y decirle «Oye, ¿cómo es que andas siguiendo a escondidas a mi padre?»? ¿Crees que me habría dado una respuesta clara?

Tom levanta una ceja en un gesto reflejo. Greta sabe que está pensando «Pues sí, justamente eso tendrías que haber hecho». Greta intenta capturar su atención, deseosa de compartir la broma. Deseosa, más que nada, de poder salir del círculo de atención de Amber, aunque sea por un segundo.

Amber se encoge de hombros y se concentra de nuevo en la ropa.

—Tenía que ser inteligente —dice, y entonces elige una camiseta que tiene aspecto de vieja y deshilachada y la suma al montón. Mira a la cámara—. Supongo que no suena muy creíble —dice, mirando primero a Tom y luego a Greta, y a continuación, encogiéndose otra vez de hombros, mira la montaña de ropa—. Tengo que ir a pagar. ¿Os apetece ir a comer a Nando's?

De camino a la cola de la caja, coge un vestido azul de una percha.

—Esto te quedaría estupendo, Greta —dice, y se acerca a ella para probárselo sobre el cuerpo.

Sus ojos verdes moteados la analizan rápidamente, retornando constantemente a los ojos de Greta. La tiene tan cerca que Greta nota el olor a tabaco de su aliento, los restos de mandarina que ya están evaporándose. Y entonces, con la misma rapidez, Amber se aparta y le ofrece el vestido, que sostiene colgando de un dedo.

Y Greta, sorprendiéndose a sí misma, lo coge.

Eligen una mesa de una esquina y Greta va comiendo con cierta incomodidad un ala mientras Amber ataca una mazorca de maíz y la mantequilla le resbala muñeca abajo. Tom, que es vegetariano, se come el arroz de Greta y bebe su segunda cerveza. Amber y él tienen en común su amor por *Juego de Tronos* y la conversación se ha transformado en diversas citas entre bocado y bocado. Tom ha dejado la cámara sobre la mesa, enfocada hacia ellos, aunque deben de estar entrando y saliendo continuamente del objetivo según los movimientos que realizan mientras comen.

—Venga, Amber, cuéntanos —dice Tom, apurando la cerveza—. ¿Qué harás ahora?

Amber deja de masticar y se queda mirándolo; la misma mirada de sentirse traicionada que le ha dirigido antes a Greta. Greta mira a Tom, pero lo ve relajado, con un interés sincero. Tom mira la botella de cerveza vacía que tiene en la mano y la deja sobre la mesa.

—No lo sé —responde Amber, dejando el maíz en el plato, entre los huesos manchados de naranja—. Creo que aún no me lo he pensado mucho.

—Pero algún tipo de plan debes de tener, ¿no? —inquiere Tom—. ¿Qué querías ser cuando eras pequeña, por ejemplo?

—Rica —responde Amber, pasándose una uña entre los dientes—. Y me parece que esa casilla ya la tengo completa, ¿no?

Tom menea la cabeza.

—Eres inteligente. Sabes que esto no durará. La gente se olvidará de ti, la vida continúa. Y tú también tendrás que seguir adelante. —Mira los huesos del plato de Amber—. No podrás seguir comiendo fuera eternamente.

Amber se echa a reír.

—Lo sé, gracias, Tom. Pero no te preocupes por mí. Como bien has dicho, soy inteligente. Oye, Gee..., ¿piensas acabarte esas patatas fritas?

Greta responde negando con la cabeza y le acerca el cuenco.

—Tendríamos que ir pensando en irnos —dice, y piensa que tal vez los ha distraído a los dos, suavizado el momento.

Pero mientras Amber repasa con un dedo, coronado con una uña puntiaguda, los restos grasosos de sal del fondo del cuenco, Tom dice en voz baja:

—No desaparecerá nunca, lo sabes. Todo esto durará tal vez un poco más, pero lo que hiciste seguirá siempre contigo.

Greta levanta la cabeza de golpe, abre la boca pero no emite ningún sonido. Es como si intentara comerse las palabras de Tom antes de que alcancen los oídos de Amber.

Y Amber se levanta sin decir palabra. Sale del restaurante sin volver la vista atrás y Greta y Tom se quedan allí, viéndola marcharse.

Quedaron para reunirse a la salida de la escuela a pesar de que ya estaban casi en invierno, el aire era frío y la luz del día había prácticamente desaparecido a la hora que sonaba el timbre de salida. Al lado del colegio había un parque infantil y Sadie esperó junto a las verjas con Helen, viendo jugar a los niños pequeños mientras sus padres aguardaban la salida de sus hermanos y hermanas. Se preguntó si alguna de aquellas niñas acabaría siendo especial, si se llevarían a algunas de ellas. La herida de la palma de la mano estaba casi curada y la piel le escocía al ir cerrándose y secándose, la línea de carne se estaba volviendo blanca. Miró la mano de Helen, pero llevaba guantes, una bufanda al cuello y una gorra con borla cubriéndole hasta las orejas en un intento de ahuyentar las muchas enfermedades que a buen seguro el invierno acabaría trayéndole.

La de ella, de todos modos, no era más que un arañazo, pensó Sadie con crueldad, aunque era cierto que Helen se había apartado, con los ojos llenos de lágrimas, cuando Justine le acercó el cuchillo. Lo más probable era que no fuera suficiente para ser especial, fue la conclusión de Sadie. De todos modos, nunca había llegado a creer que Helen pudiera ser elegida.

Marie fue la primera en aparecer y se acercó a ellas mientras inflaba y hacía estallar un globo de chicle amarillo fluorescente. Llevaba el *walkman* colgado de la mochila, los auriculares colgados al cuello como un collar, por mucho que estuvieran prohibidos en el colegio. Antes incluso de que oyeran hablar del Hombre Alto, Marie sabía que era especial.

—Hola, perdedoras —dijo, apoyándose en la verja y colocándose al lado de Sadie.

—Hola —dijo Sadie.

Marie ya no la intimidaba. Justine sí, todavía. Pero a pesar de que esperaron hasta que la calle quedó vacía y las primeras estrellas empezaron a asomar en el cielo sucio, Justine no apareció.

Aquella noche, Sadie permaneció sentada en la cama, escuchando cómo la casa iba quedando en silencio. Sus padres hacía rato que se habían acostado, las luces de las casas de los vecinos estaban también apagadas y solo, muy de vez en cuando, los focos de un coche parpadeaban iluminando la pared. Sabía que era el momento. Que no podía permitir que Justine fuera la única.

Recorrió con la punta del dedo la cicatriz de la palma de la mano y entonces cerró los ojos y pensó en el bosque. «Quiero ser especial», pensaba cada vez que se acariciaba la cicatriz.

Se oyó en la habitación un sonido, como el de una ola, un arañazo en la pared.

Pensó en Justine cuando sujetaba el cuchillo, pensó en Helen, acuclillada para echar tierra sobre la foto de Marie y de ella, para hundirla más en el suelo. «Por favor, permíteme ser especial».

Los muelles del colchón chirriaron, la superficie se hundió bajo un peso repentino. El jadeo de otra respiración acababa de sumarse a la suya, una respiración fría, profunda, con aroma a árbol, a tierra y a ceniza.

Sadie abrió los ojos.

26

2016

Después de dos días de estar gris y lloviznando, el sol salió de nuevo para la fiesta en la piscina de casa de Jamie. Empezó a filtrarse entre nubes que parecían de algodón y el viento acabó ahuyentando lo que quedaba de ellas, dejando que su luz se reflejara en los coches y penetrara las ventanas. Los niños corrían en bicicleta entre las casas con voces risueñas y los adolescentes salían al exterior, exponiendo al aire su piel lechosa.

Amber estaba arreglándose en casa de Billie y tenía solo la mitad del pelo ondulado mientras la plancha humeaba junto a su oreja izquierda. Había aprendido a dominarla a la perfección: dejaba que el pelo se calentara hasta casi quemarse y pasaba la plancha igual que hacía su abuela para enroscar la cinta de los regalos con las tijeras cuando ella era pequeña. Billie, que estaba delante del espejo, a su lado, miró los dos teléfonos que había encima de la cama.

—Leo te está llamando —dijo, sonriendo.

Amber se encogió de hombros con indiferencia.

—Ya volverá a llamar —dijo, sintiendo que eran palabras vacías, y le guiñó un ojo al reflejo de su amiga en el espejo por mucho que no estuviera para guiños.

Billie rio y siguió hurgándose el grano que le había salido en la barbilla y mirándose en el espejo sucio de una de las paletas de sombras de ojo de Amber. Observó cómo Amber enrollaba otra sección de pelo en la plancha.

—¿Me ondulo yo también el pelo? —preguntó dubitativa—. ¿No se desharán todas las ondas cuando se mojen?

—Probablemente —respondió Amber, pasando la plancha, que emitió un siseo—. Pero no tengo la más mínima intención de mojarme. Pienso tomar el sol y beber el ponche que prepare la madre de Jamie.

«Y pensar en que están espiando a mi padre —pensó—. Pensar en que Leo está acechándolo, vigilándolo». No, no quería pensar en esas cosas. Se lo había prometido. Era un día para divertirse, para olvidarse de las muchas maneras en que sus padres y sus errores se habían apoderado de su vida, de sus pensamientos y de sus sentimientos. ¿Que espiaban a su padre? Pues era su problema. ¿Que su madre volvía a perder la cabeza? Pues vale. Estaba harta de todo aquello. Lo único que deseaba era pasárselo bien, ser una chica normal de dieciséis años y no tener que preocuparse por ellos.

Pero Leo siguió llamándola y supo que en un momento u otro tendría que responderle. No quería que se diese cuenta de que algo iba mal. O, peor aún, que dejara de intentar ponerse en contacto con ella y no le diera tiempo a averiguar qué se traía entre manos.

—Ahora te llama Jenna —le informó Billie, mirando otra vez los teléfonos.

—Pues cógelo —dijo Amber, fastidiada e intentando disimularlo como algo bueno. Un privilegio: puedes responder mi llamada. Ponerte en mi lugar. Ser yo.

—Dile que estoy liada —recordó decirle en voz baja en el último minuto.

—¡Hola, Jen! —dijo Billie, saltando de la cama para acercarse a la ventana. Amber se había fijado en que cuando hablaba por teléfono solía deambular de un lado a otro. Como hacía Miles cuando tenía una llamada de trabajo y se sentía incómodo—. Oh, Amber está... está liada —dijo Billie, ruborizándose por la responsabilidad o la emoción que le provocaba decir una mentira—. Sí, ha venido a casa para prepararse.

Amber se imaginó la cara de Jenna procesando la información.

—Ams, ¿qué zapatos llevas? —preguntó Billie, aproximándose tanto a ella que Amber captó el olor de la loción Johnson's para bebés con que se había embadurnado las piernas.

—Chancletas, y ya está —respondió Amber, omitiendo mencionar que eran las que tenían plataforma y que hacían sus piernas más largas y delgadas; mejor si Jenna se presentaba con unas Havaianas viejas y vulgares.

—Chancletas y ya está —canturreó Billie al teléfono, dando saltitos para rebuscar en su armario.

Las únicas personas (aparte de Miles) que Amber había visto utilizando dictáfonos eran gente que salía en las películas de los años 80 o periodistas.

Una vez, hubo un escándalo en la universidad de Miles cuando un profesor se acostó con una alumna. Con dos alumnas, de hecho, y por eso lo pillaron. La una descubrió que se estaba acostando con la otra y ambas decidieron vengarse —chicas listas, todo hay que decirlo— contando a la prensa todos los detalles del profesor pervertido y cómo les prometía buenas notas mientras les pegaba la boca babosa al cuello y les susurraba promesas entre su cabello.

En aquel momento, Amber encontró graciosas las imágenes que salieron publicadas en el periódico del profesor, viejo, sudoroso y avergonzado. Pero ahora no podía evitar preguntarse si su padre habría cometido el mismo error, si aquella mujer era una alumna y Leo un periodista que estaba escribiendo un reportaje sobre el tema. ¿Sería su padre capaz de hacerlo? Amber quería mucho a su padre, pero hacía ya tiempo que había abandonado la idea de que era perfecto. Era humano, lo sabía, y durante todos aquellos años no había mantenido ninguna relación con Sadie.

«Dios mío, Amber, no llores, joder. ¿Qué tienes? ¿Diez años?».

Cogió con la plancha el último mechón de pelo con más fuerza de la necesaria y disfrutó del tirón que le provocó el gesto en el cuero cabelludo. No lloró. Ella nunca lloraba. Llorar no arreglaba nada. Era de bebés débiles y ella no estaba dispuesta a ser débil.

—Vale, adióooos —dijo Billie, colgando y tirando de nuevo el teléfono a la cama—. Jenna estará allí a las dos.

—Fenomenal. —Soltó la última onda y apagó la plancha. Punto y aparte. «No pienses más en eso»—. ¿Crees que a tu madre le sigue yendo bien acompañarnos?

—¡Pues claro! —Billie sacó un vestido de tela de camiseta a rayas rojas y blancas—. ¿Quedará bien esto?

—Sí, es mono. —Y lo era, pensó. El corazón le dio un vuelco—. ¿De qué color es el biquini?

Billie se levantó la camiseta para mostrárselo. Azul marino con un lazo blanco en el medio. Bonito. Amber le sonrió.

—Perfecto.

Se giró para mirarse una vez más en el espejo. Un vestido naranja con estampado floral, ceñidísimo, tal y como a ella le gustaban. Debajo, biquini negro, uno de triángulo que le había robado a Sadie. (Donde quiera que hubiera estado Sadie, reflexionó Amber, era evidente que en un momento dado necesitó un biquini. No debía de estar tan mal.) La parte inferior le iba un poco grande pero podía ajustarse por los lados. Cuando había salido de casa lo había hecho satisfecha con su elección, pero ahora, mirando el conjunto, no estaba tan segura. No conseguía discernir qué era lo que no le gustaba, pero había una palabra que no paraba de darle vueltas en la cabeza: barato. Era la palabra que Sadie —o de hecho, Leanna; Leanna sí, por supuesto— emplearía, no un calificativo que utilizaría o se le ocurriría a Amber. Pero lo tenía metido en la cabeza y encajaba. El conjunto de Billie estaba bien elegido, como recién salido de un catálogo. De pronto, el de Amber, que tan perfecto le había parecido antes, era como una de esas cosas que encuentras apiladas en el rincón de los saldos.

—Estás muy *sexy* —dijo pensativa Billie desde detrás de ella—. Me gustaría parecerme a ti.

Y al oír aquello, Amber volvió a sonreírle al espejo y se aplicó una capa más de brillo de labios.

—Venga —dijo—. En marcha.

La casa de Jamie estaba en el otro extremo de la ciudad, en una calle sin salida ancha, con casas con largos y serpenteantes caminos de acceso y puertas flanqueadas por columnas. Los coches brillaban y las ventanas resplandecían, los muros eran de un blanco uniforme. Cualquier sonido que pudiera haber en la calle quedaba ahogado por el ritmo de la música de baile procedente del jardín trasero de los Donnolly.

—Llamadme cuando queráis volver a casa, ¿entendido? —dijo Leanna, mirando con ansiedad hacia la casa, cuyas ventanas reflejaban el sol.

—Gracias, mamá.

Billie se inclinó para darle un beso en la mejilla, un piquito infantil que llevó a Amber a esbozar una mueca de exasperación en el asiento de atrás. Aunque en su pecho percibía además una sensación extraña, que sospechosamente parecían celos. Si las cosas hubieran sido distintas, ¿habría sido del tipo de hija que besaba a su madre así?

Salió del coche con la esperanza de que el movimiento disipara la sensación.

—Gracias, Leanna —dijo, cerrando la puerta y dejando que el sol le calentara la piel. El esmalte de color granate que con tanto esmero se había aplicado por la mañana en las uñas de los pies ya estaba descascarillado.

Leanna no se marchó enseguida. Sin apagar el coche, se quedó mirando cómo rodeaban la casa. Amber no volvió la vista atrás y enlazó a Billie por el brazo para cruzar juntas la verja de acceso al jardín.

Los padres de Jamie no estaban en casa, le habían mentido a Leanna en este sentido. Habían ido a visitar a un familiar con su hermano pequeño y pasarían todo el día fuera, y en menos de un par de horas, la pequeña reunión que le habían autorizado a celebrar se había descontrolado, como era de esperar. La piscina estaba atiborrada de gente, salpicando agua, riendo y bebiendo, chicas montadas sobre los hombros de chicos, chicos agarrándose los unos a los otros debajo. Los bordes de la piscina estaban repletos de chicas con las piernas colgando hacia el agua, hasta que de vez en cuando se acercaba un chico y tiraba de ellas, con el consabido grito y reparto de agua. Muhammed, que iba a clase de Matemáticas con Amber, había traído sus pletinas y las había instalado en una mesa de pícnic cerca de la casa, acompañándolas con unos altavoces gigantescos que vibraban cada vez que sonaba el bajo y hacían repiquetear los cubiertos de plástico que habían quedado en la mesa. La gente bailaba en la hierba, derramando el contenido de sus vasos, y los sofás y las sillas que habían sacado de la casa permanecían abandonados en el césped, con las patas hundiéndose en la tierra. Había un par de chicos peleándose con botes de kétchup y mostaza y se veían arcos de rojo y amarillo volando por los aires y salpicando la piedra clara del suelo de la terraza.

La enorme barbacoa cromada de los Donnolly estaba gestionada por dos chicos del curso de Amber, Kenny Wu y Justin Staniland, mientras que Ona Fitzgerald y Casey Lafountain, que iban con ella a Inglés, observaban y criticaban desde un extremo.

—Hola, chicas —dijo Kenny, al levantar la vista y verlas. El humo de la barbacoa se alzaba en espiral delante de su cara y tenía las gafas de sol empañadas—. ¿Os apetece una salchicha?

—A nadie le apetece tu salchicha, Kenny —dijo Justin, dándole un codazo.

—Suave y jugosa —insistió Kenny, enarcando repetidamente las cejas.

—Paso —dijo Amber—. Se ven muy crudas. Si comes carne de cerdo cruda puedes pillar un parásito, ¿verdad?

Lanzó una mirada hacia la salchicha a medio comer que sostenía Casey en la mano. Casey chilló y la soltó de inmediato.

—La verdad es que me apetece una hamburguesa —dijo Billie—. ¿Pillas parásitos con las hamburguesas?

—No —dijo Amber, mirando los restos negros y humeantes de las hamburguesas—. Calculo que estarán bien.

Justin metió una hamburguesa en un bollo que parecía un disquete y se la entregó a Billie guiñándole el ojo. A Justin le gustaba Billie, Amber lo sabía, pero Billie se ruborizó y apartó la vista. Amber se preguntó si Billie estaría buscando a Jake. Se había olvidado de preguntarle a Billie si Jake había acabado respondiéndole el mensaje que había conseguido que le enviara, por mucho que Amber pensara que Jake nunca lo respondería porque seguramente estaba demasiado ocupado preguntándose por qué Amber no respondía a los mensajes que le enviaba.

—¿Qué ha pasado? —preguntó a los chicos, mirando a ver si podía comprobar qué tal llevaba el pelo en el reflejo de los cristales arcoíris de las gafas de sol de Kenny—. Ay, ¿y esa quién es?

De pronto apareció una chica procedente de detrás del cobertizo, vomitó un chorro de líquido anaranjado por encima de la valla y luego se sostuvo tambaleándose contra ella.

—Ah, ¿esa? Es la prima de Deena Jordan —dijo Kenny—. Le han echado alcohol de más al ponche.

—Oooh. —Amber siguió inspeccionando el jardín. Y sí, allí estaba, un recipiente enorme de cristal con un zumo viscoso de color rosa-anaranjado en su interior—. Vamos, Bill.

Rodearon la piscina, procurando quedar lejos del alcance de los chicos que agarraban a las chicas y de los que salpicaban. Billie le dio un mordisco a la hamburguesa y puso cara de asco.

—Está superquemada.

—No me digas, Sherlock.

—¡Hola, chicas! —Jenna emergió de entre la multitud—. ¡Ya estáis aquí! —Y luego, sin coger aire dijo—: ¡Oh, Dios mío, Billie, este vestido es adorable, estás monísima!

—¡Gracias!

Billie se puso otra vez colorada y tiró del tejido como si fuese una niña, aunque Amber adivinó que Jenna no lo había dicho como un cumplido. La ignoró y se abrió paso entre la muchedumbre en dirección a la mesa. De cerca, el aspecto del ponche era más dudoso si cabe y tenía varias briznas de hierba flotando en la superficie, pero igualmente llenó dos vasos con aquel líquido. Le acercó uno a Billie, que lo miró con recelo y se quedó con el vaso y la hamburguesa en las manos, sin que ni una cosa ni la otra se desplazara hacia su boca. Amber bebió un buen trago. A pesar del color, sabía a vodka, zumo de naranja y poca cosa más. Bebió otro trago y cayó en la cuenta (sin importarle en absoluto) de que se había olvidado de servir un vaso para Jenna. Pero daba igual: Jenna estaba ya bastante desequilibrada y miraba con ojos vidriosos a su alrededor.

—Todo esto es superguay —dijo, apartándose el pelo de la cara, y Amber sonrió.

A ella no le parecía superguay; de hecho, aquello era un caos. Ruidoso, sucio e infantil. Intentó imaginarse qué pensaría Leo si estuviera allí, pero entonces recordó que le traía sin cuidado lo que Leo pensara de nada (¡una mentira!). Suspiró y apuró el ponche. Supuestamente aquel era el estado perfecto: borracha, haciendo el tonto y en biquini, con todas las miradas clavadas en ella. Un día resplandeciente y soleado, fabuloso, como en un vídeo musical. Pero en cambio, el ponche estaba lleno de hierbajos, el suelo salpicado de kétchup, los chicos eructaban y justo en aquel instante se produjo una nueva explosión de agua clorada al lanzarse otra persona en bomba a la piscina. No había rastro de Jamie por ningún lado y lo más probable es que se hubiera escabullido arriba con Katie Barrow, su especie de novia, lo cual también era una lástima, porque Amber siempre se había preguntado qué tal sería besarlo.

Regresó a llenarse de nuevo el vaso, aceptando un chorrito adicional de un líquido claro que le ofreció Kenny, que al parecer había abandonado su puesto en la barbacoa.

—Un vestido de muerte, Banner —dijo, mirándola, y entonces comprendió que iba muy borracho.

Kenny era como la mayoría de chicos de su curso, trataba a Amber como si fuera el sol: gustaba tenerlo presente pero era peligroso mirarlo directamente. Por si te quemabas.

—Gracias, Kenny.

Miró a sus amigas. Billie seguía observando con inquietud su vaso y Jenna, riendo, la había cogido por el brazo y le estaba diciendo alguna cosa con aquel tono insistente y chirriante que empleaba, hasta que Billie, arrugando la nariz, se llevó el vaso a la boca y engulló el contenido de golpe. Jenna emitió un graznido de triunfo y dejó de hacerle caso, ya aburrida.

Amber se llenó otro vaso y se reunió con ellas.

—¿Necesitas repuestos? —le preguntó a Billie, pasándole el nuevo vaso, y esta vez, Jenna se quedó mirándolo e hizo pucheros.

—Oye, ¿y dónde está el mío?

Amber la miró con indiferencia.

—Tienes dos piernas. Y yo solo tengo dos manos. Ve a buscártelo tú.

Jenna se quedó mirándola con expresión seria y Amber notó que algo se revolvía en su interior. No sabía muy bien si se trataba de miedo o excitación, pero ya hacía tiempo que había descubierto que eran sensaciones tan similares que normalmente no era necesario diferenciarlas.

—¿Qué mosca te ha picado? —dijo Jenna, pasado un momento, poniendo mala cara, y la emoción se volvió amarga. La reacción no tenía que ser aquella. Jenna continuó, a pesar de que tenía la boca seca y el alcohol le dificultaba el habla—. Llevas unos meses comportándote como una bruja.

Amber se mantuvo inalterable.

—Siempre he sido una bruja, Jen. ¿No te habías dado cuenta hasta ahora?

Jenna se echó a reír, de forma exagerada y brusca, y la gente se giró para mirar. Billie se apartó un poco.

—¡Estoy hasta más arriba de ti! —dijo Jenna de repente, aún más fuerte y con un aliento valiente que olía a levadura—. Vete con ojo, Billie. Tal vez seas ahora su favorita, pero acabará devorándote y escupiéndote..., no durarás ni una semana.

—Estás borracha —dijo Billie con serenidad—. Mejor que dejes de hablar.

Y Amber la adoró por lo que acababa de decir.

Pero Jenna seguía riendo.

—¡Es una bruja! —gritó—. ¡Tú espera! ¡Es una bruja loca, como su madre!

Todo el mundo estaba mirándolas. La música seguía sonando a todo volumen, el agua sobrepasando los bordes de la piscina y nadie más hablaba. Y Amber, volviendo de repente en sí, comprendió que no tenía que seguir allí. Aplastó el vaso de plástico y lo tiró al suelo y, acto seguido, le arreó un puñetazo a Jenna en plena cara. No le dolió, ni siquiera cuando oyó el sonido de los nudillos impactando contra la nariz; ni siquiera más tarde, cuando la mano se le quedó roja y empezó a hinchársele. La sensación empezó a canturrear en su interior al ver a Jenna tambalearse, al ver la sangre goteando sobre el suelo del patio manchado de mostaza. Siguió tambaleándose y miró fijamente a Amber. Pero nadie hizo nada.

Nunca nadie hizo nada.

27

2018

Amber no llega muy lejos. Greta, despertándose de su parálisis de perplejidad, corre entre el gentío, presa del pánico (imaginándose ya lo que dirá Federica si no vuelven al hotel acompañados por su estrella), pero allí está, sentada en el borde de una maceta de piedra gigantesca, observando a Greta con los brazos cruzados sobre el pecho y el teléfono encerrado en una mano.

—Lo siento —dice Greta cuando llega lo bastante cerca para que pueda oírla.

Amber se levanta, echándose el pelo hacia atrás. Fulmina con la mirada a Tom, que acaba de llegar y está detrás de Greta, con la cámara colgada al cuello como uno de los *paparazzi* que hasta el momento no han encontrado por allí, y que dice simplemente:

—Vámonos.

No es hasta que el taxi se detiene en el hotel que Greta cae en la cuenta de que la bolsa con el vestido azul se ha quedado abandonada bajo la mesa de Nando's.

Amber no baja a cenar y cuando Greta llama a la puerta de su habitación, le abre en camisón. Percibe el ambiente viciado con el olor a comida basura y oye el sonido de fondo la tele. Sus nuevas adquisiciones están tiradas sobre la cama y en la mesita de noche hay un vaso de papel de tamaño gigante y varios sobres de kétchup abandonados.

—No te lo tomes a mal —dice Amber, mientras su pelo se suelta lentamente del moño que ha improvisado en lo alto de su cabeza—. Pero solo quiero ser yo misma.

De modo que Greta baja de nuevo al restaurante, que está vacío con la excepción de una pareja en pantalón corto y camisetas del Buckingham Palace, pero antes de sentarse, cambia de dirección y se dirige al pequeño y mugriento bar del hotel. Otra sala sin ventanas, con varias bombillas que hay que reemplazar, aunque el efecto, en general, proyecta una no-luz favorable sobre el papel pintado con rayas simulando la seda que se despega de la pared en determinados lugares y sobre los pufs cuadrados de cuero falso.

Pide una copa de vino y elige un rincón de la sala para tomar asiento, un punto donde la luz de un televisor sin volumen baila sobre la superficie brillante de la mesa. El vino tiene un débil sabor metálico, pero está frío y lo bebe con celeridad mientras observa los reporteros silenciados de las noticias dando los titulares. Intenta no pensar en Amber. La filmación acabará pronto; pronto podrá buscar un nuevo trabajo. Podrá contar las historias que desea contar, el tipo de historias por las que quería trabajar en la industria del cine. Piensa en el día en que se enteró de que le habían dado plaza en Goldsmiths, de que se iría a vivir a Londres. Por aquel entonces estaba segura de que acabaría trabajando en obras de ficción, recuerda que les dijo a sus compañeros de colegio que un día trabajaría en películas que cambiarían la gente, que cambiarían el mundo. Recuerda cuando llamó a su novio Marc para darle la noticia, cómo las palabras brotaban de su boca de forma incontrolable, que no sabía si reír o llorar. «Voy a hacerlo —no paraba de repetir—. Me voy a vivir a Londres». No fue hasta que vio que él se quedaba en silencio que cayó en la cuenta de que aquello significaba también que tenían que dejarlo. La idea, desde que había abierto el mensaje de correo, ni siquiera se le había pasado por la cabeza. El año pasado, Marc la había agregado como amiga en Facebook. Y Greta había visto las fotos de su boda, de sus dos niños. «Me alegro de hablar contigo —le había escrito él, después de intercambiar un par de mensajes—. ¿Cómo va todo? Por lo que se ve, te va de maravilla».

«No es demasiado tarde», se recuerda. El otro día vio una publicación en Facebook sobre unas clases de escritura de guiones —uno de esos anuncios a medida que te entran de vez en cuando—, y le sorprendió sentirse tan atraída por el tema. A lo mejor tendría que tomarlo como una señal. A lo mejor las historias que desea contar son las que salgan de su cabeza.

Pero se imagina, ya ahora, la gente en las fiestas, jactándose de lo mucho que les ha encantado este proyecto, de cómo les encanta «aquel fragmento» en el que Miles llora o cuando Amber ríe de aquella manera tan espeluznante. Le preguntarán cómo se sentía estando con ellos y ella rememorará todas sus noches de insomnio, el eco del llanto de un niño resonando en sus oídos, la sensación de un aliento en la nuca cuando no hay absolutamente nadie más allí. «¿Crees en el Hombre Alto?», le preguntarán y tal vez, a aquellas alturas, ya no tendrá ganas de decir que sí.

Termina la copa de vino y pide otra. Un hombre de negocios, con la americana colgada del brazo, toma asiento en una mesa en la esquina de enfrente de donde ella está sentada, y deja un periódico y una cerveza en la mesita. El camarero sigue limpiando vasos, apurando también una cerveza. Greta bebe e intenta no pensar en los Miller, ni en los Banner, ni en la sangre manchando el suelo de un bosque.

—¿Te apetece otra?

Levanta la vista y ve a Tom en la barra, indicándole con un gesto la copa vacía, como si llevaran toda la noche allí juntos, como si fuera una noche de viernes más en su bar habitual. Pero sí, quiere otra y, en consecuencia, responde con un gesto afirmativo.

—La has molestado —dice, cuando Tom le pone la copa delante.

Tom coge un puf para sentarse, y deja su *gin-tonic* sobre un posavasos.

—Lo sé —replica—. No tendría que haberlo dicho. Lo siento.

—Podría haberla filmado yo misma —dice Greta, y nota que pronuncia con excesiva lentitud las palabras—. Ni siquiera era necesario que vinieses. —Bebe un trago de su nueva copa y añade, con petulancia—: Sé que no te gusta.

Tom considera su respuesta mientras tiene los ojos fijos en el presentador de las noticias del televisor que queda justo encima de ella.

—No me gusta —dice por fin, y a continuación repite las palabras que ella le dijo una semana atrás—: ¿Y tendría que gustarme?

—No es más que una niña —dice Greta—. ¿Por qué insistes en que se sienta mal? ¿Por qué soy yo la única que se da cuenta de que ya se siente mal? ¿Por qué soy yo la única que ve que le cuesta mucho vivir consigo misma?

—A lo mejor porque tú eres la única que quieres verlo —replica Tom, con un tono de voz amable que no consigue otra cosa que alterar más si cabe a Greta.

—¡Sí, exactamente! —Deja la copa en la mesa—. Todos los demás queréis que sea mala porque así encaja mejor en el relato.

—Yo no quiero que sea mala. Pero eso no significa que sea capaz de fingir que le veo algún atisbo de bondad.

—¿Te das cuenta de lo horroroso que es decir lo que acabas de decir sobre una adolescente? ¿Más aún sobre una que ha tenido un inicio de la vida tan jodido?

Soltar un taco sienta bien. Se pregunta por qué no lo hará más a menudo.

—Eso es duro, Greta. Sí, ha tenido una vida que ninguno de nosotros puede afirmar comprender, ha hecho una cosa que ninguno de nosotros es capaz de asimilar ni de lejos, pero estás proyectándote en ella, estás imaginándote cómo te sentirías tú en su lugar. Y eso no es lo que tienes enfrente. Ella no es como tú. Y tampoco es como los chicos Miller.

Greta no replica.

—Empiezas a albergar demasiados sentimientos hacia ella, colega. Lo noto.

Greta nota un fuerte dolor en las sienes.

—No quiero hablar sobre el tema —dice.

Tom le sonríe con tristeza y asiente.

—¿Y de qué te apetecería hablar?

Greta bebe un poco más de vino. El hombre de negocios termina su cerveza, los restos de espuma se adhieren al cristal, y se levanta para irse.

—Sobre ti —responde. Mira a Tom—. Hablemos sobre ti.

Tom ríe.

—De acuerdo. ¿Qué quieres saber?

—Conociste a Federica en *Bleak House*, ¿no? —pregunta, notando que el vino empieza a darle confianza, que las palabras salen con facilidad.

—Así es. Pero de hecho conocí a Millie antes. Yo era ayudante de cámara en una serie de telerrealidad sobre las novatadas a los estudiantes y ella estaba allí haciendo investigación para uno de sus libros. Federica se la follaba. —Bebe un trago; el hielo rebota en la copa—. Yo era prácticamente el único que hablaba con ella; aquel equipo estaba lleno de gilipollas. De modo que cuando terminé *Bleak House*, le mencioné a Millie a Federica y de repente se convirtió en mi mejor amiga.

Greta asiente.

—Sí, recuerdo ahora que me lo mencionó. Que le gustabas a Millie.

—¿Sabes qué pasa ahí?

—¿Con Millie? No. Pero esta vez parece que va en serio.

—Hubo esa mujer, en Cannes...

Greta bebe un poco más de vino y se sorprende al ver lo poco que queda en la copa.

—Creo que siempre ha habido otras mujeres. No lo sé. No entiendo su relación, Millie no es así.

Hace una pausa y nota las mejillas calientes. Se siente culpable, hablando con él de Federica en este tono: otra sorpresa.

—¿Te ha dado las gracias por haber asumido toda la responsabilidad en Los Ángeles? —pregunta Tom, apurando su copa.

—Sí. Bueno, más o menos. Supongo que debería sentirme adulada por ver que confía en mí.

—Me parece que la línea que separa «confianza» con «aprovecharse» es muy fina, en este caso en concreto.

Greta señala la copa vacía e ignora el comentario.

—¿Quieres otra?

Se levanta de la mesa antes de que a él le dé tiempo a responder. No quiere pensar en las muchas maneras en que Federica Sosa y Amber Banner están probablemente aprovechándose de ella. Tampoco en las distintas maneras en que confían en ella.

Cuando llega a la barra, mira el teléfono. Nada de Federica en todo el día, y tampoco nada de Luca. Se pregunta si tendría que enviarle algún mensaje a Amber, intenta imaginarse algo desenfadado, amistoso, algo que no se traduzca inmediatamente como «Simplemente quiero comprobar que sigues encerrada en tu habitación». Repasa los mensajes de correo, cosas que ha leído y que se le ha pasado responder: una serie de mensajes en cadena entre viejos amigos de la universidad que quieren quedar para cenar o tomar copas, Lisette que pregunta a Hetty y a Greta si les parecería bien cambiar de proveedor de Internet. Está volviendo a pasar, igual que sucedió con los Miller, que su vida se retira a un segundo plano, que parece una ficción, una trivialidad. «La historia lo es todo», le gusta decir a Federica, pero eso es lo que le da miedo a Greta.

Vuelve con las copas a la mesa y ve que Tom también está mirando el teléfono.

—Nada de Luc —dice en cuanto ella se sienta—. Me pregunto dónde se habrá metido todo el día.

—Espero que Elke esté bien —dice Greta—. Sale pronto de cuentas, ¿verdad?

—El mes que viene, creo.

Tom echa la cabeza hacia atrás para vaciar la primera copa. Greta levanta la vista hacia el televisor, donde las noticias ya han terminado y la chica del tiempo señala con un gesto expansivo una parte de la costa.

—¿Y qué harás después? —pregunta Tom—. ¿Cuando esto termine?

—Me gustaría ir a visitar a mis padres un tiempo. —Inclina la copa y observa el movimiento del vino en su interior, luego se la lleva a la boca. Demorando la respuesta—. Y luego me gustaría volver a la ficción —dice, dejándola de nuevo con cuidado en la mesa—. Nada de documentales por una temporada, creo.

Tom asiente.

—Entendido. ¿Así que te vuelves a América?

—Tal vez. —Intenta imaginarse de nuevo en Dearborn. Casada y con dos niños—. También me gustaría viajar. ¿Y tú?

—De hecho, también he estado pensando en largarme. —Fija la mirada en la copa—. Tengo ahorrado algo de dinero. Sé que podemos ir a lugares estupendos, pero quiero mirar las cosas sin tener que estar detrás de una cámara, para variar un poco.

Greta se queda mirándolo.

—Sí. Solo para ver. Estoy muy cansada de andar todo el día buscando la toma, pensando en el relato. Quiero «ver». Apreciar las cosas sin preguntarme cuál sería el mejor ángulo.

Es más bebedora de lo que pensaba, se siente incómoda al percibir la seriedad de sus palabras.

Tom sonríe y levanta la copa.

—Por la huida —dice, y ambos se sostienen mutuamente la mirada.

En aquel momento, el teléfono de Greta vibra encima del barniz desconchado de la mesa. Federica.

Su voz suena ronca y se oye el ruido del tráfico a través de la ventanilla bajada del coche, de modo que a Greta le cuesta oír bien lo que le dice al principio, aunque el vino tampoco ayuda.

Y entonces lo oye. Lo entiende.

—Sadie —está diciendo Federica—. Sadie ha accedido a hablar con nosotros.

Del diario de Leanna Evans [Extracto D]

Recogí a las niñas en la fiesta a las nueve de la noche, tal y como habíamos quedado. Estaban esperándome en la acera, justo donde yo las había dejado, aunque era evidente que la fiesta continuaba; la música seguía a todo volumen y había gente mirando por las ventanas y una pareja besándose en el césped. Me pregunté qué tipo de padres permitiría que se celebrara una cosa como aquella en su casa y me alegré de que nuestras niñas fueran distintas. En el coche estuvieron calladas, y Billie me preguntó si podíamos poner música mientras Amber, en el asiento trasero, se examinaba las manos. Pensé que no se lo habían pasado bien. Me alegré de haber hecho el esfuerzo de irlas a buscar para llevarlas a casa.

Cuando llegamos, se pusieron pijamas de Billie, nos instalamos en el salón y decidimos qué película ver. Saqué mantas del armario —la noche estaba fresca a pesar del sol que había hecho todo el día— y pensé en lo agradable que era estar allí juntas. Fui a la cocina para servir la lasaña que había preparado y corté un poco de pan crujiente para acompañarla. Comimos mirando la película, con las mantas sobre las piernas, y después preparé chocolate caliente, tal y como hacía cuando Billie era pequeña, con nata montada derramándose por los costados de la taza y unas nubes de azúcar a modo de decoración.

Disfruté muchísimo de la velada, igual que sucedía siempre que Amber se quedaba a dormir. Me gustaba el sonido de sus risas llenando la casa, la sensación de tener de nuevo otra persona para quien cocinar. No creo que Billie se acuerde de cómo era todo antes de que Ralph nos dejara, pero para mí, tener una tercera persona en la casa es agradable, es lo correcto. Tengo la sensación de que tú nunca has pensado a fondo en eso, que una parte de ti —tal vez ni siquiera te das cuenta de ello— añora la época en la que solo erais Miles y tú.

Tú. Mi mente no deja de preocuparse por ti, de analizar tu aspecto la última vez que nos vimos, de analizar cómo hablaste. Sé que algo ha cambiado. No soporto no saberlo. Incluso cuando acabó la película y aparecieron los créditos, estaba pensando en ti. Preguntándome si estarías sentada delante de la televisión con tu marido o si estarías sola en algún lugar, con las sombras.

Intenté recordarme la concienzuda planificación que me había llevado hasta aquí. Recordarme que era yo la que era realmente especial, quien te había encontrado, quien había encontrado a Amber. Yo me había demostrado a mí misma mi valía mientras tú no habías hecho más que huir de lo que te pertenece. Cuando les di a las niñas un beso de buenas noches, me dije a mí misma que no tenía que preocuparme. Pensé en ti, sola, y supe que pronto llegaría el momento. Apagué la luz sin sensación alguna de miedo.

28

2016

Fuera de la casa había un hombre (el hombre alto el hombre alto). Sadie sabía que no se lo estaba imaginando. Había mirado, lo había comprobado y lo sabía con fría rotundidad: estaba allí. De pie, mirando la casa, con la cara oculta por las sombras.

Se acercó a la ventana del dormitorio, medio oculta entre las cortinas, y volvió a mirar. Se dijo que eran jugarretas de su imaginación, igual que había sucedido mientras Miles impartía su clase en el auditorio, que era el miedo lo que había conjurado la aparición de su voz, su contacto.

Seguía allí. Inspiró hondo y se envolvió el cuerpo con el jersey.

Lo que más la asustaba era la necesidad (la esperanza) que subyacía bajo su miedo. Pensó en la sensación de sus gélidos dedos acariciándole el brazo, de su aliento recorriéndole la piel. ¿Estaría tan mal regresar al consuelo que le proporcionaban las sombras?

Se había percatado de su presencia cuando estaba bajando la escalera cargada con la cesta de la colada. Con la ropa de Amber, que desprendía un dulce aroma a humo de tabaco y tenía los cuellos con marcas de maquillaje. Se había parado porque le había llamado la atención una mancha en la ventana; una mancha reluciente de crema hidratante, o más bien del bronceador sin sol que Amber utilizaba, que se había secado y se había quedado marrón sobre el cristal. Se había detenido para limpiarlo con la manga (extendiéndolo aún más) y a través del cristal había visto su figura allí.

No siempre había sido así. Normalmente no se mostraba tan recatado. Muchos años atrás, ella lo había invitado a entrar y su mundo había pasado a ser de su propiedad a partir de entonces; sus dormitorios habían sido su territorio; su oído, el lugar donde él le susurraba sus frías y reconfortantes palabras. Ya la había abandonado en otras ocasiones, llevándose con él sus sombras, y a pesar de que siempre había vuelto, nunca se había mofado de ella, jamás de aquella manera.

Aunque, por supuesto, ahora estaba Amber.

Ya no la esperaba a ella.

Se apartó de la ventana y apoyó la frente contra la pared. Intentó, como siempre, no recordar cómo había sido, cómo abandonó aquel minúsculo piso de alquiler familiar bajo la luz lechosa y verdosa del amanecer, dejando allí a su bebé. Corriendo, los golpes en el muslo de la pequeña bolsa que había cogido. El dolor en los pechos, llenos. Y siempre, siempre, aquella sensación de que la seguía alguien. Aquel aliento en la nuca.

Había sabido, en cuanto reapareció la niña, con su olor húmedo y metálico, que no podía quedarse allí. Y no había sido hasta más tarde, después de horas de andar y de un caluroso viaje en autocar, que había rememorado con más detalle aquel momento.

La niña la había advertido. La niña había hablado sin que el Hombre Alto estuviera presente.

Y era la primera vez que pasaba.

La niña, la hija robada, tenía más poder de lo que se imaginaba.

Volvió a pensar en aquello, sintiendo su aliento rebotar desde la pared, el corazón martilleándole el pecho. ¿Se llevaba a todas las hijas? ¿O había realmente alguna esperanza?

Aquella primera noche —la tercera, si contaba las horas que había pasado con los ojos cerrados y la cabeza apoyada en un jersey para protegerse de la dureza de la ventana del autocar—, había dormido en la habitación de invitados de casa de unos amigos en Aberdeen. Había confiado en ellos, sabía que podía hacerlo. No conocían a Miles y no le dirían dónde estaba, aun en el caso de que él los hubiera localizado y se lo hubiera preguntado. Tenían sus propias razones para no querer preguntas. Recordó el olor a moho de la almohada, el llanto a medianoche de su recién nacido. Se había sentido culpable por guiar al Hombre Alto de una hija a otra. Pero sus opciones eran limitadas. Estaba aprendiendo que en aquellas situaciones era la madre que siempre había confiado poder ser. La leona.

Pasó años leyendo artículos, algo que no había hecho cuando era su vida la que estaba en juego, leyendo publicaciones en foros y preguntas anónimas sobre el Hombre Alto y sobre todas las vidas en las que había irrumpido. Foros de discusión y más foros de discusión, manifestaciones artísticas creadas por seguidores del tema, artículos de prensa, tesis. Horas consagradas a leer distintas teorías en conflicto, las distintas maneras en que la gente creía que el Hombre Alto la había hecho especial. Publicaciones que decían que solo las niñas eran lo suficientemente puras, las que de verdad tenían el potencial para llegar a ser especiales. No existían relatos que hablasen de casos que hubieran conocido al Hombre Alto siendo ya personas adultas. Los fans del Hombre Alto creían que para entonces ya era demasiado tarde, que la puerta se había cerrado o que el Hombre Alto ya había perdido el interés para dejarte acceder a él. Y por eso se había sentido aliviada. Siempre había creído que con su huida había protegido a Amber. Que las sombras la acompañaban a ella donde quiera que fuera —aunque eran lentas y cambiantes, aunque nunca se aventuraban a acercarse— y que por ello su hija estaba viviendo en la luz, hasta que finalmente decidieron olvidarse también de ella.

Ahora ella había vuelto a casa, y también él. «Cuidado con lo que deseas». Se acercó a la ventana, volvió a mirar. Él la miró, sumido en la oscuridad. Y entonces retrocedió hasta quedar engullido por la noche.

Cuando se despertaron por la mañana, Leanna ya estaba en pie, como era habitual. Delante de los fogones, con la masa de las tortitas a punto y esperando. Y Amber no se sentía en absoluto resacosa. La lasaña que Leanna les había preparado y las horas de sueño habían eliminado todo el alcohol, y el aroma de la primera tortita friéndose en la sartén le hizo la boca agua. Ocupó su lugar habitual en la mesa y comió con pereza unas cuantas fresas limpias y partidas por la mitad que Leanna había dejado en el centro. Tenía la mano hinchada, con un corte entre dos nudillos. Recordó la imagen de Jenna mirándola, con la sangre resbalándole cara abajo. Cómo había dado media vuelta y echado a correr entre la gente, sin que nadie la siguiera, mientras Amber se alisaba el vestido y enlazaba el brazo con el de Billie.

Leanna estaba canturreando mientras cocinaba, hasta que, espátula en mano, se giró y las miró, sonriente.

—¿Sabéis? —dijo—. He tenido una idea magnífica. Siéntate, Billie, vamos.

Billie se estaba frotando los ojos, como una niña pequeña muerta de sueño, y llevaba el pelo despeinado y levantado por un lado.

—¿Qué pasa?

—Me apetece ir de aventuras. ¿Por qué no nos vamos a Escocia? ¿A la casita? —Retiró la primera tortita y se giró para quedarse otra vez mirándolas—. Tú también, Amber, si quieres.

—Oh.

Amber parpadeó, la había pillado desprevenida. Y se sorprendió a sí misma al comprobar que, a pesar de que era evidentemente una oferta de lo más aburrida, le apetecía aceptarla.

—¡Sí! ¡Bien! —Y era evidente que Billie no la consideraba aburrida—. ¿Hoy mismo? Ammie, vamos, te encantará.

—Estaba pensando en irnos mañana —dijo Leanna, vertiendo más masa en la sartén—. He pensado que como la semana que viene es la pausa de mitad de curso, podríamos pasar un par de días allí. Pero tendríamos que consultarlo con tus padres, Amber.

«Como si les importara». Amber comió otra fresa, intentando ganar tiempo. A buen seguro tendría cosas mejores que hacer durante la semana. Aunque en aquel momento en concreto, no se le ocurría qué.

—¡Llámalos, Am!

Billie la estaba mirando con expectación desde el lado opuesto de la mesa, el adormilamiento había desaparecido por completo. Leanna rio.

—Dale una oportunidad, cariño. A lo mejor no le apetece subir hasta tan lejos con nosotras.

Sin darse ni cuenta, Amber se encogió de hombros.

—Sí. Me parece estupendo. Gracias, Leanna.

Porque sí, Escocia probablemente sería frío y aburrido, pero aquellas dos personas parecían desear sinceramente viajar hasta allí. Iría. Comió una fresa más, satisfecha consigo misma.

Y cuando Leanna le puso el plato de tortitas delante, le apretó el hombro, casi como si estuviera diciéndole «Gracias».

29

2018

Greta se despierta a las cuatro y trece y percibe en la piel el contacto directo con el tejido rasposo de la colcha del hotel. Nota un dolor punzante debajo de la ceja y la boca seca y apestosa. Intenta girarse, intenta tirar de la manta para taparse. Pero está encima de la colcha, con el sujetador y nada más. Consigue sentarse. La luz está encendida. Parpadea para ahuyentar el dolor y se presiona el ojo con la mano. Palpa la superficie de la mesita de noche, esperando encontrar agua, y descubre dos vasos de plástico y la botella a medias de *whisky*.

Los recuerdos vuelven como un torrente —confuso, por supuesto—, los labios de Tom junto a los suyos, la espalda golpeando la puerta, después la pared y finalmente la cama, ropa volando por todas partes, sorbos agitados de *whisky*, el líquido derramándose sobre la colcha brillante. El pánico se apodera de ella porque empieza a recordar. Recuerda que ha pedido hielo, que la garganta le ardía por culpa del *whisky*, que él, obediente, ha salido a buscarlo después de ponerse rápidamente la camiseta y los vaqueros. ¿Cuánto rato hará? Encuentra el teléfono —veintidós llamadas perdidas, todas de él— y sabe entonces que hace ya horas, que Tom se ha cansado de llamar a la puerta y ha vuelto a su habitación. El calor le sube a las mejillas mientras recoge la ropa interior que está esparcida de cualquier manera por el suelo, la camiseta. Entra en el baño, aclara uno de los vasos, lo llena de agua y se lo bebe entero. Tiene que sujetarse en el lavabo para no vomitarlo, y cuando está segura de que lo ha conseguido, vuelve a llenarlo con manos temblorosas y regresa a la habitación. Se mete bajo las sábanas e intenta, sin conseguirlo, ahuyentar los retazos incompletos de recuerdos, las manos de él en su cuerpo, su gemido contra el pecho de él, sus dientes clavándose en la piel de Tom.

Consigue adormilarse y las imágenes entrecortadas empalman con el vacilante hilo de un sueño, de modo que cuando oye que llaman a la puerta no le parece real, de entrada. Sueña con que la abre, sueña con que es Tom, sueña con que la besa y la empuja de nuevo hacia el interior de la habitación. Pero los golpes insisten y se despierta de golpe, cobrando consciencia de la realidad.

¿Tom? Se sienta y el estómago le da un vuelco. Se levanta de la cama y tira de la camiseta en un intento de cubrirse los muslos. Nota el aliento pastoso y con olor a podrido, las manos aún le tiemblan y cada movimiento hace que el dolor de cabeza se incremente un poco más. Los golpes en la puerta continúan.

No es Tom. Es Amber, con una cola de caballo despeinada que se desliza hacia un lado de su cabeza. Con el maquillaje de los ojos corrido y un manchón de kétchup en la camiseta.

—Esto no puede ser, Greta —dice entre dientes, abriéndose paso hacia la habitación y Greta, confusa, la sigue, acalorada de vergüenza, consciente de que huele a sudor.

—Amber, yo...

Amber se gira en redondo y la apunta con un dedo.

—Dije que no. Sabes perfectamente que lo dije. Dije que ella no. Que mi madre no.

Entendiendo de golpe lo que sucede, Greta busca a tientas el batín que tiene colgado en el armario.

—Lo sé. Y lo siento.

—Lo dije desde el principio. ¡Lo dije! Dije que solo haría esto si ella no estaba implicada.

Greta mueve la cabeza en un gesto de asentimiento.

—Lo sé. Lo sé. Intenté decírselo a Federica y...

—¿Se pensaba que no lo averiguaría? ¿Se pensaba que no me enteraría? —Mira fijamente a Greta, que no tiene respuesta a sus preguntas—. ¡No podía hablar con ella!

Greta se acerca a Amber con cautela y le toca con delicadeza el hombro para sentarla con ella en la cama.

—Amber, la cadena está presionando mucho a Federica. Tiene que asegurarse de tener material suficiente, y también de que presentemos todas las caras de la historia que podamos. Sé que no es lo que tú querías.

—No pienso hacerlo —declara Amber, enfurruñada—. Si la quiere a ella, me perderá a mí. Mañana por la mañana me marcho. Me iré a casa de algún amigo, en algún lugar donde no pueda encontrarme.

«Y yo iré contigo», piensa Greta, pero dice:

—Has firmado un contrato. Te han pagado. Si ahora te marchas, tendrás que devolverlo todo. ¿Podrás?

Amber suelta un gruñido de frustración y patalea con los pies descalzos contra la base de la cama.

—Pues claro que no.

—Lo siento.

Y es verdad. Siempre lo es.

Amber ha entrecerrado los ojos y se muerde el labio inferior.

—De acuerdo —dice, mirando a Greta—. De acuerdo. Haré lo que ella quiere. Si deja a mi madre fuera de todo esto, lo haré. Volveré allí.

—Pero dijiste que...

—Me da igual. Ya todo me da igual. Llámala ahora mismo, Greta, y dile que podemos ir a Escocia. Que puede filmarme en esa puta casa y que lo contaré todo.

30

2016

Las llamadas empezaron el sábado por la mañana; temprano, mientras Sadie aún dormía. Miles no cogió la primera, ni la segunda, sino que se quedó mirando cómo vibraba el teléfono sobre la mesa de la cocina, cómo su pantalla se encendía y apagaba. Una alarma silenciosa.

Era un número desconocido —podría ser un mensaje grabado de alguna compañía de seguros o alguien intentando vender cualquier cosa a puerta fría—, pero lo sabía. Sabía que era la persona que le había enviado los mensajes. La persona que se hacía llamar «AlguienEspecial».

De modo que apagó el teléfono. La solución funcionó durante un rato. Lavó los platos de la noche anterior y rascó lo que se había quemado de la fuente del horno. Sadie se levantó, y cuando Miles oyó pasos por encima de su cabeza, empezó a preparar el café. Hacer que las cosas siguieran el ritmo habitual había sido siempre su salida hacia delante. Había sido su única salida hacia delante. Comportarse con normalidad, hacer de la normalidad un muro.

Pero los muros podían escalarse.

Sadie bajó, ojerosa y pálida, y le sirvió una taza de café. Miles esbozó una sonrisa forzada. Y se alegró de poder cambiar de cara cuando ella se giró para sentarse. «Estoy cansadísima», dijo ella, más para sí misma que para él. Miles observó su forma encorvada sobre la mesa, y lo supo. Supo que había permitido que aquello continuase —que había permitido que ella se fuera, por el amor de Dios—, cuando podría haberle quitado aquel peso de encima, podría habérselo explicado. Pero ahora no habría huida. Las huidas habían quedado atrás. Sus fantasmas no podían seguir silenciándose.

Le preparó el desayuno a su esposa. Cortó el césped, limpió el cobertizo, quitó las malas hierbas de los parterres. Notó las manos temblorosas y poco fiables cuando se las lavó en el fregadero para quitarles la tierra, y no se atrevió a mirar su reflejo en la ventana. Cuando Sadie se le acercó por detrás y le posó con cautela una mano en la espalda, no pudo evitar retraerse.

Con nada más que limpiar o reparar, se encerró en el despacho y pegó la espalda a la puerta. Aspiró el aroma cálido y a madera de la estancia e intentó sacar fuerzas de aquello. Y cuando no pudo aguantar más, volvió a conectar el teléfono. Por suerte, permaneció en silencio durante un minuto, pero entonces vibró en su mano, una vez, dos. Un mensaje de texto de Amber, pidiéndole que fuera a recogerla a casa de Billie. Y un mensaje de voz.

Pensó en borrarlo, pero ¿para qué? Le dejarían otro.

Pulsó el icono y se acercó el teléfono al oído. Mientras esperaba que se conectase, notó el pulso golpeando como un tambor. «Tiene un mensaje nuevo», dijo la voz automática, y Miles se secó una vez más el sudor de la nuca.

«Miles, soy yo». La voz femenina era delicada y tranquila, melódica, como un arroyo que fluye sobre piedras. Aquella amabilidad le trastocó las ideas. No esperaba que sonase amable. «Me gustaría que habláramos. Lo... ». La mujer bajó la voz. Se oyó el sonido de una puerta al cerrarse, de una niña hablando o el sonido de un televisor al fondo. «Lo sé todo». El estómago se le revolvió y el bocadillo que acababa de dejar a medias amenazó con reaparecer. A punto estuvo de perderse la última parte del mensaje, que fue en voz baja, casi un susurro. «Quiero que me des una oportunidad para poder explicarme».

Lo borró con manos temblorosas e intentó redactar una respuesta para Amber. Pero la voz seguía resonándole en los oídos. «Quiero que me des una oportunidad para poder explicarme». Como si pudiera ser tan sencillo.

Se dejó caer en su silla y miró con impotencia el ordenador. Ojalá aquel primer correo no hubiera llegado nunca. Ojalá pudiera volver a aquellas primeras semanas, cuando Sadie regresó a casa, el trabajo le iba bien y nada, nada (por una vez) amenazaba con resquebrajar el muro.

Una llamada en la puerta disparó el latido de su corazón a un ritmo aún más rápido. Se pasó las manos por el pelo, intentando aligerar la expresión de su cara, borrarla. Sadie hizo girar el pomo, llamó con insistencia al ver que se negaba a abrirse.

—¿Miles? ¿Qué haces ahí?

Miles respiró hondo y se dispuso a abrir la puerta.

—Lo siento. Se engancha. Tendré que sacar este pomo y echarle un vistazo.

Sadie se quedó mirándolo y Miles pensó de nuevo en cogerla, coger una bolsa, meter algo de ropa, subir al coche y largarse. Subir al coche y conducir, conducir. Alejarse de allí todo lo que pudieran.

Lo cual era imposible, naturalmente, porque estaba Amber. Abrazó a su mujer y la estrechó contra su pecho. Con fuerza, con demasiada fuerza; notó que se ponía rígida. Aspiró el olor de su cabello, percibió el latido errático del corazón de ella pegado al suyo.

Sadie se apartó y lo miró a los ojos.

—¿Qué sucede? ¿Qué te pasa?

—Nada. —Se pasó la mano por la cara, deseando poder dejarla allí, esconderse detrás de ella—. Lo siento, estoy cansado.

Sadie se separó por completo de él y se acercó a la ventana.

—Sigue allí —murmuró—. ¿Qué estará haciendo?

—¿Qué? —Miles miró hacia la calle y el pánico se apoderó de nuevo de él—. Ahí fuera no hay nadie, Sadie.

Pero no estaba tan seguro. No había nadie en aquel momento..., pero ¿había visto, tal vez, una figura hacía tan solo un segundo? El sudor volvió a escocerle en la nuca, a impregnar la parte superior del labio. Y entonces, sin que pudiera evitarlo, aquella rabia que tan bien conocía se apoderó de él.

—Tendrías que pedir cita con otro médico, Sadie. Es evidente que te está dando otra vez, por mucho que dijera ese otro.

Sadie se apartó. Lo que le había dicho le había sentado como un bofetón y Miles se alegraba de ello. Al fin y al cabo, todo aquello era por su culpa.

Amber estaba sentada en el murete que rodeaba el parque, esperándolo. Tenía la cabeza inclinada hacia abajo, el teléfono como siempre en la mano, y el sol brillaba a sus espaldas en un cielo implacablemente azul. Él detuvo el coche junto a la acera y tocó el claxon para llamar su atención. Al verla saltar del murete y acercarse dando zancadas, recordó cuando tenía cinco años, saltaba por el parque infantil y las coletas se agitaban siguiéndole el ritmo. Aquella sonrisa extraña y reservada que siempre había tenido. Notó una masa sólida en el pecho y tuvo que esforzarse para impedir que le asomaran las lágrimas.

—Hola, papá.

Se dejó caer en el asiento del copiloto y cerró de un portazo. Aún no era tan alta como Sadie, pero tenía unas piernas increíblemente largas y era como si su cuerpo se hubiera estirado de repente.

—Hola, mi niña —se oyó Miles decir, intentando engullir aquella presión que sentía en el pecho—. Te habría recogido en casa de Billie, no tenías por qué esperarme aquí.

Amber se encogió de hombros.

—Tenían que salir.

—Ah, vale.

—Por cierto —dijo Amber, apagando la pantalla del teléfono—. ¿Te va bien si me voy unos días de vacaciones con ellas?

Un coche los adelantó en un cruce después de aminorar la velocidad y una cara pálida se volvió hacia ellos. Una sensación de miedo se apoderó de Miles y de nuevo notó aquel nudo en el pecho. Casi ni la escuchaba.

—No sé. ¿Cuándo?

—Mañana. —Rio, incómoda—. Piensan ir a Escocia unos días, en coche. Son las vacaciones de mitad de curso, recuérdalo. ¿Puedo ir?

—Mmm... —dijo Miles, intentando concentrarse en las palabras de su hija. Era como si pertenecieran a un mundo en el que ya no vivía, un mundo con vacaciones, viajes, sin fantasmas. No podía permitir que Amber se diera cuenta de aquello—. Sí. Claro. ¿Por qué no? Me parece una idea muy sana.

—¿De verdad? —dijo, sorprendida, pues era evidente que no esperaba que fuese tan fácil.

—Sí. Te daré algo de dinero para que puedas pagar bebidas, comida y esas cosas.

—Estupendo. —Por algún motivo que Miles no alcanzó a comprender, le pareció intuir cierta decepción en su tono de voz, la ausencia de una pelea que había anticipado—. Gracias, papá.

—De nada. Te mereces un descanso, este curso estás trabajando muy duro.

No tenía ni idea de si era cierto o no. Le resultaba imposible recordar cualquier información que ella hubiera podido darle sobre el avance del curso, independientemente de que él se la hubiera o no pedido. Lo único que le importaba en aquel momento era alejar a Amber todo lo posible, alejarla de allí, alejarla de él, alejarla de Sadie. En lo único que podía pensar era en que Amber estuviera sana y salva.

31

2018

Parten a la mañana siguiente en una miniván alquilada que, a primerísima hora, Federica ha conseguido que le proporcionara el hotel como por arte de magia. Federica se ha vestido especialmente para el viaje, con mallas y una sudadera enorme, y las recibe con una sonrisa en el aparcamiento subterráneo. Amber la ignora, con la capucha de la sudadera puesta, las manos hundidas en los bolsillos, y Greta sigue teniendo que concentrar una parte importante de su energía en no vomitar. Tom, con una gorra calada hasta las cejas, está cargando todo el equipo detrás. A Greta se le hace un nudo en el estómago al pensar en las manos de él sobre ella, en su vientre desnudo, en su viejo y descolorido sujetador. Y cuando Tom levanta la vista y ve que ya llegan, con Amber algo rezagada, Greta quiere que se la trague la tierra, dar media vuelta y huir corriendo de allí.

Consigue levantar una mano a modo de saludo y murmurar «Buenos días» cuando ya están más cerca. Obliga a su cara a mantener su color habitual. Intenta no recordar aquel primer beso en la mesa del bar, con su asiento girado hacia el de él. Las manos en su cara, en su pecho, en sus muslos. Los besos en el ascensor, la frialdad del espejo en la espalda. El estómago le da un nuevo vuelco cuando él le devuelve el saludo levantando también la mano y, acto seguido, vuelve a girarse para continuar con la carga.

Amber la distrae enlazándola por el brazo. Le recuerda cuando tenía trece años, cuando las chicas paseaban por el colegio durante la hora de comer enlazadas de esta manera. Patrullando por el patio como parejas de una corte victoriana, con expresión de suficiencia mientras otras amigas (Greta, normalmente), las seguían detrás. El brazo de Amber es delgado pero fuerte y roza con él el costado de Greta. Su mano abarca entonces el antebrazo de Greta, que se fija en los nudillos, agrietados y blancos, con una débil cicatriz entre el segundo y el tercero. Así tan cerca, huele a tabaco, a gel de ducha y a Coca-Cola Light.

—¡Buenos días, chicas! —Federica se acerca con un brazo extendido, como si pretendiera rodear con él los hombros de Amber, pero titubea a medio camino, aunque logra mantener la sonrisa. Señala la furgoneta—. Subid y nos pondremos enseguida en marcha.

—Me muero de ganas —murmura Amber, retirando el brazo para volver a hundir las manos en los bolsillos.

La furgoneta huele también a tabaco, los asientos son grises, están deshilachados y muestran las marcas de un aspirador de mano. Greta se instala en el asiento posterior y piensa que debería haber cogido las gafas de sol, como Amber. Hay espacio de sobra, pero Amber elige el asiento central de la parte trasera, pegada a Greta. Se baja la capucha hasta la frente y se recuesta en el asiento para poder descansar los pies en el posavasos que tiene delante. Lleva zapatillas deportivas, con los cantos sucios y salpicados de algo, atadas con cordones de color rosa fluorescente.

Sube a bordo Luca, empuja el asiento de delante de ellas y las encierra atrás.

—Es demasiado pronto —refunfuña, tumbándose en la fila de asientos central.

—No te preocupes por nosotros, Luc —dice Tom, cerrando la puerta corredera.

Se instala en el asiento del copiloto y cierra también esa puerta. Greta intenta no pensar en los tropezones que han dado por el pasillo del hotel, en las manos de ella peleándose con el cinturón de él.

—¡Allá vamos! —Federica pone el coche en marcha—. Un viaje por carretera. ¿Alguien tiene algún tipo de música que le apetezca escuchar?

—Nada de música. Es demasiado temprano.

Luca se descalza y deja los zapatos en el suelo del coche. Se tumba bocarriba. Cae (ruidosamente) dormido antes incluso de dejar atrás el Cinturón Norte. Amber vuelve la cara hacia el lado contrario de Greta y guarda silencio, durmiéndose o fingiendo dormir. Greta apoya la cabeza en la ventanilla y ve cómo el cielo gris empieza a iluminarse y la luz del sol lo decolora.

Ha visto fotos de la casa —centenares de fotos, de hecho—, durante los meses de investigación, los meses que ha pasado enclaustrada en el minúsculo despacho del piso de alquiler de Federica y Millie. Fotografías borrosas de periódicos, de viejos anuncios publicados por Internet, las fotografías utilizadas en el juicio. No se siente igual que en Texas, cuando se dirigió por primera vez desde el hotel a casa de los Miller, aquel calor sofocante, el latido imparable de su corazón. La Casa de los Asesinos, llamaba la gente del lugar a la casa de los Miller, con su jardín levantado y restos de cinta policial aún por el suelo. Nadie sabía qué hacer con ella, estaba contaminada. Hayley le contó, un año después de que acabaran la filmación y en el transcurso de una de sus llamadas semanales, que la habían derribado, que habían hormigonado el terreno. Que lo habían convertido en un aparcamiento para el resto de aquella destartalada calle, con casas ocupadas con ventanas tapiadas y porches vacíos. La versión final de *Mis padres son unos asesinos* terminaba con imágenes de aquellas casas, se alejaba de la casa de los Miller, situada al final del callejón, con su jardín y las cosas que habían sucedido en su interior protegidas mediante árboles mal plantados y arbustos con pinchos; con imágenes de las habitaciones vacías y un par de aquellas tarjetas numeradas que utilizaba la policía para hacer sus fotografías, abandonadas entre el polvo. Las tarimas de madera del suelo habían sido sustituidas, pero todos sus secretos habían salido a la luz.

No, la sensación, cuando emprenden rumbo hacia el norte en dirección a la casita escocesa donde Amber se convirtió en una asesina, no es la misma. Solo siente tristeza.

De modo que se sorprende a sí misma cuando, una hora más tarde, mientras Federica se detiene en una gasolinera para engullir su café número tres del día, siente la necesidad imperante de salir, desesperada por poder respirar aire libre. Vomita en la hierba reseca, detrás de los postes de gasolina, de espaldas al coche.

Del diario de Leanna Evans [Extracto E]

Nos pusimos en marcha rápido y temprano, y recogimos a Amber a las seis de la mañana. Billie se quejó, no le gustaba madrugar y, por desgracia, yo estaba tensa y también nerviosa y con poco aguante para tolerar gimoteos. Aquel día fue lo más cerca que estuvimos nunca de una discusión y creo que las dos nos alegramos de aparcar por fin delante de tu casa. Saliste a la puerta para despedirnos y tu cara asomaba cetrina y demacrada por encima de un camisón viejo y andrajoso. Todo un cuadro. Espantosa. Siento decirlo tan crudamente. Tu aspecto era de estar machacada, dejada. Era como si estuvieras resignada a acostarte y aceptar lo que fuera a suceder a continuación. Como si permitieras que pasara.

Podría haber esperado a que Amber subiera al coche y luego marcharme; estoy segura de que eso era lo que esperabas. Era muy temprano y no había necesidad de andarse con conversaciones triviales, con cumplidos. Pero sabía que era la última vez que nos veríamos. Salí del coche. Recorrí el corto camino de acceso, mirándote a los ojos todo el rato.

Lo gracioso del caso, Sadie, es que tú también me miraste todo el rato a los ojos.

Sonreí. Sonreíste. Fue casi como si el fingimiento se hubiera acabado, como si hubiera llegado el final. Pero tú no estabas aún preparada. Dijiste:

—Muchísimas gracias, Leanna. Amber está emocionada con la idea de ir de vacaciones.

Y yo te seguí la corriente. Dije:

—De nada. También estamos muy felices de tenerla con nosotras. Todo verdad. Todo mentira.

Intentaste darme dinero. Lo recuerdo. Me provocó repulsión; tal vez lo notaste. Lo retiraste rápidamente y devolviste los billetes a tu pecho antes incluso de que superaran la mitad de la distancia que nos separaba.

—No, de verdad. —Lo intentaste, aunque con voz débil e insegura—. Para comida y esas cosas. Para gasolina.

—No será necesario —dije.

Y fue una respuesta fría, lo sé. Lo vi en tu cara. Pero me sentía herida, Sadie, por aquel intercambio de impresiones tan vulgar, tan chabacano por tu parte. Como si el dinero fuera la divisa con la que operábamos tú y yo.

—Bueno, pues gracias —dijiste.

Y lo que no alcanzo a comprender es por qué lo dijiste de un modo tan sentido. Parecía realmente que estuvieras agradecida; quedó claro que esto es lo que querías. Que estabas lista para ser abandonada de nuevo.

Volví al coche. Cogí las gafas de sol que llevaba sobre la cabeza y me cubrí con ellas los ojos. Subí el volumen de la radio y nos pusimos en marcha. Te miré por el retrovisor. Y ni siquiera te habías quedado allí un rato. La puerta se había cerrado a tus espaldas y las cortinas de tu casa seguían cerradas.

Y eso fue todo.

Fue tan fácil llevarme a tu hija, Sadie. El Hombre Alto debe de sentirse orgulloso.

Al cabo de diez minutos, ambas se habían dormido, con la cabeza bamboleándose la una contra la otra y la mantita cubriéndolas hasta *los hombros. Era una imagen tan bella, Sadie. Ojalá tuviera una fotografía para enseñártela. Ojalá pudiera hacer que lo vieras.*

Durmieron durante horas, como todas las adolescentes, y al final decidí no despertarlas hasta que estuvimos al otro lado de la frontera, casi en Glasgow. Fueron especiales, aquellas horas de conducción, sola. Las colinas se desplegaban frente a nosotras y aquellas dos niñas de rostro sereno seguían durmiendo. Cuando cruzamos la frontera, percibí una sensación casi física, una separación. Dejé a «Leanna» atrás. Me convertí... no otra vez en mí misma, pero sí en alguien más cercano a ello. Conseguí mudar la piel de todos aquellos meses, aquellos años. Podía empezar a reconstruir cosas. Era un comienzo.

Podría haber conducido durante horas, durante toda la eternidad, sin problemas, pero sabía que no era correcto dejarlas dormir. Sabía que formaban tanta parte como yo de todo esto, sabía que tenían que verlo. Por eso las desperté. Lo hice con delicadeza; bajé el volumen de la radio y empecé a llamarlas. Sus nombres parecían seda en mi boca, esas cuatro sílabas en parejas de dos. Sus alas. Billie. Amber. Las niñas mariposa.

Se desperezaron. Siempre es algo tan especial, ¿verdad?, ver una criatura despertarse de su sueño. Esa cara destensada por el reposo que cambia a medida que la consciencia vuelve a apoderarse de ella, esas facciones adquiriendo de nuevo forma y cobrando firmeza hasta que despacio, muy despacio, los ojos parpadean y consiguen abrirse. Nunca me cansaría de mirarlo.

Aunque, por supuesto, tú no lo has visto nunca, ¿verdad? Nunca has tenido una niña para ver cómo se despierta. Siento lástima por ti en este sentido, Sadie. No estoy segura de que por aquel entonces supieras bien a qué renunciabas.

—¿Ya llegamos? —preguntó Billie, con los ojos todavía cerrados.

Y Amber, que se había sentado ya con la espalda recta, rio aún bostezando. Les dije que faltaba una hora y que antes pararíamos a comer alguna cosa.

Amber me miró a través del espejo retrovisor a la vez que estiraba el cuello y volvía a bostezar, y vi una sonrisa allí escondida, unos hoyuelos en las mejillas. Tuve la sensación de que estábamos metidas en esto juntas, y no creo que suene muy fantasioso. Era como si hubiera estado esperándolo, como si supiera que aquello era lo correcto. Que todo esto había sido lo correcto.

En el Little Chef, Amber pidió un desayuno completo mientras que Billie, como siempre hace últimamente, pidió tortitas. Yo me decanté por café solo y di vueltas a una macedonia de frutas que me sirvieron en un cuenco desconchado. Estaba tan emocionada que no podía ni comer. Me sentía como una niña, con la barriga revuelta, incapaz de poder concentrarme. Me esforcé para disimularlo.

—Te encantará la casita, Am —dijo Billie, pinchando con el tenedor tres trozos de tortita y sumergiéndolos en un charco de jarabe de arce—. Es el lugar más precioso que conozco.

Me pareció un lugar natural para dar la noticia; que la casita que normalmente alquilábamos no estaba disponible pero que había encontrado otra aún mejor. A ninguna de las dos pareció importarle. Me puse tan contenta que me entró la risa tonta. Me sentía libre. Miré hacia las colinas verdes, más allá de la carretera y pude, por fin, respirar.

Llegamos a la casa unas dos horas después y pasamos los últimos treinta minutos dando botes por una pista llena de baches que rodeaba el fabuloso y resplandeciente Loch Earn. Las niñas se quedaron en silencio al ver tanta belleza; supongo que es posible que estuvieran tan cansadas como de mal humor por llevar todo ese tiempo encerradas en el coche, pero sinceramente creo que fue por la magnificencia del lago. Hay que verlo para creerlo, Sadie. Aunque estoy segura de que ahora lo verás. Me sentía feliz pensando en ti paseando por su orilla, contemplando sus olas plateadas e infinitas, y formulándote preguntas. Buscando. Buscándonos como yo te he buscado a ti.

La casa en sí quedaba escondida en lo alto de un camino de acceso con mucha cuesta, protegida por árboles frondosos y madreselva, y me vi obligada a bajar el ritmo y avanzar a paso de tortuga para ir subiendo. Y entonces, al doblar una curva, apareció; pequeña, encalada y perfecta. Respiré hondo y sorprendí de nuevo la mirada de Amber en el retrovisor. Parecía menos impresionada que yo, pero era normal. Sabía que acabaría entendiéndolo.

Con las piernas rígidas, salimos del coche y miramos a nuestro alrededor. El terreno de delante de la casa tenía una pendiente pronunciada y estaba cubierto por tojos y matorrales. Y más allá, el lago, inmenso y agitado, con las montañas llegando hasta la orilla.

Billie se encaramó al pequeño y antiguo porche adosado a la casa y estiró la cabeza por encima de la barandilla para tener mejor vista. Amber se encaramó después que ella. Ya puedes imaginarte mi pánico. Sé que grité «¡Cuidado!» y que el corazón se me aceleró al darme cuenta de que la barandilla estaba rota y que debajo de ella había un mar de matorrales con pinchos. Ambas me miraron con cara de exasperación y comprendí que tenía que controlar mi miedo, mi necesidad de protegerlas. Me giré hacia el otro lado para intentar buscar la llave. El propietario me había dicho que estaba debajo de una maceta en la parte delantera de la casa, pero había muchas. Pesadas, voluminosas y de cerámica. Cuando por fin localicé la correcta, las niñas ya habían bajado y había pasado el peligro. Pude volver a respirar con tranquilidad.

Retirada la llave, abrí la puerta. Ahora tenía a las niñas detrás. La puerta se abrió sin problemas y nos recibió el ambiente limpio y fresco del interior, un aroma a leña seca y sábanas impolutas. Entramos juntas y nuestros ojos se adaptaron a la penumbra. Estaba oscuro, el suelo era de losas de pizarra y la barandilla de madera oscura flanqueaba la escalera. Techos bajos, alfombras de aspecto polvoriento cubriendo el pasillo. Pero en cuanto nos adentramos más en la casa, vimos que la ventana del salón ofrecía una vista perfecta del lago, que las barquitas se habían reducido a pequeñas manchas blancas. La cocina estaba limpia y bien equipada. Abrí la nevera y encontré en la puerta una botella de Chardonnay. Y —esta parte te encantará, Sadie, es *exactamente lo que tú habrías hecho— me dije para mis adentros «¿Por qué no?». Saqué la botella de la nevera y me serví un poco en una de esas copas de vino, pequeñas y baratas, que había en el armario. Las niñas estaban dando brincos sobre la madera del suelo justo encima de mí, riendo, oí un golpe sordo cuando una de ellas dejó caer su bolsa, un chillido cuando la otra se tumbó en una de las camas individuales de su dormitorio. Sonidos encantadores, el sonido normal de una familia. Todo mi ser se alegró solo de oírlo.*

Cogí mi copa de vino y volví con ella al salón. Contemplé el agua. Qué inmensidad. No me había dado cuenta de que fuera tan grande. Tan oscuro aquel lago, tan profundo; tan profundo como ancho es, dicen. Me parecía incomprensible.

Parecía perfecto, Sadie.

Preparé un pastel de carne utilizando la carne picada que nos habían dejado para nosotras en la nevera y unas cuantas patatas harinosas. Habían dejado también un par de botellas de vino tinto, y cuando serví la comida ya me había terminado mi blanco y estaba lista para continuar. Supongo que para ti sería normal, la conducta esperada, pero en mi caso era excepcional. Estaba emocionándome demasiado, estaba vendiendo la piel del oso antes de cazarlo, como se suele decir. Era peligroso pero, con todo y con eso, hacía años que no me sentía tan relajada. Como regalo, incluso les serví una copa a las niñas.

—Pon un poco de música, Amber —sugerí, y entonces conectó su teléfono al equipo de música que había en un rincón y me sorprendió al elegir a Frankie Valli y The Four Seasons en vez de algo pop y más nuevo.

Tomé asiento en la cabecera de la mesa y le sugerí a Billie que sirviera mientras disimulaba un eructo. Estaba bebida, demasiado bebida. Pero no había ningún riesgo. Por primera vez en mucho tiempo, me sentía a salvo.

Billie se levantó y empezó a cortar las porciones con cuidado en la bandeja, consciente de pronto de que estaba bajo el escrutinio de nuestras miradas. Es facilísimo adivinarlo: los repentinos destellos de las manchas de color que le pueblan las mejillas, el modo en que su voz empieza a titubear y a romperse. Es una de las cosas que más me gusta de ella. La pureza, ningún tipo de fingimiento. Cogió el cucharón e intentó servir el primer trozo irregular que había marcado.

—Vamos allá —dijo Amber, dándose cuenta y acercando un plato justo a tiempo para capturar el trozo antes de que cayera—. Muchas gracias por todo, Leanna. Tiene una pinta estupenda.

Me limité a sonreírle; me di cuenta de que no podía ni hablar. Estaba superada por aquel sentimiento de intimidad natural, por la comodidad y la belleza del lugar. Por esa sensación, de nuevo, de un final, de un principio. Ella pertenece a este lugar, todas nosotras pertenecemos a él. Y aquí estamos.

Las niñas se sentaron, con el plato lleno. Bebí un poco más de vino. Había perdido el apetito pero me sentía satisfecha. Removí la comida con el tenedor, llevándome de vez en cuando un bocadito a la boca, dejando que su conversación fácil y monótona sobre música y chismorreos pasara encima de mí como las olas del lago.

Había cometido un error, Sadie. Sé que te sorprenderá. Hasta aquel momento me había permitido el lujo de relajarme, había reducido el espacio entre las cosas que pienso y las cosas que digo hasta que fue tan pequeño que desapareció, hasta que mis palabras brotaron sin control alguno.

La llamé Anna, Sadie. No estaba prestando atención, estaba pensando en ti y en todos estos años pasados y luego volví a meterme en su conversación y me di cuenta de que me habían formulado una pregunta. Que las dos estaban allí, mirándome con expectación, y antes de que me diera cuenta, lo dije.

—Lo siento, Anna..., ¿qué decías?

Amber me miró extrañada, pero era tan educada que no dijo nada. Fue Billie la que gritó:

—¡Mamá! ¿Quién es Anna? ¡Esta es Amber!

Reí para restarle importancia, les dije que estaba cansada de tanto conducir. Amber se mostró tranquila, comprensiva. Supongo que ver una madre borracha no es muy excepcional para ella, ¿no? Pero después de aquello, Billie siguió mirándome. Enervada. Amber intentó arrastrarla de nuevo hacia la conversación, pero la atmósfera había cambiado, solo un poco, e intenté repararla, intenté recuperar aquel momento de tranquilidad. Hablé sobre las cosas que podíamos hacer, los paseos que podíamos dar. Tal vez pensarás que no les interesó, pero sí. Parecían más pequeñas, allí sentadas. Felices de estar en una casita en medio de un paisaje espectacular, felices de disfrutar de una aventura. Empecé a relajarme de nuevo.

La música tocó a su fin y Amber se levantó para poner otra cosa. Yo estaba observando a Billie, intentando tranquilizarla, porque me daba cuenta de que mi desliz seguía preocupándola. Oí que Amber exclamaba «¡Ay!», y me volví justo a tiempo de ver mi bolso volcado en el suelo y todo su contenido fuera. Debí de dejarlo sobre la encimera con la emoción. Mi cerebro funcionaba con lentitud y ofuscación por culpa del vino, de modo que cuando vi que Amber se agachaba para volver a guardarlo todo, seguí sentada, sonriendo y siguiendo el ritmo de la música que ella había seleccionado. Madness, esta vez. No creo que Miles y tú lo pongáis en casa. Demasiado cercano a la verdad, eso de la locura. Pensé en ti y sentí otra vez lástima, una sensación cálida en mis entrañas, gracias al vino.

Y entonces, Sadie, entonces caí en la cuenta. Caí en la cuenta.

Me levanté de un brinco, pese a la escasa fiabilidad de mis piernas, y la aparté. Creo que conseguí gritar «¡Deja eso!» entre tanto, aunque no estoy segura. Toda mi intención era recoger las cosas que habían salido del bolso y volver a meterlas en él. Solo levanté la cabeza cuando Billie dijo «Mamá». Estaba mirándome, boquiabierta. Miré de reojo a Amber, aferrando el bolso contra mi pecho. Ella también me miraba, aunque con expresión impasible, interesada y aún sin miedo alguno.

No se asusta fácilmente, ¿verdad?

Pedí disculpas, solté el argumento medio ensayado de que tenía una sorpresa para ellas allí dentro. Billie se apaciguó al instante y volcó de nuevo la atención en la comida. Amber regresó a su asiento, sin dejar todavía de mirarme. Mirándome todavía, y aún sin miedo. Me ve, Sadie. Me ve y está aquí, y todo saldrá como debe salir.

32

2016

Billie llevaba horas sonoramente dormida, bocarriba. La casa hacía rato que se había asentado y los crujidos de las grietas y el goteo de los grifos se habían extinguido. Amber, completamente despierta, se alegraba de que Billie roncara. El silencio era espeluznante, pesado en su totalidad, insoportable. Le recordaba lo lejos que estaba el pueblo más próximo, la casa más próxima.

Sadie había vivido en su día en un lugar similar. Se lo había contado, borracha, una noche, cuando le tuvo que pedir a Amber que le conectara de nuevo el teléfono a la red wifi. «No estoy acostumbrada a nada de todo esto —le había dicho—. Estoy acostumbrada a vivir en un lugar por donde solo pasa un autobús tres veces por semana».

Y aunque no le había parecido una fanfarronada, Amber recordaba haberse sentido menospreciada, como si Sadie estuviera intentando demostrarle lo independiente que era, que no necesitaba artilugios electrónicos ni compañía para sobrevivir. Había pensado en aquel momento que, de encontrarse en una situación como esa, sobreviviría tan bien como Sadie, incluso mejor... Pero ahora que estaba aquí, le daba miedo la oscuridad, el silencio.

No era hija de su madre.

Sacó el teléfono —que no funcionaba de momento como teléfono— de debajo de la almohada. Seguía sin tener cobertura, solo llamadas de emergencia. Y aquello le hacía sentirse impaciente y ansiosa. Volvió a mirar por si acaso aparecía como por arte de magia en la lista alguna wifi abierta. Pero solo salía la que ya había visto la última vez que lo había mirado: Ardvorlich01, protegida con contraseña. Recordaba un cartel —Ardvorlich House— a un par o tres de kilómetros de distancia de allí, un camino de aspecto tenebroso que se adentraba serpenteante entre los árboles. Mañana tendría que ir a mirar, intentar ver si encontraba algún tipo de señal. Miles se estaría volviendo loco porque no le había enviado ningún mensaje diciéndole que habían llegado bien o informándole de la dirección, y sintió una punzada de culpabilidad por no haber pensado en ello hasta aquel momento, por no haber pensado en recordárselo a Leanna antes. Porque hasta ahora, lo único que le había preocupado era que Leo hubiera estado intentando llamarla o tratando de enviarle algún mensaje.

Leo. Pensar en él le provocó una oleada de miedo frío, una sensación que ya empezaba a resultarle familiar. Aquel dictáfono con sus observaciones pronunciadas con tanta calma: «Una mujer desconocida se ha parado a hablar con Miles delante de la biblioteca». Como si Leo fuera David Attenborough, observando una especie de ave aburrida pero en peligro de extinción. Y Amber no había hecho nada. ¿Qué estaría haciendo Leo sin ella por allí? ¿Estaría de nuevo vigilando a su padre?, ¿estaría observándolo justo en aquel momento? La idea de tenerlo delante de su casa, mirando sus ventanas oscuras, le provocó un estremecimiento. Había cometido un error, lo sabía por instinto; la sensación de saberlo de aquella manera subconsciente empezó a girar como un torbellino en su interior y a presionarla. Algo iba mal, y ella no había hecho nada.

Leanna también le preocupaba. Se comportaba de forma... distinta, no se le ocurría otra manera de describirlo. No es que no estuviera siendo amable, que lo era, se estaba mostrando mucho más amable y relajada de lo habitual. Amber nunca la había visto tomar una copa hasta ahora, y mucho menos vaciar dos botellas de vino, como había hecho en el transcurso de la cena. Pero su forma de sonreírles todo el rato resultaba inquietante, de sonreírles y mirarlas, de mirarlas siempre a la una o a la otra de un modo descentrado, emocional, que Amber era incapaz de interpretar. Pensó en el momento en que Leanna la había llamado «Anna». No era muy importante, sonaba muy similar a «Amber», pero la reacción de Billie había sido totalmente exagerada y la escena había incluido algo que le provocaba escalofríos, aunque no conseguía identificar qué. Luego estaba el modo en que Leanna había cruzado corriendo el salón para recoger el bolso que había caído al suelo, el modo en que su cara de alcohólica felicidad se había desencajado durante un segundo. Amber sí sabía lo que había visto allí: pánico.

Siempre adivinaba cuando alguien escondía algo, y nunca se equivocaba.

Cuanto más pensaba en ello, más aumentaban sus recelos. Algo había de raro en ellas dos, lo había percibido desde que Billie se presentó en el colegio y la eligió a ella como una amiga a la que seguir por todas partes como un perrito. Algo raro había también en las ganas de Leanna de entablar amistad con la loca de su madre, cuando todo el mundo que pasaba más de cinco minutos en compañía de Sadie comprendía enseguida que no era una señora con la que salir a comer, que era la última persona del mundo a la que invitarías a tu casa a tomar un coctel y a compartir recetas.

Y Amber había visto algo, en aquella cascada de pertenencias de Leanna que se había producido cuando el bolso había caído al suelo. Por supuesto que sí..., a ella no le gustaban las sorpresas; tenía que hacer todo lo posible para impedir que la gente se las diera. Siempre había sido habilidosa para detectar las cosas que los demás no querían que se vieran. Tenía memoria fotográfica y podía rebobinar como si fuera el *feed* de Instagram, sabiendo cuándo y cómo tenía que ampliar la imagen. De modo que sí, había visto un sobre grueso caer al suelo junto con el elegante billetero de Leanna y su impoluta agenda, sus llaves y varios cupones del periódico de la ciudad unidos mediante un clip, un papel doblado con la reserva de la casa, una receta de algo. Lo había visto, se había dado cuenta, y había visto cómo Leanna lo cogía para meterlo de nuevo en el bolso.

Y lo que es más importante, había visto la primera línea escrita en el sobre: «Sadie Banner». Y no pudo evitar preguntarse por qué Leanna iba por el mundo con una carta para su madre, cuando la había visto en persona hacía menos de un día.

Se levantó con cautela, pero los muelles del colchón chirriaron como traidores. Billie murmuró alguna cosa en sueños y Amber se quedó helada, como si una corriente de aire le paralizara los tobillos. Cuando Billie se recolocó de costado, Amber siguió avanzando, colocando con cuidado sus pies descalzos uno detrás de otro mientras sus ojos se acostumbraban a la oscuridad.

Se dijo que era una tonta. Que tendría que volver a la cama e intentar engañar al cerebro para que cogiera el sueño. Pero algo la obligó a seguir avanzando, una sensación animal que notaba en el pecho. Aquella carta. Con un grosor considerable, con alguna cosa sólida y dura en el interior del sobre. ¿Quién enviaba cartas hoy en día? ¿Qué contenía una carta dirigida a alguien a quien apenas conocías y con quien compartías comidas aburridísimas una vez por semana?

El rellano de la escalera no tenía ventanas y estaba negro como la boca de un lobo, sin siquiera el débil resplandor de la luna que sí se reflejaba en los muebles del dormitorio. Adentrarse en él fue como ponerse al borde de un abismo, una caída libre. Se detuvo allí un segundo, escuchando su propia respiración. Llevaba el teléfono en la mano, pero tenía demasiado miedo como para utilizar la linterna.

«¿Demasiado miedo de qué?», se preguntó, y pensó de nuevo en Sadie. En las cosas que veía en las sombras. En la maldición que llevaba con ella, que le había transmitido a Amber. ¿Y acaso en aquel rincón, donde la oscuridad era más intensa, no parecía de pronto como si se perfilase la silueta de un hombre? ¿No había algo pequeño agazapado allí, junto a las escaleras? ¿Algo pequeño que se balanceaba, algo que le tendía una mano?

«No —se dijo—. Tú no eres hija de tu madre».

Y aquella cosa animal de su interior la llevó a seguir caminando. Por el pasillo, hacia su boca. Las planchas de madera del suelo guardaron silencio bajo sus pies y empezó a sentirse ingrávida, como si estuviera en un sueño.

La puerta de la habitación de Leanna estaba entreabierta y se filtraba la luz de una lámpara, rompiendo por fin la oscuridad. Amber dudó, y de pronto el miedo fue como una cuchillada en el pecho. Era un instinto, pero había aprendido a escuchar a sus instintos. Dudó. ¿Sería el frío aleteo del aliento de otra persona en la piel de la nuca aquello que estaba notando?

Otra corriente, aire procedente de algún lado, de todos lados. Avanzó otra vez despacio, tan despacio que la luz pareció expandirse y cernirse sobre ella hasta que la alcanzó. Su mano encontró el pomo de la puerta.

Y entonces lo oyó y el latido de su corazón se ralentizó; un sonido húmedo con un ascenso y descenso regular. Tal madre, tal hija: Leanna estaba roncando. Con confianza creciente, Amber abrió lentamente la puerta. La lámpara estaba en la mesita de noche y su pantalla de color verde claro proyectaba una luz oscilante sobre los volantes de la cama y de las cortinas. Leanna estaba completamente vestida, tumbada bocarriba con su elegante blusa dejando al descubierto un buen trozo de piel, arrugada y con marcas rojizas por la presión de los vaqueros. Estaba descalza y tenía las uñas de los pies pintadas con un tono rosa nacarado. Amber se quedó en el umbral, observándola. Y su mirada descendió luego por la colcha, hasta donde la mano de Leanna estaba extendida con la palma mirando hacia arriba y los dedos medio en garra: una araña panza arriba. Más allá, aquel sobre blanco, con la solapa abierta y un bolígrafo abandonado a su lado.

A diez pasos de distancia; incluso siete. Miró el suelo de madera, preguntándose si aquellas planchas serían de fiar, y luego subió la vista hacia la expresión distendida de la cara de Leanna y se fijó en que el ronquido se repetía más o menos a cada minuto. Había visto un montón de veces a Sadie en una posición similar a aquella en el transcurso del último medio año (y, por otro lado, no era tampoco una posición desconocida para Amber). Leanna no se despertaría. Casi seguro. Lo más probable es que siguiera así hasta que se hiciera de día.

Amber dio un pasó y entró en la habitación, luego dio otro. De pronto, hacerse con aquella carta era la cosa más importante del mundo, sentir el grosor del papel del sobre en sus manos y extraer su contenido para examinarlo y entender qué era todo aquello. Estaba junto a la cama, lo suficientemente cerca como para ver las finas venas azules del cuello de Leanna, los pegotes de máscara debajo de sus ojos. El ambiente olía a fermento y vinagre, un hedor que se erigía victorioso por encima del olor a moho y madera de la casa. Algo había cambiado y tardó unos instantes en caer en la cuenta de que lo que era distinto era el silencio.

No había ronquidos.

Su mirada ascendió de nuevo desde la carta hacia Leanna, segura de que abriría los ojos, expectante. «¿Qué demonios haces aquí?».

Pero Leanna tenía los ojos cerrados, la boca laxa. Hubo un largo segundo de silencio, de quietud total... y entonces, volvió a roncar, a engullir aquella respiración que se le había pasado por alto, y el ronquido se reinició.

De pronto, Amber se encontró con la carta en la mano. De repente le pareció una tontería, decepcionante. ¿Qué pensaba encontrar allí? Poco a poco empezó a preocuparse ante la posibilidad de que se tratara de una carta de amor o de algún tipo de regalo, algo privado; un secreto de Sadie que, por una vez, no tuviera nada que ver con ella. Pero ya era demasiado tarde. Tenía la carta en la mano. Percibió de nuevo aquella forma sólida en el interior del sobre, plana y gruesa. Quería saber qué era. Sabía, sin saber cómo, que necesitaba saberlo.

No se atrevió a respirar hasta que estuvo otra vez fuera, en el descansillo, arrastrándose con sigilo hasta las escaleras. Primero pensó en ir hasta abajo, en alejarse de Leanna y de Billie, pero se alegró tanto de haber conseguido llegar hasta el primer peldaño sin emitir ni un sonido, que se sentó en él, a una distancia prudencial y suficiente para oírlas a ambas.

Se apoyó en la barandilla y extrajo el objeto del sobre. Buscó a tientas el teléfono y encendió la linterna. Era un cuaderno, algo combado por el uso, con cubiertas de cuero suave. En la parte central, en letra pequeña y repujado en oro, «2016». Un diario. Abrió la tapa y empezó a leer. El miedo le había dejado la boca seca.

Las páginas estaban atiborradas de una caligrafía densa y pulida que a veces se enroscaba erráticamente. Había fragmentos, en algunas frases, en los que el bolígrafo había presionado con tanta fuerza que las letras se habían oscurecido y la tinta se había desdibujado sobre el papel. De entrada se sintió confusa. Era un diario, pero un diario dirigido a su madre. Un diario que se centraba en los detalles mundanos del modo en que sus respectivas vidas se habían entrecruzado. ¿Qué tipo de persona consagraría su tiempo a anotar esas cosas? ¿A registrarlas como si fueran especiales o importantes?

Entonces, como una nube que pasa por delante del sol, la oscuridad de las palabras hizo mella en ella. El odio que intuía plasmado en tinta en aquellas páginas, sujeto con fuerza a las palabras unidas entre sí, enroscadas. Cuando llegó al relato de la noche anterior, estaba temblando. Aquellas últimas palabras (garabateadas: el vino) —«Me ve»—, se le clavaron como dardos. Giró la página, pero las palabras de Leanna terminaban allí.

Y tomaban el relevo las palabras de otra gente.

—El Hombre Alto volvió a hablarme anoche —dijo Justine.

Estaban sentadas en su lugar habitual, junto al río. No había nadie por los alrededores. El viento les azotaba la cara y el sol era casi invisible en un cielo blanco. Sadie se estaba tocando la argolla metálica que se había comprado en el mercado, que empezaba ya a pincharle la parte superior de la oreja.

—Dice que no es suficiente —explicó Justine, levantándose del banco y avanzando a saltos el par de pasos que la separaba de la orilla del río. Se sentó en el murete de cara a ellas y escondió las manos bajo los muslos—. Dice que tendría que llevarse a una de nosotras.

Sadie experimentó una sacudida de miedo. Cuando la visitó en sueños, no le dijo nada de esto. ¿Era a ella a quien tenía pensado llevarse? Tal vez Justine fuera la única que era especial. Cerró la mano en un puño y acarició el relieve de la cicatriz que escondía en la palma como un secreto.

—¿Y qué se supone que tenemos que hacer? —preguntó Marie, aunque lo hizo con un tono de voz plano y mirando de reojo a Helen.

Sadie ya se había percatado de que Marie no mostraba el mismo entusiasmo de antes con respecto a la idea de ser especial.

—Ha llegado la hora de demostrar lo que de verdad valemos

—dijo Justine, levantándose—. Tenemos que darle lo que quiere. Venid conmigo, todas.

Se alejaron del río para adentrarse en el bosque. El suelo del claro estaba cubierto de mantillo. El ambiente tenía un aroma ferroso. Sadie pensó en las cartas que le había escrito al Hombre Alto, en las cartas que seguían escribiéndole y que quemaban allí, en sus palabras transformadas en plata y humo, arrastradas por el aire. No era suficiente. Pensó en el gato que se paseó entre las piernas de Justine, en el sonido que había emitido cuando ella lo agarró por la cabeza.

Notó unos dedos rascándole la nuca, desaparecieron casi de inmediato. Estaba con ellas. Estaba con ella, como sucedía a menudo cuando la asaltaban las dudas o tenía miedo, y saberlo la reconfortó. Ansiaba alejarse del claro, dejarse abrazar por las sombras. Sentir la mano de él en la suya. Su voz en el oído, diciéndole que era especial.

Aunque tal vez fuera a Justine a quien había ido a buscar, a Justine, a la que había hecho especial. Tal vez Sadie se quedara allí, se quedara sola…, un destino aún peor que ser raptada. Miró entre los árboles, le pareció ver una figura moviéndose.

—Hace mucho tiempo, el Hombre Alto mató a su hija —dijo Justine. Era la parte de la historia que más le gustaba contar—. Sabía que, aun siendo tan pequeña, era muy mala.

—No quiero hacer esto —dijo de repente Marie, cruzándose de brazos.

—¡Tenemos que hacerlo! —Helen miró desesperadamente a Justine y a Sadie—. ¡Decídselo!

Justine se acercó a Marie, examinando su expresión.

—Me dijo que eres débil —susurró—. Se te llevará, que lo sepas. Mientras estés sola, durmiendo por la noche… —Chasqueó los dedos delante de la nariz de Marie y Sadie, con un nudo en el estómago, dio un brinco—. ¡Puf! Desaparecida.

Emitiendo un chillido, un pájaro abandonó la rama del árbol

donde estaba posado y sus alas rasgaron el aire. Helen gritó también y agarró con fuerza la mano de Marie.

—Tienes que hacerlo —dijo—. Vamos, Marie, él solo se lleva a las malas. Tenemos que ser especiales, ahora.

—No. —Marie soltó la mano de Helen—. Volvamos a casa.

—Yo, de ser tú, Hel, me quedaría aquí con nosotras —dijo Justine, sin dejar de mirar a Marie—. Tu hermana lo está haciendo enfadar muchísimo. La castigará.

—Calla ya —dijo Marie, pero tenía los ojos llenos de lágrimas y le temblaba la voz—. No lo hará.

Justine sonrió y miró más allá de Marie, en dirección al espacio oscuro que se abría entre los árboles. Y entonces dio un paso más hacia su amiga y acercó la cara a la de Marie.

—¿Quieres apostar algo? —dijo en voz baja, y su mirada se dirigió de nuevo hacia los árboles.

Marie se giró en redondo y, por un segundo, Sadie creyó ver otra vez aquella sombra, una figura de pie, allí donde empezaban las sombras.

—¿Aún tienes miedo? —susurró Justine al oído de Marie, y entonces la empujó, con fuerza, y Marie cayó al suelo, justo en el borde del claro.

—Oye, tú...

Helen dio un paso al frente, pero Sadie avanzó, le sujetó la mano y la contuvo. Sus ojos permanecían clavados en la figura, aunque Marie parecía no ver nada. Marie se incorporó y bajó la vista hacia la rodilla, con una herida sangrante. Por su mejilla resbalaba una lágrima y Sadie se sintió decepcionada. Marie no era nada especial. Marie era débil.

—Mejor que te largues corriendo, Marie —dijo Justine, sin dejar de sonreír—. Esta noche mejor harás encerrándote con llave en tu habitación, si piensas que así estarás a salvo.

Y Marie no se quedó allí para seguir discutiendo. Dio media vuelta y echó a correr, levantando las hojas del suelo a su paso.

Justine se volvió hacia las demás y se encogió de hombros con indiferencia.

—No todas podemos ser especiales —dijo, y sacó el cuchillo del bolsillo—. Tenemos que darle lo que quiere —le dijo a Sadie—. Conozco el lugar exacto.

—¿Se llevará el Hombre Alto a Marie? —preguntó Helen, con los ojos llenos de lágrimas.

Justine volvió a encogerse de hombros.

—Marie ya no es especial. —Las miró a las dos, y luego fijamente a Sadie—. El Hombre Alto se lleva a las hijas —dijo, y Sadie notó que sus labios articulaban las palabras a la vez que su amiga—. Pero a veces, necesita ayuda.

Y mientras caminaban por el bosque, con las hojas susurrando como locas a sus pies, los árboles transportaron hacia ellas el sonido de la risa de una niña.

33

2016

La primera página eran recortes de periódico de frases y párrafos, papel amarillento. Se solapaban entre ellos, abarrotando la página, y el efecto bajo la intensa luz blanca del teléfono resultaba mareante.

... los padres, Debbie y David Weatherall, y la hermana mayor, Lucy...
... Lucy Weatherall, hermana de la pequeña asesinada...
... acompañado en los tribunales por la hermana adolescente, Lucy...
... Stacey Frederick, la menor, dio la mano a la criatura y cantó...
... asesinas de bebés, así de claro...

Giró la página. Tenía miedo y no entendía nada, de modo que giró la página.

Un artículo, perfectamente recortado y pegado al papel.

Las asesinas de Anna Lou en libertad

En una declaración que ha tenido lugar en fecha de hoy, el Servicio de Fiscalía de la Corona ha anunciado que a las chicas conocidas como «Las brujas de Westborough» se les proporcionará próximamente una nueva identidad. Se trata de las tres menores que fueron declaradas culpables de asesinato de una pequeña hace ahora cinco años.

Anna Louise Weatherall, de dos años de edad, fue encontrada muerta en un bosque próximo a su casa en Westborough en 1990, después de haber desaparecido de un parque infantil cercano a su casa. Había recibido veintisiete puñaladas y tenía el cráneo aplastado. Las imágenes captadas por las cámaras de seguridad de la zona guiaron a la policía hasta las tres chicas, con edades comprendidas entre los once y los trece años.

Durante el registro de la casa de las chicas se descubrió un calcetín manchado de sangre que había pertenecido a la niña, junto con un pasador de pelo con una margarita. Las chicas explicaron a la policía que solo estaban «jugando» con la pequeña, pero una amiga del colegio, que decidió mantenerse en el anonimato, testificó ante los tribunales que el grupo estaba «obsesionado» con una leyenda urbana que hablaba de ofrecer sacrificios humanos a una figura satánica. El jurado pudo ver pruebas fotográficas del «ritual» que llevaron a cabo con el cuerpo de un gato que encontraron en el patio del colegio.

La mayor de las chicas, Justine Jones, fue descrita en el banquillo por un psicólogo de la policía como «una chica muy enfadada» con «un coeficiente intelectual elevado y gran poder de manipulación», mientras que la menor, Stacey, fue descrita como «una soñadora, tremendamente susceptible y muy maleable, aunque también persuasiva y con una personalidad formidable».

The Sun revela ahora en exclusiva que las tres menores han sido liberadas de la custodia de sus padres y recibido una nueva identidad para quedar protegidas.

El artículo iba acompañado por una fotografía y Amber se inclinó sobre ella, hasta el punto de que el teléfono rozó la página. Un hombre y una mujer, demacrados y vestidos de negro, y a su lado, una adolescente malhumorada, con el cabello rubio cortado en una curiosa forma de taza.

Estaba muy distinta. Era evidente que se había operado la nariz y Amber creyó adivinar también otras intervenciones, rellenos de algún tipo para dar nueva forma a la cara, que ahora era más refinada, más de diseño. Pero era reconocible, porque Amber distinguió aquella misma cosa en sus ojos, aquella cosa que la asustaba y la repelía y que de pronto comprendió. La desnudez de su pérdida, de su necesidad.

Leanna. Leanna era Lucy Weatherall, hermana de Anna Louise, la pobre niña asesinada.

Amber giró la página con las manos húmedas por el sudor. Y allí estaba. Un tríptico perfecto, con las fotografías, decoloradas ahora, cuidadosamente recortadas. La primera foto era de una niña pequeña de cara redonda, con cabello fino y apartado de la cara con un pasador de plástico con una margarita. Entre sus manos regordetas sujetaba una muñeca, pegada a su barriga, y esbozaba una sonrisa insegura. A continuación una imagen recortada de un periódico: el cadáver de un gato, abierto en canal sobre la hierba. Era una fotografía en blanco y negro, granulada, pero se distinguía la mancha de sangre en la hierba, allí donde habían cortado toscamente el pelaje y la carne.

Y luego la última foto, una polaroid vieja. Cuatro chicas,

enlazándose con brazos delgados, sonriendo a la cámara, vestidas con trajes de terciopelo arrugados y calzadas con Dr. Martens. El *flash* les había emblanquecido un poco la cara, también la luz del sol en el objetivo, pero la mirada de Amber se sintió rápidamente atraída hacia la más menuda, la más pequeña. Aquella cara, tan despreocupada y tan conocida. Stacey.

Sadie.

Mamá.

Notó el aliento en la nuca antes de oír el crujido de la madera del suelo.

—Esta la puse para ti —dijo Leanna.

34

2018

Llegan a Escocia justo después de la hora de comer. Amber, que parece haberse pasado el camino durmiendo —aunque Greta nunca está segura del todo en este sentido—, se despierta de repente y se pone en alerta. Tiene una pierna cruzada debajo del cuerpo y el pie da golpecitos continuos en el asiento. Se desplaza por la pantalla del teléfono, sin quitarse las gafas de sol. Greta, mirándola de reojo, se da cuenta de que sus ojos se desvían sin cesar hacia la ventanilla. Se alegra de que Amber lleve gafas de sol; si Federica se diera cuenta del nerviosismo con que su pasajera ve reducirse la distancia entre ellos y la casa, a buen seguro sugeriría que conectaran una cámara.

Greta, al final, también ha conseguido dormir un poco. Pero ha sido un sueño inquieto, con pesadillas en las que se veía a sí misma desnuda de cintura para abajo, en las que un hombre salía de las sombras y la tocaba con dedos gélidos. En las que unas uñas largas y sucias le escarbaban la piel, extrayendo puñados de carne. En las que Hayley Miller le daba la mano todo el rato mientras una niña balanceaba las piernas, sentada en una silla del hotel. En las que Tom emergía de las sombras, llamaba a la puerta.

Pronunciaba su nombre.

Se ha despertado sobresaltada y ha visto que él le tendía su teléfono, que había dejado cargando.

—Te llama tu padre.

No ha llegado a tiempo y su padre, con su tono de voz frío de siempre, le ha dejado un mensaje. «Siento no encontrarte. Vamos a salir a cenar, pero a lo mejor podrías llamarnos mañana. Nos gustaría oír un poco tu voz». A lo mejor es la resaca, el sabor amargo de su boca, pero el sonido de la voz de su padre le llena los ojos de lágrimas. Sigue la mirada de Amber en dirección a los campos y las colinas e intenta no pensar en lo que sus padres dirían de esta película. Recuerda la Navidad de hace dos años, cuando tanto ella como Sebastian estaban libres y pudieron viajar hasta Dearborn y estar juntos por primera vez desde que él terminara los estudios. Recuerda que un día entró en el salón —una estancia que nunca utilizaban, puesto que las cenas familiares y las sesiones de televisión tenían lugar en el sótano que sus padres habían reconvertido en sala multiusos— y encontró, entre los artículos enmarcados que su hermano había escrito desde Kabul, Bagdad y Damasco, una crítica de *Mis padres son unos asesinos*, publicada en la versión digital del *Washington Post*. Impresa, recortada y pegada a un fondo oscuro y colocada en un grueso marco plateado, ocupando con orgullo un lugar de honor encima de la chimenea. El salón era una estancia para invitados y allí estaban Sebastian y ella, con sus logros expuestos como tesoros excepcionales que sus padres no acababan de creer que poseyeran.

Federica se inclina hacia delante en su asiento y el coche disminuye su velocidad.

—¿Es esta la curva?

Tom consulta el teléfono.

—No consigo actualizar el mapa, aquí no hay cobertura.

—Sí, es esta. —Los golpecitos del pie de Amber en el asiento se vuelven más rápidos—. Está como a un par de kilómetros subiendo.

Los padres de Greta nunca han visto *Mis padres son unos asesinos*. Y si su hermano la ha visto, nunca se lo ha mencionado.

—¿Estás bien, Amber?

La voz de Federica suena con falsa preocupación y rápidamente se vuelve hacia Tom, para verificar si lleva algo del equipo delante con él.

Greta recuerda una llamada telefónica que recibió de Danny Miller hará cosa de un año, con la voz pastosa por la bebida.

«Me hiciste decir cosas —le había dicho—. Me gustabas y me hiciste decir cosas que no quería decir. Ahora, donde quiera que voy, todo el mundo conoce mi cara, todo el mundo sabe lo de mi padre y mi madre y lo que hicieron. Me tratan como un monstruo. ¿Cómo conseguiré algún día un trabajo, Greta? ¿Cómo voy a poder huir algún día de todo esto?».

El coche salta sobre los baches del camino. Los rodean los árboles, que bloquean el paso del sol. Amber gira la cabeza hacia un lado y mira el bosque pasar.

—Sí —dice—. Estoy bien.

Greta se pregunta si es la única que se da cuenta de que le tiembla la voz.

Piensa de nuevo en Tom, en la noche anterior. «Empiezas a albergar demasiados sentimientos hacia ella. Lo noto». Más adelante, después de la cuarta copa de vino pero antes del primer beso, ella, molesta y temerosa, había sacado de nuevo el tema a relucir. «¿Y qué tiene de malo albergar sentimientos? ¿No es eso lo que hace que una película sea buena? ¿Preocuparse por ella?». Él había movido la cabeza en sentido de negación y había apartado la vista. «No es la película lo que me preocupa. Es lo que la película te está haciendo a ti». Y entonces la había mirado de nuevo a los ojos. «Esa familia es peligrosa. No tiene nada que ver con los Miller. Aquí no hay nadie que se salve».

Greta mira a Amber mientras el coche reduce la velocidad. Federica maldice mientras intenta maniobrar por una pista empinada que se desvía del camino principal. Calcula mal cuando intenta reducir la marcha y el motor se queja. Amber sigue mirando el bosque por la ventanilla y tiene el labio inferior blanco por la presión que ejercen los dientes que tiene clavados en él. «Aquí no hay nadie que se salve. Es lo que la película te está haciendo a ti».

«El Hombre Alto se lleva a las hijas.»

—Yo tampoco tengo cobertura —dice Luca, moviendo el teléfono de un lado a otro mientras Federica acaba parando el coche—. Mierda, espero que Elke no tenga que llamarme. ¿Hay wifi allí dentro?

—En el bosque hay zonas en las que sí que hay cobertura —dice Amber, sin apartar la vista de la ventanilla—. Si te adentras lo suficiente.

Luca la mira con nerviosismo.

—Entendido. Sí.

Cuando Federica apaga el motor, Luca abre la puerta y empieza a caminar hacia la pista, levantando el teléfono. Dando la espalda al bosque.

Tom empuja el asiento hacia delante para que ellas puedan salir y su mirada se cruza con la de Greta cuando Amber pasa por su lado.

—¿Estás bien? —le pregunta, y Greta asiente.

—¿Y tú?

—Me he sentido mejor —dice, con una sonrisa—. Al menos, anoche me acosté pronto, ¿eh?

Greta se sonroja y mira a Amber, que ha echado a andar por el camino de gravilla por delante de ellos.

—Sí..., siento mucho que...

—Greta —Tom la corta. La visera de la gorra deja una parte de su cara completamente a la sombra—. No te preocupes. Los dos estábamos agotados.

—Sí.

Intenta sonreír, intenta no recordar las manos de Tom bajándole los vaqueros, la camiseta de él quedándose atrapada en su boca cuando ella se la sacó. Intenta no imaginarse cómo habría sido despertarse a su lado esta mañana, sin el efecto del *whisky* y la luz del día entrando a raudales en la habitación, con todos sus puntos débiles al descubierto.

Y entonces, al doblar un recodo del camino, ve la casa por primera vez. El lago es grande y sus aguas están en calma; se ven unas pocas casas salpicando la orilla más alejada. En este lado solo hay naturaleza, árboles y tojos entrelazados, parras que se enraman por los muros descoloridos de la casa. Ya no está en alquiler, lo ha leído en alguna parte. Los propietarios tampoco consiguen venderla. No tanto por lo del crimen —de hecho, siempre hay compradores que están interesados en este tipo de cosas—, sino por cómo está el mercado. Piensa en que le gustaría vivir aquí, tan alejada de todo, donde el terreno reclama poco a poco los ladrillos, donde el verde va envolviendo despacio la casa.

Y entonces ve que Amber también está mirándola. Está muy quieta, rígida. Greta piensa que si ahora la tocara le parecería que está tocando acero. Mantiene los puños cerrados con fuerza a ambos lados del cuerpo, los labios presionados, mientras las gafas de sol esconden al máximo sus facciones. Federica la rodea lentamente, como el tigre que acecha a su presa, y cuando Tom dobla el recodo cargado con la cámara, Federica se aleja hábilmente del encuadre. La gravilla cruje bajo los pies de Tom y la luz del sol se refleja en la lente.

Amber se queda mirando la casa un par de minutos y entonces, subiéndose las gafas de sol a lo alto de la cabeza, mira a la cámara y a Greta, que está detrás.

—Es más pequeña de lo que recordaba —dice.

Y da media vuelta y entra.

35

2016

—Esta la puse para ti.

Amber alejó la cara de aquellas palabras y notó el aliento caliente en la mejilla. Perdió el equilibrio y se agarró a la barandilla, resbalando por un par de peldaños cuando se giró para poder mirar a Leanna a la cara.

—¿Qué es todo esto?

Su voz sonó extraña a sus propios oídos, era una voz joven y asustada. El diario se le había caído de la falda al ser sorprendida y rebotaba por las escaleras. Lo oyó deslizarse por el suelo al llegar abajo.

—Sabía que querrías saberlo. —Leanna, arrodillada aún en el peldaño superior, unió las manos delante de su cuerpo—. Eres muy inteligente, Amber. Y también muy desconfiada. No eres como esperaba que fueras.

—Eres tú —dijo Amber—. La de la fotografía eres tú. Fue a tu hermana a la que...

—Lo fue, me temo —replicó Leanna, y Amber no esperó a oír el resto del relato.

Se incorporó y bajó corriendo las escaleras, por mucho que los pies descalzos resbalaran con la madera.

—¡Amber, detente!

307

Pero Amber no se detuvo, ni siquiera se giró para ver cómo Leanna bajaba también corriendo en su persecución. Llegó al vestíbulo, retiró la cadena de seguridad con tanta rapidez que se partió una uña por la mitad. Dejó la puerta completamente abierta y Leanna consiguió sujetarla, tirando con fuerza del tejido de la camiseta.

—Amber, por favor.

Amber logró soltarse y, con la camiseta rasgada, se adentró corriendo en la noche.

Miles no podía dormir; no había dormido nada. Se sentó en su lugar habitual en el sofá y escuchó los pasos de Sadie dando vueltas arriba. Deseaba que se acostara. Se presionó los ojos cerrados con la punta de los dedos, en un intento vano de apaciguar las pulsaciones del terrible dolor de cabeza.

Los estaban vigilando. Sadie tenía razón y Miles sabía que aquello no tenía que pillarlo por sorpresa.

Eran casi las tres de la mañana y Miles se levantó para acercarse a la ventana por veinteava o treintava vez. Y allí estaba, adentrándose en el círculo de luz ambarina de la farola hasta casi poder distinguir sus facciones, oculto tan solo por la sombra de una capucha mientras la lluvia seguía aporreando la ventana. Y luego volvió a desaparecer, a fundirse con la noche.

Resultaba sorprendente (siempre le había sorprendido) que la rabia siguiese fluyendo de aquel modo en su interior después de horas de inquietud y miedo. Sus pies se pusieron en marcha antes de que se percatara de ello, la ira le hervía en la garganta. Miró a su alrededor en busca de alguna arma —de algo fílmico y satisfactorio, un bate de béisbol o un atizador, objetos ambos que no tenían en casa— y de pronto se encontró en el pasillo, dirigiéndose a la puerta. La abrió de golpe y salió a la calle iluminada por la luz de la luna.

Aquel no era él. Él no se comportaba de aquella manera. Pero le parecía correcta, esa rabia; era como un regreso al hogar.

Se sumergió en la oscuridad que se alargaba entre las farolas, percibiendo un latido que palpitaba justo detrás de los ojos, allí donde antes tenía el dolor de cabeza…, y agarró el tejido, la carne, sorprendiéndose de nuevo. Zarandeó la figura hasta estamparla contra el lateral de un coche aparcado, fuera de la luz. Se oía una respiración entrecortada, aunque ya no estaba seguro de si se trataba o no de la suya.

Le retiró la capucha.

Un hombre de más o menos su edad, con el pelo oscuro engominado y peinado hacia atrás, una barba incipiente cubriéndole la barbilla. Sus ojos miraron con nerviosismo a Miles, la calle vacía.

—Suéltame —dijo.

La rabia seguía palpitando en su interior, forzando sus palabras.

—¿Quién eres?

—Puedes llamarme Leo. Y he dicho que me sueltes.

—Has estado vigilando mi casa. A mi esposa.

Pero Miles lo soltó, le temblaban las manos.

—Sí. —Leo se enderezó y se alisó la ropa—. Así es.

—¿Por qué?

—Porque me lo pidieron.

El corazón de Miles se aceleró más si cabe, la sangre bombeaba con fuerza en sus oídos.

—¿Quién?

Leo sonrió, solo un poco.

—Creo que lo sabes. Te ha enviado mensajes.

AlguienEspecial. Miles extendió el brazo para apoyarse en el coche aparcado y mantener el equilibrio. Se obligó a seguir hablando y se preguntó en qué momento lo habría abandonado la rabia.

—¿Quién es? ¿Qué quiere esa persona de mí? ¿Qué quiere de nosotros?

Se le estaba derrumbando todo, lo notaba. Se había acabado. El muro se había roto y los fantasmas entraban a raudales.

—No es tanto lo que ella quiere, sino a quién tiene. —Leo volvió a mirar a su alrededor y tiró más de la capucha para cubrirse—. No estoy aquí para hacerte daño. He venido para alertarte. Amber... está en peligro.

Una nueva subida de adrenalina, la calle empezó a girar.

—¿Qué le has hecho a mi hija?

—Nada. Nada. Ella me dijo que la vigilara, que lo averiguara todo sobre ella. Todo sobre vosotros. Nunca pensé que esto llegaría tan lejos. Pensé que todo giraba en torno a Sadie, jamás se me ocurrió que pudiera hacerle algo a Amber.

—Amber no está aquí.

Con manos entumecidas y desesperadas, palpó los bolsillos en busca del teléfono. Quería llamar a la policía, llamar a su hija.

—No lo entiendes. —Leo dio un paso al frente, su aliento apestaba a malta—. Está con ella. Ella la tiene. Me ha enviado un mensaje esta mañana diciéndome que ya no me necesita más. Diciendo que ya está todo casi acabado. —Movió la cabeza con preocupación—. Dijo que la deuda estaba casi pagada.

Cuando entendió lo que le estaba diciendo, fue como si le clavaran un cuchillo.

—¿Leanna? ¿Es Leanna la que está detrás de todo esto?

Leo empezaba a retroceder.

—Tienes que encontrar a Amber. Tienes que alertarla.

—¿Quién es ella? —Miles volvió a agarrarlo, temeroso de pronto de que fuera a desaparecer, a esfumarse entre las sombras—. ¿Es una de ellas? ¿Es una de las chicas de Westborough?

—Lo sabías. —La expresión de Leo cambió cuando consiguió soltarse—. Ella pensaba que lo sabías, pero yo no lo veía posible —le espetó—. ¿Cómo pudiste casarte con esa?

—Tú no la conoces. —Miles se quedó sorprendido al oír lo templada que sonaba su voz. La esperanza que huía de él—. Esa no es ella. Ella ya no es Stacey.

«Creía haberla salvado. Creí que podría», le habría gustado

añadir. El gran Miles Banner, con todas sus titulaciones, con todos sus artículos publicados sobre la conducta desviada y sus raíces, sobre la rehabilitación social de los criminales. Con su joven esposa, su primer gran amor. Su primer caso de estudio.

—Consigue que vuelva tu hija, Miles. No se merece nada de todo esto.

Y su visitante dio media vuelta y marchó caminando a paso ligero.

Miles se giró hacia su casa y vio a Sadie de pie en la puerta.

Cerca de la casa del lago, Amber consiguió llegar hasta el límite del bosque. Tenía los pies ensangrentados y el viento azotaba su camiseta rota. Las sombras ansiaban devorarla pero Leanna se acercaba. Leanna la seguía.

36

2018

Se sienta en el escalón y los demás se apiñan por debajo de ella. Federica y Tom son los que están más cerca, con la cara vuelta hacia ella como los que adoran al Niño en una pintura renacentista, Luca estirando el brazo para colocar la jirafa en el ángulo adecuado. Greta está abajo del todo, sujetando una luz y un reflector para la iluminación. Amber está llorando y todos simulan que no es así. Amber está llorando y ellos siguen igualmente.

—Así que corriste —dice Federica—. Cuando te diste cuenta de que la mujer que se hacía llamar Leanna estaba detrás de ti...

—Mira (todos miran) hacia el cavernoso espacio oscuro que se aleja del foco—. Corriste hacia el bosque.

Amber mueve la cabeza en un gesto afirmativo.

—En el diario había una página más, ¿verdad? —dice Federica, y su voz es insoportablemente suave, sus palabras se hunden en la oscuridad como si fuese cieno—. ¿Lo sabías?

—No la leí. Estaba demasiado ocupada huyendo para salvar la vida, por gracioso que resulte.

—Tengo aquí una copia —dice Federica y, con gran floritura, extrae de algún bolsillo una hoja de papel doblada.

A Greta se le hiela la sangre. ¿De dónde lo ha sacado? El diario se perdió hace mucho tiempo. Su ausencia fue uno de los mayores agujeros en la defensa de Amber en los tribunales hasta que finalmente, a ultimísima hora, su equipo legal consiguió averiguar su escondite, en aquellos bosques. Guardado junto a aquella casa mancillada, junto con el resto de sus secretos. Y ahora aparece de repente la página más importante, fotocopiada y obtenida por Federica quién sabe dónde y cómo.

Fotocopia, obtenida y expuesta frente a una cámara, como si fuese un truco de magia. ¿O acaso no es más que un truco?, se plantea Greta, el viejo truco del entrevistador concebido para obtener algún tipo de reacción. Para manipular. Explotar. Nota que se le abre la boca, que aspira aire. Eso no tiene por qué suceder. No piensa permitir que suceda.

Pero Amber, al contrario de Greta, ni se inmuta al ver el papel. Se inclina hacia delante y lo coge. A pesar de que las lágrimas están dejando aún huella en el maquillaje de sus mejillas, sus ojos se abren ávidos de par en par para ver lo que hay escrito allí.

—¿Podrías leérnoslo en voz alta? —pregunta Federica, mirándola también con ojos ávidos.

Greta tiene ganas de estampar el foco contra la pared. Tiene ganas de marcharse de allí.

Tiene ganas de escuchar lo que hay escrito en aquella página.

2016

La oscuridad de los árboles era distinta a la oscuridad del interior de la casa. Estaba viva, sus sombras eran cambiantes y respiraban a su alrededor mientras seguía corriendo. Las ramas y los matorrales emergían por todas partes y le arañaban la piel, la atraían y la absorbían cada vez más. El suelo del bosque estaba húmedo y Amber estaba tan helada que ni siquiera notaba las raíces y las piedras que le acuchillaban las plantas de los pies.

Y siempre, siempre, mientras la cuesta del terreno se hacía cada vez más pronunciada y los árboles se entrecruzaban de forma cada vez más tupida, seguía oyendo a Leanna detrás de ella, aquella respiración seca y entrecortada, el crujido de las ramas a su paso.

—Tienes que venir conmigo, Amber —le había gritado en cuanto Amber se había adentrado en el bosque—. Tienes que ver eso. Es la única manera.

Pero la única manera, en aquel momento, era seguir corriendo hacia arriba y hacia dentro, hacia las sombras.

Billie se asomó a la ventana abierta del dormitorio y oyó el sonido de su madre y su amiga corriendo por el bosque. Supo que tenía que ir en su ayuda.

Le sorprendió estar tan serena. Tan preparada. Llevaba ya puestos unos calcetines gruesos, de modo que se calzó las botas, que tenía preparadas a los pies de la cama. Se puso un jersey por encima del pijama, buscó la linterna. Y entonces bajó tranquilamente las escaleras y cruzó la puerta para salir.

Conocía de siempre la historia de Anna Louise; cuando era pequeña, el relato guardaba cierto parecido a un cuento de hadas y con frecuencia se lo susurraba bajo la luz rosada de la mesita de noche, terminándolo siempre con un beso en la frente. Anna-Lou y las brujas. Anna-Lou y sus vengadoras. Recordaba el día que comprendió, con los ojos abiertos como platos y medio oculta bajo la colcha de *Mulan*, que cuando se hiciera mayor se convertiría en un personaje de la historia, en la hija que mataría a las brujas junto con su madre.

Sabía que su madre la tenía por tonta. Ingenua, tal vez. Sabía, asimismo, que su madre no era ella, que no estaba bien del todo, que, en general, no pensaba como pensaba la otra gente. Obsesionada, esa era la palabra. Y Billie sabía que esto significaba además que Leanna siempre la había infravalorado, que siempre había pensado que entendía menos de lo que en realidad entendía. Significaba que nunca se había planteado que Billie pudiera tener sus propias ideas sobre cómo extinguir el fuego que ardía en el interior de su madre desde antes que ella, Billie, estuviera en este mundo.

La noche era fría pero, gracias a los preparativos, no se notaba fría. Encendió la linterna y dirigió el haz hacia los árboles. Se oyó un crujido, seguido de un grito y luego el sonido de alguien deslizándose por la pendiente.

Billie se adentró en el bosque. Sabía que tenía que detener aquello.

Y sabía, por encima de todas las cosas, que el final de la historia del relato se había alterado. Pero que el final ya había llegado.

* * *

Sadie se quedó mirando a su marido, como si lo viera por primera vez. Vio cómo intentaba llamar al móvil de Amber, vio cómo acababa claudicando y llamaba a la policía. Lo vio buscar entre sus mensajes mientras hablaba con la operadora y luego darle la dirección de la casa, que Leanna le había enviado en su momento por correo electrónico. Cuando colgó, se quedó mirándola, pálido y ojeroso.

—Lo sabías —dijo, y él asintió—. ¿Cómo?

—Sadie...

Miles le tendió una mano y ella retrocedió con brusquedad. El corazón le latía con fuerza y tenía la boca seca.

—Cuéntamelo.

Miles asintió de nuevo, impotente.

—No es por lo que piensas, Sadie, te lo juro. Te quería igualmente. Te quise desde el primer momento y notaba que escondías alguna cosa, y quería conocerte. Saberlo todo. Así que... —Se pasó una mano por el pelo y miró hacia el otro lado—. A veces había mirado entre tus cosas. Cuando estabas en la ducha o cuando me dejabas a solas en tu cuarto para asistir a clase. Quería absorber toda la información posible acerca de ti.

—Te dedicaste a mirar mis secretos...

—Era... —Se lo pensó mejor—. Sí. Encontré una antigua tarjeta de felicitación para tu cumpleaños. *Para Stacey, con cariño, mamá y papá.* Y unas semanas más tarde, cuando estabas borracha, mencionaste que te habías criado en Westborough. Y todo empezó a cuadrar.

—¿Por qué no me lo dijiste?

Se quedó mirándola, con los ojos llenos de lágrimas. Suplicante.

—Esperaba que acabaras contándomelo tú. Esperaba que aprendieras a confiar en mí. —Dio la impresión de que iba a tocarla, pero cuando vio que ella se alejaba un paso más, cuando notó que a ella se le revolvía el estómago, apartó la vista—. Y entonces te quedaste embarazada, y saber aquello se convirtió en algo especial para mí. Era..., no sé. Era como si fuese un secreto que tú guardabas para protegerme..., pero era yo quien, para protegerte a ti, te ocultaba el hecho de que conocía tu secreto. ¿No lo entiendes? Era el vínculo que nos unía, Sadie. Era lo que nos hacía estar tan cerca el uno del otro.

—¿Cómo pudiste querer tener un hijo conmigo? ¿Sabiendo...?

Aquello fue demasiado. Bajó la vista y volvió a ser Stacey, con once años de edad, invencible. Bajó la vista y la niña, Anna, estaba a su lado. Su mano sujetaba la manita de la niña. Se arrodilló a su lado y el asfalto de la calle se transformó en hierba. Aquellos ojos, azules y grandes, con pestañas rubias, se quedaron mirándola. Su cabeza estaba intacta, su vestido volvía a estar limpio.

«El Hombre Alto se lleva a las hijas». El susurro de una niña, un aliento en la nuca, aunque la niña seguía a su lado mirándola, sin pestañear, sonriente. Un pájaro levantó el vuelo por encima de sus cabezas, en un cielo sin viento, y Sadie lo señaló hasta que la niña lo vio y sonrió. Se incorporó y guio a la niña hacia el bosque, donde las demás esperaban. Donde la risa de Justine espantó a más pájaros, que emprendieron el vuelo, abandonando los árboles.

De nuevo sola, Sadie notó que los fríos deditos se separaban de ella. Y notó la mano de Miles en el hombro.

—Reí —dijo—. Le acaricié la cara y reí cuando le clavé el cuchillo.

—Tú no la mataste, Sadie —dijo Miles, aunque ambos percibieron lo poco convincente que era aquella mentira. Miles miró el teléfono—. Tendría que volver a llamar a la policía.

Y Sadie volvió a ser ella otra vez, su nuevo yo, su yo que no era Stacey, y la frialdad le encerró el corazón, el pánico se apoderó de su piel.

—¿Y por qué tendría que haberte dado la dirección correcta? —dijo.

Y le pareció oír un sonido. La risilla débil de una niña, en algún lado, en las sombras.

38

2018

Es la hora, Sadie. No puedo esperar más. No quiero esperar más. Estoy preparada.

La recuerdo con perfecta claridad. ¿Y tú? Sus pestañas, rubias en las puntitas. Los pucheros que hacía con la boca, cómo fruncía los labios cuando dormía, como si estuviera dando besitos en sueños. La sensación de su mano en la mía. Me pregunto si tú también recuerdas eso. Pobre Anna, conducida hacia el bosque por ti.

Tú no eras la única, eso lo entiendo. Os estuve buscando a todas. Quería encontraros, saber qué había sido de las niñas que mataron a mi hermana, que destrozaron a mis padres. Porque los destruisteis, sí. Nunca superaron lo de Anna, nunca dejaron de pensar en las cosas que le hicisteis. Después de aquello, mi padre pasó todas las noches de su vida gritando en pesadillas que nos atormentaban a todos. Mi madre solo encontró el sueño en el fondo de una botella y la bebida le hacía ver cosas cuando estaba despierta, cosas que ningún ser humano tendría que soportar jamás. Y yo he vivido toda la vida siendo la hija que nunca pudo compensarles por todo aquello, la hermana que no fue capaz de proteger a la única persona a quien tenía que proteger. La hermana que volvió la espalda una tarde el tiempo suficiente para que tú aparecieras y lo destruyeras todo. Y simplemente porque las tres estabais desesperadas por creer en un cuento infantil.

Y te encontré. Puse en ello todo mi cerebro, como si fuera uno de aquellos trabajos por los que siempre sobresalía en la escuela. Y con los años, las pistas fueron apareciendo. Cartas reenviadas a un nuevo remitente, un pariente anciano olvidadizo. Algún que otro contacto con una antigua amistad. Todo fue muy fácil, al final. ¿Quieres saber lo que les hizo el Hombre Alto a tus amigas, Sadie? ¿El premio que recibieron a cambio de la vida de mi hermana? La chica a la que llamabas Helen vive en un piso del ayuntamiento y padece el síndrome de Diógenes y una agorafobia incapacitante. Su hermana Marie se ha divorciado dos veces y, con treinta y ocho años de edad, es una alcohólica incurable. Y la chica que conocías como Justine, la chica que tanto temíais todas, murió como consecuencia de una sobredosis de heroína con solo veintidós años.

Pero tú. Tú intentaste vivir. Encontraste el amor, tuviste una hija, incluso sabiendo lo que hiciste, incluso sabiendo la podredumbre que habita en el fondo de tu ser. Un acto tan despreciablemente egoísta que incluso tus padres cortaron cualquier vínculo contigo. Un acto, un acto más, que no puede pasar sin ser castigado.

Y ahora, aquí estamos, en esta casita perfecta en medio del bosque. Sacaré el cuchillo del bolso. No es la forma más limpia, pero la verdad es que me parece la más equilibrada.

Pienso que es lo que tú has andado buscando, todo este tiempo. Pienso que sabes que aquel día, tantos años atrás, inclinaste la balanza del modo más monstruoso posible. Y que todos los días que han pasado desde entonces, a tu retorcida manera, has estado intentando recomponer la situación, saldar esa deuda. Te has torturado con ello, has sido más Macbeth que Lear. Fuiste la hija del tigre, eso seguro, Sadie, pero ahora no eres más que una mujer con las manos eternamente manchadas de sangre.

El problema es que eres imposiblemente, patéticamente, odiosamente débil. Siempre lo has sido. La pequeña Stacey, el corderito. La pequeña Stacey, que quería ser especial. Nunca pudiste saldar tu deuda, nunca pudiste corregir lo que tan mal hiciste.

Yo sí puedo.

Te liberaré, Sadie. Te quitaré aquello que nos quitaste a nosotros y serás libre. Confío en que, cuando leas esto, empieces a comprenderlo. Este final es un principio para todas nosotras. En su día creíste en el Hombre Alto, pero el Hombre Alto no se lleva a las hijas. Tú sí. Y yo también.

De modo que ha llegado la hora de dejar de lado el bolígrafo, de coger el cuchillo. Escribo todo esto para que lo entiendas de verdad, para que sepas, sin la menor duda, que la muerte de tu hija es un acto que te pertenece a ti. Un equilibrio.

Y ahora, las dos seremos libres.

Las palabras del diario resuenan en la casa y Greta deambula de una estancia oscura a otra, su mano duda en encender las luces. Se siente envenenada por lo que acaba de escuchar, aun conociendo todos los hechos, aun conociendo todos los vacíos que quedaban por llenar. Lo que le ha producido repulsa no ha sido el odio que contenían las palabras, sino verlas salir de la boca de Amber, ver los nudillos de Amber volverse blancos por la fuerza con la que sujetaba la fotocopia. Ver los dedos de Federica volverse también blancos mientras se agarraba a la barandilla, su regocijo a duras penas contenido, mientras la boca de Tom se torcía por las comisuras y su expresión se mantenía ilegible y educada, como cuando en una cena te dan un plato que está agrio e incomible.

Se queda en el umbral de una de las habitaciones y escucha. Amber se ha excusado y ha salido para realizar una llamada, pero Greta se ha fijado en cómo le temblaban las manos al pelearse con la puerta principal para abrirla. Oye a los demás en la planta baja, preparando té, el silbido de la tetera, los comentarios excitados de Federica, en voz baja. Está satisfecha consigo misma por el resultado de la artimaña de la carta: Amber leyendo las palabras de la mujer que tenía pensado asesinarla, en el lugar donde casi llegó a suceder. Greta sabe que será una de esas escenas sobre las que la gente hablará en los foros, una de las escenas que los críticos amarán, odiarán y compartirán. Luca murmura para mostrarse de acuerdo con lo que Federica está diciendo, se oye el sonido metálico de una cuchara, el crujido de la nevera al abrirse. Y allá arriba, a su alrededor, la casa también cruje y se asienta. Nota una ráfaga de aire frío en la nuca. Se tumba en la cama donde hace dos años se acostó Amber y no logró dormir y mira el techo.

No puede dejar de visualizar la cara de Federica cuando ha sacado la carta: ¡Sorpresa! No puede dejar de pensar en las palabras que Tom pronunció en Los Ángeles, con los gritos de las gaviotas de fondo. «Sabes perfectamente lo que va a pasar. Sabes que Federica acabará haciendo alguna cosa para dejarla en evidencia. Siempre los hace caer en la trampa, lo sabes».

Lo hará, Greta sabe que lo hará. Federica no se contentará con dejar a Sadie Banner protegida por las sombras, no descansará hasta que la atraiga hacia la luz, hasta que la observe desde todos los ángulos posibles. Federica no comprende, como sí ha llegado a comprender Greta, que Amber está intentando proteger a su madre a cambio de la protección que le ha dado Sadie. Porque el hecho de que Sadie abandonara el anonimato, de que se presentara ante la prensa sensacionalista, fue lo que alertó al mundo de la terrible verdad que existía detrás del asesinato y de su conexión con las Brujas de Westborough. Fue lo que cambió el sentido de la opinión pública, lo que la hizo pasar de la repugnancia a cierta simpatía por Amber Banner, la princesa de hielo. Y renunciando a la segunda vida que le fue concedida cuando era una niña de trece años llamada Stacey, Sadie Banner le ha brindado a Amber también su oportunidad.

Cruje una tabla de madera en el vestíbulo, el sonido de los demás asciende hacia donde está ella mientras sacan el té fuera.

Federica riendo a carcajadas por alguna ocurrencia de Luca. El sonido ronco de la voz de Tom, sus palabras confusas. Todo sigue adelante con normalidad. Y entonces percibe otra vez esa corriente fría de aire, lamiéndole la piel.

Piensa en el mensaje de correo que le ha reenviado Federica hace cinco minutos. No ha dicho nada en voz alta, Federica ha seguido con su conversación habitual mientras pulsaba la tecla para enviárselo. Una dirección aleatoria, alguien que afirma ser el hombre que Amber conocía como Leo. Hablará la cantidad de tiempo que sea necesaria, dice, siempre y cuando no se muestre su cara. Depende de Greta validar sus afirmaciones, averiguar si se trata realmente del hombre que se acostó y vigiló a una chica de dieciséis años y a su familia a cambio de dinero. Su conexión con Leanna nunca ha quedado corroborada, aunque en el transcurso del juicio un periódico sensacionalista afirmó haberlo identificado como Lee Mitchell, de treinta y siete años de edad. Buscado en relación con un delito de atraco a mano armada y otro de agresión sexual, un hombre que había trabajado en su día en un garaje propiedad de David Weatherall, el padre de Leanna. Siguen buscándolo para ser interrogado en relación a su participación en el caso Banner. Greta se pregunta si, en el caso de que esta persona resultara ser realmente él, Federica entregará la información a la policía o lo filmará primero.

Se levanta y se acerca a la ventana, retira los visillos. Desde aquí no se ve el lago, solo el bosque, lúgubre, un árbol tirado al suelo con las raíces cargadas de musgo. El bosque parece extenderse eternamente, los árboles tienen tonalidades claras y la luz del sol no se filtra entre ellos, todo permanece quieto y en silencio.

Descansa la cabeza contra el cristal, pensando —o intentando no pensar— en la voz de Amber, temblorosa, leyéndoles aquella última página de la carta; las últimas palabras que Leanna dirigió a Sadie. «Y ahora, las dos seremos libres». Ve una figura arrastrarse entre los árboles, entrando y saliendo de las franjas de espacio débilmente iluminadas, y se pregunta si eso puede llegar a ser verdad.

39

2016

Amber había intentado esconder la luz del teléfono con la manga, pero le temblaban tanto los dedos que no había conseguido ser lo bastante rápida. Había oído caer a Leanna, pero debía de haberse levantado, debía de haber visto la luz, porque la oía subiendo la cuesta, oía el estrepitoso crujido de las ramitas del suelo en la oscuridad. Se adentró más en el bosque; el escarpado terreno seguía destrozando sus pies descalzos mientras con el pulgar aporreaba continuamente la pantalla. No sabía si la llamada acababa cursándose, no se atrevía a hablar. A ciegas, se topó contra una rama y se hizo un corte en la frente, en la mejilla, un golpe que, en los días siguientes, acabaría tiñéndole el ojo con tonalidades moradas, como una tormenta. Una cicatriz que seguiría presente mucho tiempo más.

Y a sus espaldas, siempre los pasos.

—Vamos, Amber —gritó Billie, con un tono de voz juguetón—. Está demasiado oscuro para jugar al escondite. Da miedo.

Estuvo a punto de caer en un hoyo que apareció repentinamente y mantuvo el equilibrio agitando los brazos. Billie. La boba, la torpe de Billie andaba también buscándola. Era como si la vida real se hubiera convertido en una pesadilla y comprendió que tenía que despertarse. Así podría pedir ayuda...

—Ammmmmber.

La voz de Billie sonaba tensa y extraña. Sus pasos se habían vuelto calculados, como si estuviera prestando atención para oír los de Amber y así poder seguirla. De pronto, había dejado de ser boba, había caído otra máscara.

Con la respiración entrecortada, llegó a la cumbre y pasó un pie hacia el otro lado. El aire que subía de allí era intenso, muy frío. Billie seguía avanzando e hizo crujir un arbusto cercano. Amber se agachó y aplastó el cuerpo contra el suelo. Palpó algo que parecían huesos, las raíces de un árbol. Y entonces, una ausencia, una fisura en el terreno por donde el agua, gracias a su insistencia, había conseguido abrirse paso, un arroyo que descendía hacia el lago. Se impulsó hacia allí, hacia el hueco que se abría entre dos grandes raíces, un abrazo rígido con la gélida agua del arroyo corriendo sobre sus pies. Miró el teléfono, pero la llamada —si acaso había logrado conectarse— estaba terminada.

Escuchó entonces un paso, por encima de ella, más cerca de lo que había calculado, y el miedo la atravesó como un cuchillo. Empezó a caer tierra por la ladera, sobre su cabeza, sobre sus hombros. Billie, con su respiración ruidosa, su andar pesado.

—Sé que estás aquí, Am —dijo en voz baja—. Tendrías que ir saliendo.

Se escuchó un sonido metálico, como si rasparan algo, como las uñas cuando arañan la pizarra..., el de una hoja afilada contra la corteza de un árbol. Amber no se movió, dejó incluso de respirar. A su alrededor, las hojas empezaron a susurrar, aunque Billie era como si no las oyera.

—¿Quieres que te cuente un cuento, Am? Es muy bueno. Sucedió hace años, cuando dos niñas se adentraron en un bosque parecido a este. Una de ellas era algo más pequeña que tú y que yo, y la otra no era más que un bebé. —Volvió a oírse aquel sonido, la corteza desprendiéndose y volando por los aires, como ceniza—. Se adentraron en el bosque, de la mano, pero solo una de ellas volvió a salir. Sabes cuál, evidentemente, Am, porque unos años más tarde, tú saliste de ella, ¿no es así?

Amber palpó el terreno empapado de su alrededor, en busca de alguna cosa afilada o pesada. Musgo, guijarros, una cosa húmeda y con un tacto similar al de una pluma. Nada que pudiera servirle. En su interior estaba empezando a generarse un sentimiento, un sentimiento más fuerte y potente que el miedo. Algo que paralizó el temblor de sus manos, algo que era nuevo y que a la vez le resultaba profundamente familiar, que se parecía, inexplicablemente, a la expectación.

Se oyó el sonido de una rama quebrarse en la ladera, más abajo, el viento seguía silbando entre los árboles, y Billie, con sus botas chapoteando en el suelo, dio un par de pasos en aquella dirección. El silencio se prolongó una eternidad, y Amber seguía sin poder respirar.

—No —dijo Billie, ascendiendo de nuevo—. No saldrás de esta tan fácilmente, Amber. Tengo que clavarte este cuchillo. Así es cómo termina todo. Así es cómo la libero.

Dio un paso más, se tambaleó en el borde de la ladera. La tierra seguía desprendiéndose y cayendo sobre Amber.

Amber se incorporó de repente y enlazó con la mano el tobillo de Billie.

—Puedes intentarlo —dijo.

Y entonces tiró de Billie hacia la zanja.

40

2018

Greta la encuentra sentada en el borde de aquella zanja. La sombra de una rama extiende sus dedos sobre su espalda. El ambiente es húmedo, hay un olor a vegetación hostil, imparable, y un pájaro trina dubitativo entre los árboles.

—En el pasado había lobos por aquí —dice Amber, sin mirar a su alrededor—. Me lo contó mi padre.

Greta se sienta a su lado.

—No duermo mucho —continúa Amber—. Ya te lo había comentado, ¿no? Supongo que después de lo que pasó, él tampoco dormía mucho. Me llamaba por teléfono y charlábamos toda la noche. —Mira ladera abajo, hacia la casa—. Si me dormía, empezaba a tener pesadillas sobre estos bosques. —Se encoge de hombros—. No sé muy bien cómo se le pasó por la cabeza que esto de los lobos me ayudaría.

Greta sonríe.

—¿Ya se había mudado, pues?

—Sí. —Al pájaro se le suma otro, este con un trino más agudo e insistente—. Ella dijo que ya le había hecho bastante daño. Pero supongo que en realidad era porque no podía perdonarlo —dice Amber—. Por no haberle contado nunca que lo sabía, por no haberla ayudado a afrontarlo. Por no haberla ayudado a comprender que esas cosas que veía en las sombras no podían hacerle daño. No lo sé.

—¿Y tú? ¿Lo has perdonado?

Hace un mohín, entrecierra los ojos mientras reflexiona su respuesta.

—Supongo —dice por fin—. Los dos la jodieron. Como lo que dice ese poema, ¿verdad?

—¿El de Larkin?

—No sé, seguramente. —Amber se recuesta en un árbol y mira a Greta—. Nunca os daré lo que queréis, ¿sabes?

—¿Y qué es lo que queremos?

—Queréis lágrimas, queréis oírme decir que mi madre era mala y que mi padre hubiera preferido que estuviese loca, que arruinaron mi vida. Queréis que actúe para vosotros. Pero ¿sabes qué, Greta? Las cámaras no están rodando. Y no oirás decirme que lo siento, o que estoy triste, y tú no conseguirás sentirte mejor respecto a todo este asunto.

Greta se incorpora y mira el árbol en el que está apoyada Amber. En el tronco se ven unas pequeñas marcas, líneas entrecruzadas a la altura de su hombro. Las recorre con el dedo. Es hora de marcharse, piensa. Tal vez a Alemania. O a Jordania, si su hermano la acepta en su casa. A Fiyi. A Hong Kong. A cualquier parte, pero lejos de aquellos bosques enfebrecidos y fétidos, de aquel arroyo de aguas embarradas.

—No tenía por qué haberla matado —dice Amber, mirando hacia el fondo de la zanja. Viendo que Greta no dice nada, levanta la cabeza y la mira de nuevo, entrecerrando los ojos—. No tenía por qué. Billie era torpe e imbécil. No me habría hecho daño. Podría haberla empujado y haber echado a correr, no me habría seguido.

—Eso no lo sabes.

Amber sonríe.

—Vamos, Greta, has visto el informe del forense, sé que lo has visto. Oíste lo que dijo la fiscalía durante el juicio. ¿Te parece eso actuar en defensa propia?

Greta resiste la necesidad imperante de cerrar los ojos, de alejar el recuerdo de aquellas fotos de Billie, con la piel azulada, con las veintisiete marcas de cuchilladas.

—Creo —dice— que antes serías cualquier cosa que víctima, Amber.

Amber ríe, un sonido poco entusiasta que resuena entre los árboles.

—A lo mejor resulta que hasta me conoces, Gee.

Los dedos de Greta se acercan de nuevo a las marcas de la corteza del árbol y se imagina a Billie allí, dos años atrás, los últimos minutos de su vida.

—Fui a visitarla —dice Amber—. A Leanna... Lucy. A la cárcel.

—¿Por qué?

Amber se encoge de hombros.

—Supongo que porque quería verla. Frente a frente. No es lo mismo que hacerlo con toda esa gente de por medio, en los tribunales, ¿no te parece?

—Pensaba matarte.

—Pero no lo hizo.

—Porque se cayó y se rompió la pierna por dos partes intentándolo.

Amber menea la cabeza.

—Casi parece que estés de mi lado, Gee.

—¿Y qué dijo? Lucy.

El viento azota los árboles y las hojas se estremecen. Amber levanta la vista hacia las ramas, sus manos se entretienen tirando de los bordes de su capucha.

—Me preguntó si ahora era especial —responde.

Se oye el trino de un pájaro en un árbol, colina arriba, un gorjeo gracioso.

—¿Greta?

Se oye la voz de Federica a lo lejos, llamándolas desde la casa. Amber se levanta y se limpia las manos en el pantalón vaquero.

—Vamos —dice—. Mejor que volvamos al tema, ¿no? De todos modos, estoy que me muero de hambre.

Greta deja que Amber pase delante en el camino de vuelta. Cuando el pájaro trina de nuevo, vuelve la vista atrás hacia el bosque, hacia sus pozos de oscuridad.

La silueta de una niña, asomando detrás de un árbol.

Y una mano que aparece y se posa delicadamente en su cabeza.

Para arrastrarla de nuevo hacia las sombras.

41

2016

La encontraron a orillas del lago cuando salió el sol. Con el pijama empapado en sangre, el agua chapoteando a sus pies. El oleaje arrastrando lentamente el rojo. El cuchillo en la mano. Estaba de cara al lago cuando la localizó el policía que había sido enviado al bosque en su busca; cuando salió de allí, veinte minutos más tarde, vomitó en la pista de tierra.

Encontraron a Leanna en otra grieta, colina abajo, con el hueso partido sobresaliendo de sus vaqueros manchados de sangre. Con la cara demacrada y grisácea, sin apenas pulso. Las envolvieron a las dos en aluminio protector, las cargaron en dos vehículos distintos, cuyas luces azules parpadeaban entre los árboles mientras el cielo se iluminaba con bandas de color malva.

Cerraron las puertas, hablaron por radio y las cadenas de los coches y sus violentos neones rodearon el lago. Un pescador solitario observó la escena desde la orilla rocosa. En su teléfono se encontró la fotografía de una chica, con el pijama manchado de oscuro, con las manos esposadas delante de ella.

Se incorporaron, uno a uno, a la carretera, dejando atrás los baches y la pista de tierra, y cuando aceleraron para poner rumbo hacia Crieff, apareció en la pantalla del teléfono de Amber, que sujetaba aún entre su mano sucia y ensangrentada, primero una barra, luego dos. Y el teléfono cobró vida con un mensaje tras otro.

Mamá.

Mamá.

Mamá.

Miles y Sadie estaban esperando en comisaria cuando ella llegó. Habían pasado toda la noche conduciendo, desde mucho antes de que llegara la llamada. Desnudaron a Amber y le tomaron muestras, le presionaron los dedos sobre una almohadilla de tinta y estamparon las huellas en los formularios oficiales. Después, la dejaron esperando. En la pequeña comisaría reinaban las prisas y la confusión y, entre tanto, estaban registrando la casa en busca de pistas.

Cuando sus padres aparecieron en la puerta, Amber se levantó y, por primera vez en mucho tiempo, Sadie la vio insegura.

—Mi niña —dijo Miles, llorando.

Pero Amber no fue hacia él. Sino que se quedó mirando a su madre durante lo que le pareció mucho, muchísimo rato.

Y entonces corrió hacia Sadie y la abrazó.

—He hecho algo malo —dijo.

Sadie negó con la cabeza. Con cautela, rodeó con los brazos a su hija y le acercó la boca al oído. Le dijo a Amber que ella no sabía lo que era hacer algo malo.

Y Amber descansó la cabeza contra la de su madre y Sadie notó en la piel el aliento sedoso y frío de su hija.

—Se la entregué a él, mamá —musitó—. Le entregué a Billie.

En aquel momento estaban solo las dos. Sadie cogió la mano de la niña entre las suyas y emergió hacia la luz del exterior.

Y caminaron, juntas, hacia los árboles.

AGRADECIMIENTOS

Deseo expresar mi profundo agradecimiento a Cathryn Summerhayes por su apoyo y su entusiasmo, por su incansable defensa de este libro y por haber sido una compañera tan magnífica a lo largo de los distintos pasos de este recorrido. Mi enorme agradecimiento también para Melissa Pimentel, Alice Dill, Katie McGowan, Irene Magrelli, Martha Cooke y todo el personal de Curtis Brown.

Me considero afortunada por haber conseguido que los Banner encontraran un hogar en una editora tan inteligente y apasionada como Kate Stephenson, que con tanta valentía se aventuró conmigo en sus muchas disfunciones y con quien trabajar ha resultado inspirador. Muchas gracias y muchos éxitos también para Ella Gordon, Millie Seaward, Alex Clarke y el resto del brillante Team Wildfire. Estoy, asimismo, increíblemente agradecida a los editores de todo el mundo que han apoyado con tanta fuerza la novela.

Un agradecimiento especial para Arabel Charlaff, que me acompañó en un inquietante viaje por la mente de Amber. La recomendaría como apoyo para cualquier escritor.

Ian Ellard y Joey Connolly fueron los mejores colegas que habría podido desear durante el tiempo que dediqué a escribir este libro. Gracias también a Richard Skinner y Joanna Briscoe.

Y gracias, Hayley Richardson, por leerme siempre.

Mi familia se merece un ensayo entero para plasmar todas las formas en que me han apoyado y me han servido de inspiración, pero me limitaré a decir: gracias por todo. Os quiero (¡y os agradezco muchísimo que no os parezcáis en nada a las familias que protagonizan este libro!).